SOPHIE LOUBIÈRE

CINQ CARTES BRÛLÉES

fleuvenoir

MIXTE
Papier issu de sources responsables
FSC® C003309
FSC www.fsc.org

Fleuve Éditions, une marque d'Univers Poche, est un éditeur qui s'engage pour la préservation de l'environnement et qui utilise du papier fabriqué à partir de bois provenant de forêts gérées de manière responsable.

ISBN : 978-2-265-14396-8

Dépôt légal : janvier 2020

À toutes celles qui se reconnaîtront
dans l'épanouissement de ces trahisons,
et à nos frères, pour toujours.

« Le seul péché est de ne pas se risquer
pour vivre son désir. »

Françoise Dolto

« Chutes d'eau en marche
Tous les guerriers d'écume
Sans fin se redressent. »

Hubert Haddad

En lui se répandait une onde miraculeuse, une extase si intense que sa perception du temps et de l'espace en était modifiée. Il lui semblait qu'elle affectait aussi la chambre, en resserrait les murs, irradiant sol et plafond d'une prodigieuse clarté. Il jouissait, agrippé aux hanches de sa partenaire, debout contre le lit, dans ce mouvement alternatif et violent. Ses muscles se relâchèrent et il s'affala sur le matelas.

C'était presque aussi fort que la première fois, opéré avec moins de maladresse. Cette femme transcendait ses défaillances. Au creux de sa chevelure, il puisait l'ombre et la lumière, noyait ses doutes, ses certitudes.

— Tu as aimé ?

Leur premier rapport sexuel complet.

— Dis-moi, tu as joui ?… Un peu ?

Allongée près de lui, elle garda le silence. Lorsque les portes de l'ascenseur se refermaient sur eux tout à l'heure, elle lui avait glissé à l'oreille :

— Je t'ai apporté quelque chose.

Un cadeau. Il s'était senti crétin d'être venu les mains vides. Ils n'en étaient qu'à leur troisième rendez-vous et elle le surprenait avec un cadeau. En entrant dans la chambre d'hôtel, au miroir fixé à la porte coulissante de la penderie, son propre reflet l'avait frappé : à la place de son visage se dessinait une autre figure, crispée par l'émotion, relevée d'un trait d'orgueil. Il s'était hâté de regarder ailleurs et de suspendre sa parka à un cintre.

— Je veux te déshabiller.

Elle était tellement à son goût, alors. Au point de vouloir la serrer à lui faire mal.

Il lui caressa l'épaule. Marqué d'une ligne rose – l'empreinte du soutien-gorge –, le velouté de son épiderme l'émut comme lorsque à la tombée du jour le soleil couchant ravive la lande et les tourbières d'un liseré pourpre au sommet du Puy de la Tuile, là où il s'imaginait grimper avec elle après huit kilomètres de randonnée au départ du village de Deux-Verges.

— Tu es si belle.

Bientôt, il passerait de l'ivresse aux larmes avec un égal bonheur. Cette femme serait de tous ses chemins. Partout, il chercherait des sentiers nouveaux par où la conduire, inventerait des cabanes au fond des bois pour l'asservir. Sa main descendit dans le prolongement du bras et bifurqua jusqu'au sein qui s'offrait à ses doigts, le pressa légèrement contre sa paume. Ils demeurèrent ainsi, respirant leurs peaux embrumées de sueur.

Deux corps nus aux plis des draps.

Il attrapa ses lunettes, se leva, essuya son pénis et jeta le préservatif.

— Tu as soif ?

Elle cligna des paupières – sa façon d'acquiescer, parfois –, contemplant sa nudité. Le juste retour des choses. À lui d'être jaugé, évalué, étiqueté. Tant de chairs défilaient dans son cabinet ; patients en peine, qui si vite se rhabillent. Sa propre carcasse était sèche, austère, faite de muscles et de sel sous un derme flétrissant. Alourdi par l'âge, dans le sillage des cuisses, son sexe gagnait en noblesse sous le regard de sa bienfaitrice. À la source de ses yeux, il oubliait son front dégarni et son buste de maigre taureau. Sa pudeur, il s'en tamponnait. Quelque chose grandissait en lui, un élan de puissance comme il en connaissait au jeu. Une image lui traversa l'esprit : celle d'une illustration tirée d'un livre que sa maîtresse d'école lui avait jadis offert en récompense de bonnes notes. La gravure montrait une jolie biche, pattes repliées sous elle, à la merci d'un chasseur dont le fusil pendait à son bras.

Il était le chasseur. Il avait le fusil.

Il sourit à cette pensée ridicule et puérile –, quel était donc le titre de ce livre ?

L'homme se détourna du lit. Ses pieds d'un blanc mat tranchaient sur la moquette au vert pénétrant. Il retira du minibar la bouteille de champagne mise à rafraîchir, disposa deux coupes sur la console près du téléviseur, puis entra dans la salle de bains y faire un brin de toilette.

Un instant plus tard, tout basculerait.

Sa vie. Cette femme. Un total renversement.

Démence. Violence. Les draps, les murs, souillés d'éclaboussures comme la neige au bord d'une route.

Il n'aurait qu'à franchir la porte.

Il n'aurait qu'à ouvrir la main pour recevoir son cadeau.

SANGLANTE AGRESSION DANS UN HÔTEL À SAINT-FLOUR
UN PREMIER TÉMOIGNAGE GLAÇANT

Personne ne sait encore ce qui s'est passé en début d'après-midi dans cette chambre au quatrième étage d'un hôtel situé en centre-ville, sinon que les occupants auraient été victimes d'une sanglante agression. La femme de chambre qui a alerté les secours, entendue sur place par la brigade criminelle de la sûreté départementale chargée de l'enquête, a accepté de nous confier son témoignage.

De ce qu'elle a vécu cet après-midi, Caroline V., 26 ans, ne se remet pas. Elle passait l'aspirateur dans une chambre au dernier étage lorsque des cris et des gémissements lui sont parvenus de la pièce voisine. « J'ai d'abord pensé que c'était un couple qui faisait l'amour. Ça arrive souvent entre midi et deux. » C'est en sortant de la chambre pour prendre des draps sur son chariot qu'elle a eu la peur de sa vie. « Il y avait une femme toute nue et couverte de sang dans le couloir. Elle était figée comme une statue. » Le premier réflexe de l'employée fut de lui tendre une serviette. La victime présentait des lacérations aux mains et au visage. « Elle a dit que quelqu'un était gravement blessé et qu'il fallait appeler les secours. » Après avoir mis la personne en sécurité en l'enfermant avec elle dans la chambre qu'elle nettoyait, la femme de ménage a donné l'alerte. « On aurait cru qu'elle était droguée, qu'elle n'était pas consciente de ce qui se passait. » Interrogée par la police, Caroline V. n'a pas été en mesure de dire si quelqu'un d'autre était entré ou sorti de la pièce où s'est déroulé le drame. Mais ce qu'elle a pu en voir témoigne d'une agression violente. « Il y a du sang partout, même sur les murs. » Un événement qui restera pour elle une expérience traumatisante. Les deux protagonistes du drame ont été hospitalisés. Si la femme semble présenter des blessures superficielles, l'homme retrouvé entièrement dévêtu au milieu d'une mare de sang est dans un état critique.

M. Risacher – lamontagne.fr – *21 octobre 2011*

PRENDRE VIE

(1979-1993)

Le sept de cœur évoque une période de tâtonnement, de créativité et d'imagination. L'avenir est encore incertain. L'indécision, l'insatisfaction, ou encore la recherche d'une situation meilleure commandent au détenteur de la carte.

— Allez, avance.

D'un geste, son père l'invitait à passer devant. Le petit garçon hésita puis entra d'un pas résolu dans la chambre d'hôpital. Le silence et la pénombre le saisirent aussitôt. Cela sentait l'éther et le lait de toilette, et aussi une odeur indéfinissable qui rappelait celle d'une vieille couverture où la chatte de la maison avait mis bas. Depuis le lit, un drap cachant sa poitrine, pâle encore d'une longue nuit, sa mère posa un doigt sur ses lèvres pour signifier à son fils de ne pas faire de bruit et indiqua du regard le berceau poussé contre un mur. *Elle* était dedans, celle qui brisait sa vie, dérobait une bonne part de l'amour que lui portaient ses parents depuis trois ans. Thierry s'approcha, écarta délicatement le voile du ciel de lit et découvrit sa petite sœur. Laurence ressemblait à un bébé, mais en plus moche, fripée, avec un crâne un peu pointu. Il lui prit la main. Sa peau était douce et tiède, avec des plis minuscules. Il y déposa un baiser comme papa le lui avait suggéré, puis se hâta d'aller vers sa mère. Elle l'accueillit avec un soupir.

Il avait bien travaillé.

L'enfant venait d'inscrire dans la mémoire de ses parents l'image d'un grand frère tendre et aimant. Et son père le gratifierait d'un paquet de bonbons acheté à la cafétéria de la maternité – la récompense promise s'il embrassait sa sœur.

Mais le têtard dans le berceau ne perdait rien pour attendre.

On ne le chasserait pas impunément de son trône.

Sur le chemin de l'école, tu me dis que mes vers sont plus gros que les tiens.

— Ils sont comme des asticots très gluants et ils te mangent quand tu dors parce qu'ils aiment les grosses pommes pourries.

— Je suis pas une pomme pourrie.

— Bah ! Tu crois qu'ils font la différence, tête de fesses ?

Alors, je me transforme en buffet à volonté pour asticots. À la cantine, je remplis mon ventre de nourriture et me retiens d'aller aux toilettes pour bien tout garder dedans, modeler un rempart de petits pois-purée.

J'ai trop peur qu'ils me sortent par le nombril.

Thierry se tenait dans l'embrasure de la porte. Son pantalon de pyjama, plissé par le sommeil, remontait au-dessus des genoux.

— Maman…

Mme Graissac tendit la main pour allumer sa lampe de chevet, renversant au passage un flacon de somnifères. L'enfant cligna des yeux, ébloui par la lumière.

— … Qu'est-ce qui se passe, encore ?

Thierry renifla, serrant sous son bras un tigre en peluche.

— J' peux pas dormir… Elle fait un cauchemar…

— Quand c'est pas l'un, c'est l'autre. Ce que vous êtes casse-pieds !

— Laisse, chérie. J'y vais.

Deux mollets poilus se glissèrent hors de la couette. M. Graissac attrapa un caleçon suspendu au pied de lit en bâillant.

— Retourne te coucher, dit-il à son fils, j'arrive.

— Je préfère t'attendre.

Le père laissa échapper un sourire, enfilant son sous-vêtement.

— À cause du monstre dans le placard à chaussures, je parie ?

L'enfant acquiesça. M. Graissac lui ébouriffa les cheveux, puis, le prenant par la main, l'accompagna jusqu'à sa chambre. Leurs pieds nus donnaient des baisers furtifs au carrelage. Une clarté laiteuse baignait le pavillon. Les nuits d'été, la chaleur devenait étouffante : la famille Graissac se refusait à laisser les fenêtres ouvertes à cause des nuisances sonores qu'engendrait le poste électrique de l'autre côté de la rue ; un bourdonnement incessant qui donnait mal à la tête.

— Quand est-ce que j'aurai ma chambre à moi tout seul comme avant ?

— Bientôt.

— C'est quand, « bientôt » ?

— Quand on aura assez d'argent pour quitter cette maudite baraque.

M. Graissac sentit son fils se crisper lorsque les gémissements de la petite sœur résonnèrent depuis la chambre, au bout du couloir. Il poussa la porte. Un oreiller gisait sur le sol près des lits superposés. La fillette était allongée sur le couchage du bas, un drap entortillé autour de la taille. Des grincements de dents ponctuaient ses gémissements.

— Ça file les chocottes les bruits qu'elle fait, ronchonna le garçon.

— Allez, remonte dans ton lit.

M. Graissac laissa son fils grimper à l'échelle et repoussa le drap emprisonnant sa fille moite de sueur.

— Coucou, ma petite reine…

Une logorrhée s'échappait de ses lèvres, presque un grognement.

— Tout va bien… Papa est là.

Il retira le haut du pyjama trop étroit de la fillette, s'allongea à ses côtés, disposa un bras au-dessus de sa tête et lui caressa les cheveux. Demain, devant un bol de corn flakes, lorsqu'elle décrirait les asticots géants dont ses songes étaient peuplés et supplierait sa mère de lui donner encore du vermifuge, tous souriraient de ses terreurs nocturnes, Thierry feignant d'ignorer qu'il en était la cause : faire croire à sa sœur des horreurs l'amusait beaucoup. Quoi qu'elle y fasse, au creux de ses nuits, Laurence entendait vibrer les cris de créatures inventées par son frère. Déjà, l'innocente combinaison de sa naïveté et de son imagination répandait en elle le chaos.

Des Malabar en poche, tu marches devant moi à travers champs, fouettes les hautes herbes et les orties avec un bâton, ton copain Mustafa par-devant.

— Tu connais l'histoire du scorpion et de la grenouille ?

Tu as neuf ans, moi six, tu es mon grand frère, mon horizon, mon pourvoyeur de bonbons.

— … Le scorpion demande à la grenouille si elle veut bien le porter sur son dos pour traverser la rivière. D'abord elle dit non, pas folle, mais le scorpion lui explique que c'est sans danger, tu vois, parce que si jamais il la pique avec sa queue, il coulera avec elle au fond de l'eau.

Tes cheveux blonds ondulent sous le soleil comme des flammes. L'odeur de ta peau est celle du caramel salé quand tu transpires.

— … Alors la grenouille accepte. Mais, arrivé au milieu de la rivière, le scorpion la pique… La grenouille qui se tord de douleur et qui agonise demande au scorpion pourquoi il a fait ça. Et le scorpion répond…

Tu fais volte-face et, d'un coup, me pousses dans un buisson d'orties. Une douleur atroce.

— … C'est dans ma nature, grosse cruche !

Tu es ce garçon à tête de feu qui s'éloigne en riant, ton bâton levé vers le ciel.

Plus redoutable qu'Albator*[1], Thierry régnait avec insolence sur sa petite sœur et sur toute la galaxie, défiant jusqu'aux lois de la physique, quitte à se casser la figure. Il bondissait d'un arbre à l'autre pour y bâtir une cabane de brigand, s'arrachait la peau contre l'écorce, s'ouvrait l'arcade sur un talus après s'être balancé à un pneu de camion suspendu à une corde. Au péril de sa vie, empruntant les mêmes sentiers caillouteux en sandalettes, Laurence jouait les infirmières – toujours prête, avec sa panoplie de doctoresse – et se faisait envoyer sur les roses par le casse-cou. Thierry était son corsaire de l'espace. Tout en lui la fascinait, mais lui inspirait de la crainte et du ressentiment : pas un jour, pas une nuit Thierry n'oubliait de faire damner sa sœur, ce frère si grand si mince au rire moqueur, ce cinglé que personne ne songeait à surveiller, tâche dont elle s'acquittait malgré tout, de peur qu'il ne finisse par tuer quelqu'un – lui, elle ou la chatte. Cet été, Laurence l'avait surpris dans le jardin avec son ami Mustafa, un gamin au moins aussi barjot, une seringue remplie de liquide jaune à la main. Ils observaient un gros ver de terre se tortiller au milieu des brins d'herbe.

— Qu'est-ce que tu fais ?

---

* Les notes sont référencées en fin d'ouvrage, p. 345.

— Une expérience scientifique.

— Y a quoi dans la seringue ?

Les deux garçons avaient ricané.

— De la pisse !

Thierry injectait son urine à un lombric puis l'observait se tordre en tous sens. Laurence s'était mise en boule. Une furie. À faire trembler l'aiguille. Cette fois, l'aîné avait obéi à sœurette, écrabouillé le ver sous son talon afin d'écourter ses souffrances – ou mieux se repaître de son pouvoir. Thierry Graissac était capable du pire. Un Attila en bermuda, prêt à tourmenter, humilier, écraser plus petit que soi. Elle était sa chose.

— On disait que t'étais ma femme, d'accord ?

— C'est avec papa que je veux me marier. Pas avec toi.

— C'est pour jouer, patate.

— Alors d'accord.

— Femme ! Va me cherche une BD, un verre de lait et des cigarettes.

Et Laurence excellait dans son rôle d'épouse soumise.

— Tu as déjà serré une feuille de papier alu entre tes dents ?

Candide, naïve.

— ... Parce que ça capte les ondes radio, tu sais ?

Crédule à l'excès.

— ... Je te jure ! C'est marqué dans *Science et Vie*.

Comment oublier le supplice du frottement de la feuille d'aluminium contre ses incisives lorsque Thierry tirerait dessus d'un coup sec ? C'était plus fort que lui. Il fallait qu'elle souffre, qu'elle crie. Tous les moyens étaient bons. Insultes, chatouilles, brûlures indiennes, sel dans le yaourt, poivre sur la brosse à dents, massacre de dessins, vol de goûter, énucléation de peluches.

— Qu'est-ce que t'as fait à mon ours ?!

Pourvu que Laurence hurle. Et Laurence hurlait souvent dans l'indifférence générale. Pour Mme Graissac, que ses enfants se chamaillent était parfaitement normal, qu'ils se défoulent, un besoin naturel. Jamais il ne lui serait venu à l'idée que sa fille endurait un calvaire. Il fallait que Laurence crie à s'en briser la voix pour que M. Graissac, excédé, déboule dans la chambre et corrige son fils.

— T'as pas fini d'embêter ta sœur ?

La dureté dont il faisait preuve, alors, était proportionnelle à l'exaspération qui commandait à son système nerveux dès qu'un appareil électrique explosait à cause d'une surtension, que la chatte griffait les accoudoirs du canapé en cuir, que l'hôpital changeait ses horaires de garde sans prévenir ou que Mme Graissac le poussait à bout. Après la distribution de grosses claques, il se retirait comme une vague vers le large, abandonnant le garçon à l'aigreur de ses larmes et à sa sœur, petite chose dodue, collante et tremblante, dont le frangin repousserait caresses et baisers, marmonnant sa sentence d'un ton triomphal :

— C'est ta faute, patate !

Maman t'a conduit chez le dentiste.

Et je pars à l'assaut du jardin où les fleurs de pissenlit volent comme des plumes blanches avec l'été et les oiseaux montrent leurs ventres couleur de sirop glacé. Le haut pylône froid à tête de chat qui trône sur le terrain en pente grésille, menace de me foudroyer si je m'en approche. Au flanc de la colline s'accroche un beau chêne nimbé de fraîcheur aux feuilles lustrées. Je ris toute seule, gazouille, bavarde avec le soleil, paumes sur les yeux, car tu n'es pas là pour me faire un croche-pied. J'ai relevé ma robe jusqu'au nombril, retiré ma culotte sans crainte que mamie ne me gronde puisqu'elle est partie au cimetière, libre, plus libre que jamais, et j'offre mon nombril aux baisers caressants de la brise. La voix d'une chanteuse de jazz monte depuis la terrasse où papa lit son journal en écoutant la radio. Je viens à lui, cajoleuse, entoure son cou de mes bras, l'embrasse sur la bouche.

— Dis papa, tu m'aimes plus que maman ?

Il me regarde et sourit. Sa main caresse mon dos. Comme une petite bête qui monte qui monte qui monte et qui descend.

Maman t'a conduit chez le dentiste.

— Pourquoi t'es méchant avec moi ? Qu'est-ce que je t'ai fait ?

— Rien.

— T'es jaloux parce que je suis première de ma classe et pas toi ?

— Pfff ! Tu parles ! Une classe de bébés.

— C'est parce que papa me préfère ?

— N'importe quoi !

— Alors, c'est quoi ton problème ?

— J'attends que tu te suicides.

Ce grand frère qui, obstiné, se refusait à l'aimer, pour lui, Laurence aurait fait n'importe quoi. Même des choses qu'elle ne raconterait pas à sa meilleure copine si elle en avait une.

— Gratte-moi le dos, patate.

— … Comme ça ?

— Ouais. Maintenant, fouette-moi les fesses.

— Ça va pas la tête ?

— T'es mon esclave.

— Jamais de la vie !

— Si tu veux que je vole des bonbons pour toi à la boulange, fouette-moi les fesses.

La boulangerie près de l'école, rue des Lacs. Son Arche de Noé. Des viennoiseries coiffées de glaçage à la vanille, des sucettes qui piquent, des glaces à l'eau parfum mandarine, des boules géantes de chewing-gums hypnotiques… Toutes ces cochonneries promises que lui refusait sa mère.

— C'est mauvais pour toi, Lolotte. Ça te fait grossir.

Sucer du sucre qui lui explosait dans la bouche ou faire des bulles déclenchait en elle une extase d'une puissance inouïe. Le monde se figeait comme du flanc autour d'elle lorsque dégoulinait dans sa gorge le sirop d'un roudoudou bien léché ; un moment suspendu à son planning buissonnier. Une dégustation que Laurence appréciait assise sur le perron du pavillon, observant les pirouettes fugaces d'hirondelles dans le ciel, les coccinelles croqueuses de pucerons grimpées à ses chaussettes, feuilletant des livres empruntés à la bibliothèque, en pile sur ses genoux, tout en fredonnant quelques chansons (*Papa chanteur* ou *L'Aziza*). La pause bonheur prenait fin de la même façon : son frère surgissait et lui chipait sa sucette (qu'il s'empressait d'aller enfouir dans un pot de fleurs) ou mettait sa sœur au défi de faire une bulle géante qu'il éclaterait aussitôt, le chewing-gum rose s'accrochant à ses cils.

— On dirait Peggy la cochonne !

Le soir, dans le lit, après la lecture que maman leur faisait d'un chapitre de *L'Auberge de l'Ange gardien*[2], Laurence espérait l'armistice.

— Bonne nuit…

— Bonne nuit, goret.

Alors, elle se tournait contre le mur, au bord de son tombeau, et demeurerait ainsi jusqu'à ce que son père réveille sa joue engourdie de sommeil d'un baiser qui pique au milieu de la nuit.

22 février 1986

Madame Graissac,

Je me permets de vous signaler, à toutes fins utiles, que j'ai surpris votre fille dans la classe, à l'heure de la récréation, en train de manger à la petite cuiller de la colle blanche en pot dont nous nous servons pour les travaux manuels. Je l'ai mise en garde contre la toxicité de ce produit ; elle m'a promis de ne plus recommencer. La surveillante de la cantine m'a également rapporté que Laurence bourrait ses poches de pain avant de quitter la table. Votre fille mange-t-elle à sa faim ? Suit-elle un régime alimentaire en rapport avec son surpoids ? Merci de m'éclairer sur ce point.

J'aimerais également, à l'occasion, vous entretenir à propos d'une conversation surprise entre votre fille et deux autres élèves. Cela relève probablement d'une fantaisie, voire d'une fantasmagorie de la part de Laurence au sujet d'un membre de votre famille, mais je me dois de vous en faire part.

Hormis cela, ses résultats scolaires sont excellents, comme toujours.

Madame Préau,

Directrice de l'école élémentaire publique Hugo-Vialatte

Cette nuit, les portes du pavillon claquent, maman hurle à la tête de papa et il allume cigarette sur cigarette. Au-dessus de mon lit, tu pleurniches dans ton oreiller. Je respire un parfum d'hôpital contre ma joue. La bande autour de ma main sent fort le Synthol – tu m'as écrasé deux doigts en refermant la porte de la salle de bains. Un mois sans piano. Je devrais être contente de t'entendre pleurer. Mais au bord du sommeil j'imagine devant moi la Sainte Vierge que mamie m'a souvent décrite, avec ses drapés de ciel bleu et de nuages blancs. La culpabilité me grignote. Dans la pénombre de la chambre, je me redresse sur les coudes. Mots doux et chuchotements montent d'un étage.

— Faut pas pleurer, Thierry…

— … J' pleure pas.

— C'est pas ta faute s'ils se disputent.

— Non. C'est la tienne. Pourquoi t'as raconté à tout le monde que papa prenait sa douche tout nu avec toi ?

— J'ai rien dit, je te jure.

— Menteuse !

— … Y vont pas se séparer, si c'est ça qui te tracasse.

— Qu'est-ce que t'en sais, banana ?

— Banane toi-même.

— Banane à slip !

Et ce pincement au cœur qui fait jaillir les larmes.

Quand cesseras-tu de me punir d'être ta sœur ?

Le soleil cousait au rebord de ses doigts un ruban rouge transparent. Laurence aimait tendre vers lui ses mains par défi, puis deviner en elle les émois d'un courant chaud qui galope jusqu'au ventre.

— Lolotte, tu veux bien venir ici, s'il te plaît ?

Laurence aida sa mère à napper la grande table en fer forgé sur la terrasse, à disposer assiettes, couverts, gobelets et serviettes. En ce mois de juin, M. et Mme Graissac recevaient des collègues de travail dans le jardin pour inaugurer le barbecue tout neuf. Depuis qu'ils étaient en froid avec la directrice de l'école et la plupart des parents d'élèves, ils n'avaient plus guère lancé d'invitations.

— Tu les disposes en rond en partant du centre…

— Comme ça ?

Les morceaux de melon piqués sur des cure-dents avec un bout de jambon sec, c'était son travail. Thierry se chargeait des brochettes de tomates cerises et gruyère. Le plat de Laurence peinait à se garnir – la fillette engloutissait en douce une bonne part de sa production. Debout près du barbecue, une main dans la poche de son jean, maniant une pince à grillade d'un geste expert, M. Graissac discutait avec un grand type aux cheveux blonds de la façon dont on cuisait les merguez ; l'un et l'autre avançaient leurs arguments tels deux scientifiques discutant d'un procédé révolutionnaire. Laurence ne quittait pas son père des yeux, refermait sur lui les paupières pour bien le garder prisonnier. Qu'il éclate de rire en rajustant son chapeau de paille ou fronce les sourcils en plongeant une cuiller dans son potage, il ressemblait à Charles Ingalls[3], même sans bretelles fixées à ses pantalons. Un seul regard paternel suffisait à faire croître en elle cette part de mystère et d'interdit, à la rapprocher d'un territoire secret où, d'un bâton de rouge à lèvres, s'efface le suffixe du mot fillette. Sa voix était voluptueuse et douce comme une averse. Lorsqu'il appréciait une conversation ou y glissait quelques propos ironiques, M. Graissac ponctuait ses phrases de petits grincements pareils à ceux d'un volet sous le vent chaud de l'été. Grand amateur de jazz manouche et de musique andalouse, il prenait son épouse par la taille dans le salon lorsqu'un air de flamenco montait de la chaîne stéréo. Combien la fillette convoitait-elle alors la place de sa mère, à la voir ainsi emportée au bras de ce danseur exalté et brûlant d'une fièvre qu'elle devinait sans rapport avec la température de la pièce…

L'image de leurs corps indécents, vibrants de soupirs, surpris une nuit dans la pénombre de leur chambre, dégoûtait ses pensées autant qu'elle décuplait son imagination, s'enracinait en elle, chassant d'innocentes rêveries, jusqu'à lui chauffer les joues. Le regard tourné vers l'azur, depuis la balançoire sous le pommier, à défaut d'un prince à bretelles en chemise de bûcheron, elle guettait la première fournée de côtes d'agneau. L'odeur de viande grillée la mettait tout autant au supplice que son impatience à connaître un jour des émois pareils à ceux que son père suscitait chez sa mère : les chatouilles qu'il lui faisait ne déclenchaient en elle aucun plaisir…

— À quoi tu penses, la grosse vache ?

Thierry s'approcha avec un air de conspirateur.

— Je te pousse, si tu veux…

— Pas question. Tu vas encore me faire tomber.

— Je te jure que non.

Il se glissa derrière elle, appuya deux fois sur son dos avec précaution et lui planta soudain une pique à brochette dans une fesse. Un cri suraigu monta de la gorge de sa sœur. Elle sauta de la balançoire, se frotta à l'endroit où il avait transpercé la peau et se mit à courir en zigzag pour échapper au toréador brandissant sa pique.

Personne ne prêta attention à ce spectacle ni aux appels au secours de la fillette.

Comme l'orage soudain apparaît dans le ciel, Mme Graissac venait de surgir sur la terrasse en robe rouge. Elle tenait un plateau où s'entrechoquaient des verres à apéritif colorés d'alcool. Les traits crispés de son visage trahissaient une tension extrême. Elle prononça assez fort une phrase dont le sens échappa à Laurence (*Va donc la rejoindre, ta pouffiasse*) avant de lancer le contenu du plateau à la tête de son mari. Il y eut des verres brisés, des exclamations, des hurlements. On tenta de séparer le couple qui en venait aux mains. Tétanisé par le spectacle, Thierry lâcha sa pique. Distraite dans sa course, Laurence buta contre une racine, tomba et s'ouvrit le menton sur l'arête d'un caillou. Accablée de douleur, elle vit alors entre ses larmes un immense dragon de feu s'élever depuis le barbecue et noircir les cieux.

Papa me dit de ne pas m'inquiéter. Je me blottis contre sa chemise imprégnée d'une odeur de charbon de bois, de cigarettes et du parfum de maman. Il me dit que je suis sa reine de cœur, celle pour toujours, que mes cheveux sont doux à caresser comme le duvet d'un lapin et aussi ma peau, et ses doigts font la petite bête qui monte qui monte qui monte et qui descend. Devant la lune, à la fenêtre de la chambre, chauves-souris et papillons de nuit cabriolent. Il me dit que les hommes agissent parfois d'une façon que les femmes n'arrivent pas à comprendre, que ça peut créer des conflits, de la colère, il murmure au creux de mon cou qu'il ne faudra pas plus tard que j'accorde comme maman trop d'importance à ce qui n'en a pas, et ses doigts font la petite bête qui monte qui monte qui monte et qui descend.

Des garçons, Laurence connaissait la cruauté. Leur regard sur les filles était impitoyable et un surpoids sujet à railleries automatiques. Elle appliqua une « stratégie de sauvetage » dès le primaire, tirant parti de ses petites bouées : à la récréation, sa place serait dans les buts. La meilleure gardienne des CM1. Elle n'arrêtait pas seulement le ballon, elle le renvoyait avec la vigueur d'un redoublant. Laurence sculptait sa propre stèle, loin de la salle de danse folklorique où sa mère s'entêtait encore à la conduire en 4L.

— Ne regarde pas tes pieds quand tu marches.

Après l'échec de la danse classique et l'humiliation du tutu (dans lequel elle ressemblait à un rosbif prêt à cuire), Mme Graissac avait résolu de transformer sa fille en poupée russe avec des sabots. Pour la bourrée auvergnate et la troïka, on lui avait attribué le partenaire mis au rebut par les autres filles : Olivier Godechot, une asperge à grands pieds et lunettes en culs-de-bouteille, peu causant, bagué jusqu'aux molaires. Mais à l'école, les garçons se battaient pour enrôler la joueuse dans leur équipe, quitte à lui abandonner un sandwich de pain beurré saupoudré de cacao, trois sachets de Carensac ou l'image Panini de l'attaquant Daniel Bravo en double exemplaire. Et cela était grisant, dût-elle finir couverte d'hématomes, embrasser le ballon sans y avoir été invitée et manquer se briser le nez. Forte de cette popularité, elle se laissa tenter par le regard noisette d'un camarade de classe assis deux rangs devant. Sa nuque de porcelaine tranchait sur ses cheveux noirs et bouclés. Parfois, ce garçon se tournait vers elle pour lui sourire avant de murmurer quelque chose à son voisin. Son prénom, elle l'a oublié, enfoui au plus profond d'un trou.

— Tu veux venir chez moi après l'école ?

Mais elle a gardé le souvenir de la grande maison où il l'avait invitée. Un pavillon des années 1950, garni de meubles design comme on en voyait dans le catalogue de la Camif.

— Mes parents sont docteurs.

Ceux de Laurence n'étaient qu'infirmiers psychiatriques. La chambre du fils faisait deux fois la taille de celle qu'elle partageait avec Thierry. Une couverture écossaise parait le lit sur lequel l'un et l'autre avaient posé leurs fesses, embarrassés. Elle avait rapproché son visage du sien, tendu les lèvres.

— Tu as soif ?

Alors qu'elle se croyait sur le point de connaître son premier baiser avec un garçon, celui-ci s'en était allé à la cuisine chercher un verre à moutarde Astérix rempli d'eau du robinet.

— Tu veux voir mon train électrique ?

Dans le garage, le gigantisme de ce plateau où s'étalait tout un réseau de rails électrifiés avec passages à niveau lumineux, tunnels, ponts et bâtiments reproduits à l'échelle, la fillette le garderait aussi en mémoire ; tout cela devait coûter cher et était assez ennuyeux à regarder. Laurence se retenait de dire à ce garçon qu'elle savait comment les adultes font l'amour et que, à neuf ans, elle était prête, ça ne lui faisait pas peur.

— Bon. Il faut que tu partes, maintenant. Ma mère va bientôt revenir.

Elle était rentrée chez elle un peu étourdie, contrariée par ce jeune paon qui, au lieu de poser ses lèvres sur les siennes, s'était contenté de lui montrer ses jouets de garçon. Mais le lendemain, à la cantine, quand Laurence viendrait s'asseoir près de lui, il se lèverait avec un ricanement. Emportant loin d'elle son plateau, il dirait à haute voix devant tous ses copains qu'il ne l'avait invitée que pour gagner un pari.

— Je savais que tu serais assez bête pour croire que j'étais amoureux de toi.

Jamais il ne serait sorti avec *un boudin pareil*.

— Une *goy*, en plus !

Elle ignorait ce que ce mot signifiait, mais, à sa moue dédaigneuse, comprit que ce camarade de classe l'estimait en tout point indigne de lui.

Ce jour-là étaient servis des coquillettes et du poulet en sauce dont elle suça les os en songeant à la meilleure façon d'égorger un garçon.

27 juillet 1988

Ma Lolotte,

J'espère que ta colonie se passe bien et que ton grand frère ne te manque pas trop. Son camp dans le Vercors semble lui plaire, il n'a toujours pas trouvé le temps de m'écrire. Voici un livre et des friandises pour agrémenter ton séjour. Surtout, partage les guimauves avec tes amies. L'infirmière de la colonie m'a appelée pour me dire que tu te plaignais souvent de maux de ventre. Tu serais moins ballonnée si tu ne te jetais pas sur la nourriture. Mange moins vite.

Quand tu rentreras à la maison, tu verras quelques changements. Ton père et moi avons pris la décision de faire chambre à part. Il est possible que, d'ici quelque temps, il parte vivre avec une autre personne qui a certainement des talents que je n'ai pas. Grand bien lui fasse. Nous en parlerons à ton retour.

Amuse-toi bien.

Je t'embrasse.

Maman

P.-S. : Attention, ta dernière carte était truffée de fautes d'accord.

— Odile ! Ne fais pas ça !

Maman le frappe avec la poêle à frire, papa lui vole dans les plumes. Nous assistons à leur combat, aux gifles dans la cuisine, aux coups de poing dans le couloir. La voix de papa hier si tendre, si chaude, a le tranchant des lames de ciseaux. Elle crisse comme du gravier sous mes sandales et perce mes tympans.

— Ouvre cette porte !

— Je ne te laisserai pas faire, David !

Courageuse, effrayante, maman retient ses sanglots. Toi et moi n'existons plus, gommés, serrés contre le tablier de maman parfumé à la farine.

— Ouvre, Odile ! C'est fini, tes conneries !

— Tu ne toucheras pas à mes enfants !

— Arrête ton cinéma avec les gosses… Laisse-les sortir !

Il cogne sans relâche la porte de la salle de bains où elle nous a poussés avant de tourner la clé dans la serrure. Barricadés avec maman. Nous l'encerclons de nos bras avec force, tétanisés par les hurlements.

— JAMAIS, TU M'ENTENDS ? PLUTÔT MOURIR !

— BON DIEU, ODILE, TU VAS M'OUVRIR, MERDE ?!

Tout se met à vibrer autour de nous. Cette colère qui bourgeonnait dans leurs cœurs n'est qu'une horrible plainte.

Ayez pitié de nous.

Ayez pitié de nous.

Les gendarmes se présentèrent au domicile de M. et Mme Graissac un mercredi matin avec la pluie. Croyant à la visite d'un camarade de classe, Thierry fut le premier à la porte. Du haut de ses douze ans, il lança un regard noir aux uniformes devant lui et devança leur question :

— Mon père n'est pas là, grogna-t-il.

Sa mère apparut, essuyant ses mains dans un torchon de vaisselle, les yeux cernés et le teint pâle.

— Thierry, va dans ta chambre, s'il te plaît.

Du salon montaient des notes de piano ; Laurence déchiffrait la *Sonatine en sol majeur* de Beethoven. Son cours avait lieu dans une heure et elle tentait pour la première fois de jouer mains ensemble lorsqu'elle vit son père escorté par des gendarmes passer derrière la porte vitrée donnant sur le couloir. Sa gorge se noua, ligotée par l'effroi. Elle dégringola du tabouret revêtu de velours et se précipita hors de la pièce alors que le sinistre cortège était déjà sur le perron. Sa mère tenta de la retenir.

— Lolotte, reste ici !

En trois enjambées, la fillette était sous la pluie, un pull trop étroit moulant son ventre rebondi. Devant, à quelques mètres, en bras de chemise et menotté, dans cette matinée où végétait l'automne, son père marchait entre deux uniformes.

Un véhicule stationné en bas de l'allée signalait à tout le quartier sa présence avec son gyrophare. Laurence dévala les marches du perron en chaussons, franchit les flaques d'eau et se jeta sur son père, agrippant sa ceinture.

— Papa !… papa ! J' veux pas qu'ils t'emmènent !

Un gendarme posa une main sur son épaule.

— Ne reste pas là, petite.

— Pourquoi vous l'arrêtez ? Il n'a rien fait !

Son père tourna vers elle un visage empreint de gravité.

— Rentre à la maison.

Laurence ne pouvait imaginer qu'une telle scène se déroulait pour de bon. Jamais elle n'avait surpris dans ses yeux pareille détresse ni entendu la honte froisser sa voix.

— Mais papa…

— Tu en as assez fait comme ça, coupa-t-il.

La fillette relâcha son étreinte comme on laisse une corde filer. Figée sous l'averse, des larmes réchauffant ses joues mouillées, elle regarda son père s'engouffrer à l'intérieur du véhicule, lequel disparaîtrait bientôt au bout de la rue, là où le ruisseau de Villedieu, gonflé par dix jours de pluie, débordait de son lit.

Je suis comme la souris verte de la chanson que l'on trempe dans l'huile, que l'on trempe dans l'eau, et qui finit dans une culotte où elle fait trois petites crottes.

— Lolotte ?

Impatiente, bouche maquillée, maman toque à la porte des WC. Un sac à main glisse à son bras.

— Lolotte, dépêche-toi.

Je fais sous moi. De trouille. À la maison, tu ne m'adresses plus la parole. Parce que les parents de tes copains refusent qu'ils viennent jouer chez nous. Maman se contente de me guider là où elle pense qu'il est juste d'aller (dans les toilettes d'un tribunal), certaine de la voie à suivre.

— Allez ! Le juge nous attend.

Je tire la chasse, j'obéis, même si j'ai du mal à comprendre où tout cela va nous mener, pourquoi ce juge, pourquoi répéter des choses qui jusqu'à hier étaient mon secret, pourquoi l'entêtement de papa à corriger mes paroles, pourquoi le récit de nos jeux dans la baignoire, le rituel du soir, la petite bête qui monte le mettent si mal à l'aise, pourquoi maman couvre sa bouche en fermant les yeux, quel mal il peut bien y avoir à aimer son père.

De la séparation de ses parents, Laurence ne retiendrait qu'une chose : le point douloureux n'avait pas porté sur la répartition des biens matériels ou pécuniaires, mais sur le droit de garde des enfants. Et M. Graissac n'avait pas eu son mot à dire.

— Il vaut mieux pour l'instant que vous n'ayez plus de contact avec votre père.

— Pourquoi ?

— Ce n'est pas moi qui l'ai décidé, Lolotte, mais le juge.

— Mais pour combien de temps ?

— Le temps qu'il faudra.

Son absence et son déménagement à Paris si loin du pavillon de Saint-Flour se révélèrent pour Laurence une épreuve. Reine répudiée privée de son roi, mise à l'écart des jeux pervers de son frère dont la rancune se muait en mépris et qui occupait désormais le bureau paternel aménagé en chambre d'ado, un autre événement viendrait bientôt lui cingler le cœur : la naissance d'une demi-sœur.

— Thierry, pourquoi il a fait ça, papa ?

— Il en avait marre de voir ta tronche de patate. Moi aussi, à sa place, j'aurais fait pareil.

— Tu serais parti ?

— Non. J'aurais eu une autre fille.

Cet épisode, Laurence ne semblait pas l'avoir vécu. Elle préférait tourner les choses différemment dans sa tête. Si M. Graissac ne rentrait jamais plus à la maison, c'est parce qu'il était en mission humanitaire en Afrique à des milliers de kilomètres du Cantal, et que, depuis l'ouverture d'un nouveau dispensaire au Togo, il était trop occupé à soigner des femmes enceintes et des bébés. Elle se relevait tout de même la nuit pour croquer en douce une demi-plaque de chocolat blanc, deux grosses tranches de brioche et partager un verre de lait avec la chatte, guettant par la fenêtre de la cuisine le retour du gentil missionnaire au loin sur la route. De l'autre côté de la rue, nimbées d'une lueur blafarde, les bobines du poste électrique derrière le muret grondaient sans faiblir.

Son père était comme une barque à la dérive sous une pluie d'étoiles scintillantes, un fragile édifice auquel on lui refusait l'accès par crainte qu'il ne chavire sous son poids de fillette grassouillette. Jusqu'à ce jour de printemps où, à la faveur d'un voyage scolaire organisé dans la capitale par le professeur d'histoire de la 6e 4, elle lâcherait le groupe de collégiens devant les sarcophages du musée du Louvre pour aller surprendre son père chez lui, à deux pas de la station Mairie de Montreuil. Rien n'aurait pu l'arrêter. Ni la peur de se perdre dans le dédale des couloirs de métro, ni l'angoisse de trouver porte close, ni une horrible envie de faire pipi.

— Laurence ? Mais qu'est-ce que tu fais là ?

À la surprise, au bonheur de serrer contre elle le père escamoté avaient succédé l'inconfort et le malaise. Elle découvrait un appartement lumineux, joliment décoré, où détonnaient quelques meubles et objets familiers (chaîne hi-fi, bibliothèque, dessins sous cadre) emportés par le divorcé. On y respirait un parfum de Blédine à la vanille mêlé de lavande bien différent de l'odeur de sa maison aux effluves acides d'urine provenant de la caisse du chat dans la cuisine. Deux étrangères habitaient là : une petite blonde prénommée Inès trottinait en youpala, cognant les murs, et une femme mince, coiffée à la Mireille Darc, se proposait de lui servir un bol d'Ovomaltine.

— Tu as soif ?

Tout sonnait faux. À commencer par son père, plus beau avec ses nouvelles lunettes, amaigri, moins vigoureux en sous-pull marron, mais toujours fier, un papa dont elle guettait le sourire tendre d'hier, mais ne percevait qu'embarras et froideur sous l'arc contrarié de ses sourcils.

— Je vais devoir prévenir ta mère.

— Pourquoi ?

— À cause de la mesure d'éloignement décidée par le juge. Elle t'en a déjà parlé.

— Me souviens pas.

— Écoute… Il ne faudra plus jamais revenir ici, d'accord ?

Laurence promit, réclama quelque chose à manger, attendit que son père lui tourne le dos et, d'un violent coup de pied, renversa le youpala où gigotait sa demi-sœur avant de s'enfuir à toutes jambes pour ne pas entendre le bébé hurler.

En nage, les yeux rougis, elle errerait dans les rues de Paris avant de retrouver le groupe d'élèves sur le quai de la gare à quelques minutes du départ, fusillée du regard par ses camarades dont elle venait de gâcher la journée, héritant de lourdes réprimandes de la part de son professeur et d'un blâme pour indiscipline.

La vague me prend, me soulève, puis me jette pour me reprendre, me pousser plus loin, se moquer de moi, du maillot une pièce dont elle agrandit l'échancrure, de mes grosses fesses, et d'une gifle cinglante dénude mon torse, fabrique une pelote d'algues avec mes cheveux, éclabousse mon visage, puis soudain me relâche, dédaigneuse. Je flotte, barbote, impalpable, immatérielle, oublieuse de tout ce qui s'est passé depuis que papa s'en est allé, et sous le miroitement de l'eau enflammée de soleil ma peau brille, peau d'argent, fille-poisson, je m'enfouis dans la vague, crie de joie et te cherche pour mieux te narguer de cette ivresse, je te guette sous les rouleaux d'écume, entre flux et reflux, me faufile au milieu des vacanciers, leurs jambes dressées en palissade, je remonte à la surface pour avaler une grande bouffée d'air, mais le courant agrippe mes chevilles car la mer veut jouer encore et m'aspire vers le fond avec une telle force que je pousse un cri avant de disparaître sous l'eau. Mes doigts ne trouvent rien pour s'accrocher sinon du sable et des cailloux. Coquille pleine, je coule. Personne ne me voit sombrer, emportée par d'invisibles serpents. Ni maman, allongée sur la plage et tartinée de crème, ni toi, aspiré sous un flot d'écume, tout joyeux, ni papa.

Un jour, plutôt que de la conduire au collège, sa maman lancerait depuis la salle de bains : « Et si on retournait voir la mer ? » À peine arrivées sur la plage, elles étendraient leurs serviettes et se déshabilleraient. Il y aurait un air léger et pur comme dans les gorges de la Truyère, en plus marin. Leurs peaux sentiraient l'ambre solaire au parfum de bergamote, Thierry ne serait pas là pour jeter du sable dans les yeux de sa sœur ou lui maintenir des deux mains la tête sous l'eau, et le drapeau vert claquerait contre son mat. Après le beignet gonflé à la confiture d'abricots, Laurence aurait le droit de prendre aussi une glace à l'italienne. Au-dessus d'elles, un avion déroulerait une banderole pour annoncer un spectacle de corrida avec des vachettes et le parasol rafraîchirait l'ombre sur les serviettes. Ce serait comme une faille temporelle, un bonheur d'été recréé de toutes pièces, et devant, infiniment douce, une mer à la respiration régulière, vigoureuse et claire.

Mais à présent, le jour se confondait avec la nuit.

— Lolotte ?

Une odeur de pain brûlé imprégnait la cuisine. Un soleil froid jetait des fragments bleutés au rebord d'un verre de jus d'orange que Laurence avait posé sur la table pour son frère, et des coupons de réduction périmés tenaient contre la porte du frigo, collés par une tête de Vache qui rit magnétique.

— … Lolotte, qu'est-ce que tu fais ?

Depuis le couloir d'entrée, son sac d'école à l'épaule, celui de Thierry à ses pieds, Laurence écoutait le crépitement de la pluie sur les vitres se confondre avec le cliquetis des touches de la Game Boy du frangin dans les toilettes. Mme Graissac soupira.

— Je voudrais que ça s'arrête.

— Quoi ?

Immobile, clés de voiture en main, sa maman la dévisageait avec une drôle d'expression. Laurence vit la chatte traverser la pièce pour venir frotter sa queue contre ses mollets.

— On ne peut pas continuer comme ça, à faire semblant.

Par la baie vitrée du salon, Laurence observait des oiseaux s'élancer à travers ciel et virevolter autour des câbles à haute tension reliant le poste électrique au pylône planté en limite de propriété. Il arrivait parfois qu'un volatile se jette contre la vitre, façon kamikaze, avec un bruit mat, puissant. Laurence se précipitait alors sur la pelle à poussière pour ramasser la dépouille avant que la minette ou son frère ne l'attrape – glisser un petit cadavre déplumé dans le cartable de sa sœur était une des blagues préférées de Thierry en primaire.

— C'est terrible pour nous, tout ce qui est arrivé, ma chérie…

Mme Graissac se dirigea vers l'entrée. On aurait dit qu'elle portait un enfant mort sur son dos.

— … Mais la vie doit continuer. Tu comprends ?

— Oui maman. Mais là faut vraiment qu'il accélère, Thierry, parce que j'en ai marre d'arriver en retard au collège.

Cette nuit, de son lit, Laurence avait vu la lumière jaillir du couloir, entendu la porte de l'armoire à pharmacie claquer comme un fouet dans un vieux numéro de cirque. Depuis quelque temps, sa maman abusait de gélules supposées redonner du pétillant à la vie et favoriser les rêveries. Et il n'était pas rare que le sens de ses propos échappe à sa fille.

Je m'enfonce dans un brouillard d'hiver, me borde de graisse pour ne pas grelotter, dévore comme deux. Un scorpion s'est logé au creux de mon poignet droit, aiguillon pointé, dardant ses pinces. Son venin coule dans mon sang à chaque battement de cœur, n'en déplaise à maman.

— Il est hors de question que tu cèdes à cette mode ridicule, Lolotte.

J'ai poussé la porte de la boutique d'un tatoueur non loin du collège avec dans mon blouson sa valeur en argent de poche. Le baiser de l'aiguille rougit encore ma peau. Mon talisman. Je le cache sous ma manche, le regarde en catimini pendant les cours. Et lorsque tinte la lune à la fenêtre de ma chambre, je vois frémir son aiguillon de feu.

Depuis quelque temps, par la force des choses, Thierry désertait les couloirs de son existence. Laurence le devinait trop occupé à reluquer les filles de 2de pour lui concocter d'autres tours.

— C'est Valérie, ta nouvelle copine ?

— Barre-toi.

Elle n'avait aucun mal à l'imaginer devant le lycée, fumant en douce une cigarette avec cette fille aux longs cheveux dorés qu'elle croisait parfois.

— Tire-toi, je te dis ! Tu me fous la honte !

Avec lui, le père – sujet tabou – était rarement évoqué. Elle savait que Thierry la tenait responsable de son escamotage. Allongée sur le lit, la chanson *Don't Let the Sun Go Down On Me*[4] dégoulinant du casque collé à ses oreilles, ou bien au collège, sa tête dépassant celle des autres dans la rangée, Laurence ne pensait à rien sinon à la possibilité de se transformer bientôt en arbre. Un arbre n'a pas d'ami ni de cerveau, il n'a nul besoin de l'un ou de l'autre, aucune nécessité de mouvements, il lui suffit de bien se tenir face au vent, d'adapter son rythme de croissance au fil des saisons et de se nourrir par les racines. L'idéal du néant éternel. Le vide valait mieux que les commentaires des garçons sur son physique, les amabilités de son frère, ou ses rêves brûlants.

— Les services sont tellement surchargés qu'on n'a même plus le temps de parler aux malades. On les bourre de médoc' et on les fiche au lit. L'hôpital se transforme en camp de zombies... C'est toi qui as le sèche-cheveux, Lolotte ?

— Non. Tu l'as jeté la semaine dernière.

— Tu es sûre ?... Il ne marchait plus ?

— Oui. À cause d'un court-circuit dans la prise de la salle de bains. Tu devais passer chez Darty.

— Ah bon ?... Merde ! Moi aussi je devrais arrêter de prendre ces saloperies...

Sous l'effet des psychotropes, Mme Graissac dégringolait sans rebuffades, multipliait les arrêts de travail. Elle égarait les clés de la maison, oubliait son portefeuille à la caisse du supermarché, reprenait en rayon des produits déjà achetés la veille ou cherchait sa 4L sur le parking du personnel de l'hôpital alors qu'elle était venue en autobus.

— ... Tu veux du ketchup avec ta purée ?

Elle lâchait aussi la bride à sa fille, trop lasse pour mitonner des plats maison, trouvant plus pratique d'ouvrir une conserve ou de fourrer une blanquette Findus dans le micro-ondes, lui abandonnant le droit de ne pas être un modèle de féminité, de porter des jeans délavés, une chemise Levi's à boutons-pression, et de couper ses cheveux court avec une frange. Pour le reste, les ingratitudes de la puberté se chargeaient de limiter les rapports de Laurence avec les autres. Affublée du surnom de « Sergent Garcia » par certains élèves de sa classe de 5e, elle servait de poubelle de table à la cantine à une poignée de camarades, lesquelles lui offraient volontiers une part de tarte aux pruneaux ou le morceau de camembert en trop. Sa graisse gagnait en harmonie toutes les parties du corps, essoufflait sa course, ensevelissait son âme. Devant le piano droit du salon, avachie sur le tabouret, déchiffrant les *Nocturnes* de Chopin, elle ressemblait à un gros abricot bien mûr. Sur le terrain de sport, l'adolescente tanguait, lourde, pataude. À la piscine, à chaque séance, elle manquait se noyer.

— T'as les os plus lourds que ceux des autres, la frangine.

— Qu'est-ce que tu racontes ?

— C'est à cause du gras qui rentre à l'intérieur.

Les os plus lourds que ceux des autres.

Rien ne pouvait lui ôter cette idée du crâne. Et lorsqu'elle découvrait sur la terrasse du pavillon de Saint-Flour un scarabée, pattes en l'air, elle s'accroupissait sans chercher à le remettre à l'endroit, curieuse de son destin, non par cruauté, mais avec l'espoir de le voir se retourner tout seul, lui chuchotant des paroles d'encouragement dont jamais le coléoptère ne tirait bénéfice.

Trois heures du matin, crise de boulimie.

Du givre se forme sur la vitre à ma fenêtre – maman coupe le chauffage la nuit pour économiser le gaz. Je me dirige en frissonnant vers la cuisine. La pièce est à peine éclairée par le réverbère en bas de la rue, mais je devine une ombre sur le carrelage. Celle d'une éternelle insomniaque, un fantôme chaussé de pantoufles en fourrure acrylique.

— Maman ?

Je l'ai surprise hier à écouter derrière la porte de ta chambre, guettant sans doute le bruit d'un appareil électronique ou d'une musique en sourdine. Elle se tient près de l'évier, décoiffée. Petit serpent mort, la ceinture de sa robe de chambre traîne sur le sol. Des cheveux se dressent en haut de son crâne comme sous l'effet d'un aimant. Elle fixe le grand couteau à manche en bois dont on se sert pour trancher les fruits et les légumes. Il est là, posé devant elle, sur la planche à découper.

— Maman ? Qu'est-ce que tu fais dans le noir ?

Rien ne bouge.

— … Tout va bien ?

Elle empoigne le manche du couteau et plante la lame dans la planche.

— Va te coucher et fous-moi la paix !

Je décampe. Sa voix est plus glaçante que le vent d'hiver. En passant devant ta chambre, j'entends le parquet craquer.

Les garçons ont l'art de se murer dans le silence quand la maison brûle.

Elles arrivèrent en plein cours de SVT, jour de dissection des grenouilles. Une douleur en bas du ventre, et soudain, la sensation désagréable de se faire pipi dessus sans s'en rendre compte. Un moment d'effarement, comme si le temps transformait chaque grain du sablier en pierre. Cette nouvelle perspective – perdre chaque mois du sang – lui donnait plus faim encore. Les crises de boulimie se multipliaient, incontrôlables. Tartine-party de Nutella saupoudrée de Smarties, orgie de fraises Tagada, chips avec du Kiri, fringale de Pépito et Fanta orange, écrasé de banane et de Bounty au goût de paradis, elle avalait plus vite que son ombre, redoutant de voir surgir son frère derrière le frigo, l'air goguenard, un pantalon de pyjama trop court serré sur le nombril.

— T'es un aspirateur à bouffe, la vache !

Le contenu d'un paquet de six tranches de jambon – roulées ensemble – disparaissait en trente secondes chrono au fond de son gosier. Cinq cents grammes de spaghettis à la tomate en boîte couverts d'une montagne de parmesan, même service. Passé minuit, le lait, sous toutes ses formes, avait sa préférence.

— Halte-là ! Pas touche au calendos, la morfale.

— J'ai faim.

— T'as qu'à passer en mode recyclage.

— Hein ?

— J' te fais pas un dessin... Tu dois lâcher de sacrés paquets, dans les chiottes !

Encouragée par les bourrelets, la poitrine de Laurence gonflait. Les garçons regardaient autrement l'adolescente, mataient surtout ses seins. La limite était franchie. Désormais, ses attributs sexués lui interdisaient le terrain de foot à la récréation. Prisonnière de son armure, matelassée de mollesse, elle se figeait sous le marronnier de la cour, engloutissait des Prince de LU choco-vanille tout en observant les corbeaux tourner en rond dans le ciel. Mme Graissac finit par conduire sa fille chez un spécialiste, alarmée par une brutale prise de poids.

— On va essayer la fluoxétine, madame. Dix milligrammes par jour pour commencer. On a de bons résultats sur l'hyperphagie et les troubles compulsifs chez les adolescents.

D'après le médecin, le manque d'estime et d'affirmation de soi, l'anxiété, la dépression ou des phobies étaient à l'origine du mal, et il recommandait un suivi psychologique visant à « réduire les fréquences des crises et à les transformer en simples grignotages ». Mais le thérapeute désigné pour ouvrir une parole chez la jeune fille rencontra de si puissants silences que Mme Graissac eut tôt fait de mettre fin aux séances, convaincue que la psychiatrie ne recelait pas de réponses adaptées à sa fille.

Laurence était rapidement passée à vingt milligrammes de fluoxétine, puis à quarante. Mais, à défaut de perdre l'appétit, elle perdait le sommeil – un des effets secondaires du traitement, avec les idées noires.

Un soir, en décembre, assise sur le garde-corps de la fenêtre de sa chambre, contemplant au loin la ville haute de Saint-Flour en frémissant, elle trouva au suicide bien des attraits et programma la fin de sa vie porte-poisse au premier jour du printemps – sa date d'anniversaire. Tout s'enchaînait depuis sa naissance comme une mauvaise partie de cartes. Chaque jour se jouait une bataille telle que son frère aimait à en mener contre sa sœur lorsqu'ils étaient gamins : il réunissait dans son jeu les as, les jokers, les figures, et lui distribuait le reste.

À moins que Laurence ne se décide à rebattre les cartes.

Je lui dis que je regrette. Je ne voulais pas lui faire de mal, à sa fille. Je ne sais pas ce qui m'est passé par la tête. Cette fois, le « clic » du combiné que l'on décroche se fait entendre, précédant la voix dont papa me prive depuis si longtemps.

— C'est difficile pour moi de faire face à tout ça, Laurence, à ce que ma séparation d'avec ta mère a engendré comme folie.

Il parle des malheurs qu'il a provoqués sans le vouloir. D'une famille fracturée à jamais.

— J'ai pas voulu ça, papa… Ce qui t'est arrivé à cause du juge… C'est la directrice de l'école qui m'a forcée à raconter des trucs qu'elle a répétés à maman.

— Je sais.

— Pourquoi est-ce que je ne peux pas revenir vivre avec toi ?

Un long soupir sort de sa bouche et fait grésiller le combiné.

— Les choses sont allées trop loin… Je dois m'occuper de ma famille *à présent, tu comprends ?*

Une pierre me tombe sur l'estomac.

— Il faut que tu sois forte.

— Je suis forte, papa, t'inquiète pas…

Consoler l'autre, même s'il est coupable.

Jusqu'à la nausée.

Laurence reçut la promesse d'une visite aux alentours de Noël, à laquelle son père renonça au dernier moment – en cause, un violent échange téléphonique avec son ex-femme.

— David, si tu te pointes ici, j'appelle les flics !

À sa place, il dépêcha une superbe chaîne hi-fi que sa mère s'empressa d'enfermer dans un placard.

— Ton père nous a fait trop de mal, ma Lolotte.

— De quoi tu parles ?

— Tu le sais bien.

— Non. Je ne vois pas. C'est dans ton imagination.

— Mon imagination ?... C'est la meilleure, celle-là !

Au réveillon, Mme Graissac remplit deux fois leurs coupes de champagne, pompette dès la première gorgée. Laurence s'empiffra de toasts de foie gras, de tagliatelles au saumon et d'omelette norvégienne, histoire de remplir ses joues pour l'au-delà.

— Fais gaffe, gros sac, les nouilles vont finir par te sortir des trous de nez !

Alors qu'approchait la date fatidique du 21 mars, Laurence entama la rédaction d'une lettre d'adieu à l'intention de son père. Elle lui trouva différentes cachettes – sous son matelas, glissée entre deux bouquins sur l'étagère ou bien derrière les chaussettes dans la commode. Feintes inutiles. Thierry, fatalement, devinait tous les secrets de sa sœur.

— T'es sérieuse ? Tu comptes te suicider en te jetant du haut des orgues de Saint-Flour[5] ? Ce serait plus malin de sauter direct dans une friteuse. Avec ton gras, au moins, on ferait des churros !

Un arbre. Une bûche. Un rocher. Une pierre brûlante sous l'eau de pluie. Qu'importe qu'elle renaisse végétale ou minérale pourvu qu'elle soit sourde, exsangue – et sans graisse.

— Tu rigoleras moins quand je serai morte.

— Je me réjouis déjà de plus voir ta tronche.

— Bâton merdeux.

— Grosse bouse.

Mais sans que rien l'annonce, surprenant comme le dégel après l'hiver, son projet morbide capota un jeudi en plein cours de sport. À la demande du professeur Störrisch, elle plaça contre son cou une petite sphère en métal dont elle devait se débarrasser en la projetant le plus loin possible.

— Allez, Graissac !

Lancer, arracher de son corps souffrances, moqueries, mensonges et trahisons. Les jeter loin, le plus loin possible, de toutes ses forces, avec rage, le petit scorpion à son poignet tourné vers le ciel. Elle sut y faire.

Au bout de ses doigts se gagnerait la liberté.

Bientôt flamboieraient les médailles.

Briller au firmament.

Plus dure serait la chute.

PRENDRE LA TANGENTE

(1997-2004)

Si la couleur trèfle représente l'abondance de bien-être et la sérénité intérieure, la dame se distingue par son comportement négatif. Elle annonce la venue d'une personne nuisible dans l'environnement de celui ou celle qui la possède, capable d'en convoiter la situation professionnelle, familiale ou sentimentale, au risque d'une mise en péril.

Le Dr Bashert détestait les gens. Il n'y avait rien de plus laid et de plus dégradant à ses yeux que des abrutis en peignoir de bain et tongs, déambulant comme des pingouins, godiches, ramollis, tiédasses. Ça polluait son horizon, mais ça payait ses dettes de jeu. Inlassablement, on lui posait des questions à la con, *est-ce que c'est normal si je pète, si j'ai mauvaise haleine, si je garde toujours du gras là*, avec la peur de mourir dès qu'apparaissaient un bouton sur la figure, une tache sur la peau, un souffle au cœur… Il se retenait de leur répondre d'un pragmatique *on va tous mourir d'une saloperie un jour ou l'autre, tu y passeras aussi, crétin.* Reculer le moment fatidique était illusoire. La mort venait toujours plus vite qu'on ne le croyait, il en était convaincu. Et elle le surprendrait avant qu'il ait goûté à l'exquis venin de l'amour fou – la seule quête qui en vaille la peine. Car chaque seconde qui passait était plus longue encore et le vent moins vigoureux dans ses cheveux. Leur faute à eux, ces empaffés, ces mous du bulbe, ces irrésolus.

Il avait d'abord pensé que cela s'apaiserait avec le temps, cette envie d'en finir avec les autres. Que c'était comme une petite grippe, un rhume mal soigné qui s'éternisait. Mais non. Chaque matin, à peine franchies les portes d'entrée de la station thermale et saluées les hôtesses d'accueil au brushing fadasse derrière le comptoir, il ressentait une poussée de fièvre. Il les imaginait déjà accrochés aux rambardes scellées du bassin, genoux serrés, bras tendus, barbotant dans une eau verte, attentifs aux paroles d'un agent thermal, à la cadence des mouvements, avec cet air béat sur la figure, contraints par l'effort, le cou rougi, perdus dès qu'on les changeait de cabine de soin. Les eaux thermales de Chaudes-Aigues étaient réputées pour leurs propriétés antalgiques et myorelaxantes. Alors ils se poussaient les uns derrière les autres en maillot et bonnet de bain pour venir traiter une affection rhumatismale, une vilaine sciatique, de l'arthrose ou un rhumatisme dégénératif, avec l'espoir de retrouver une vie normale en dépit d'une névralgie cervico-brachiale, de séquelles d'un traumatisme ou d'une fibromyalgie irréversible. Et leurs bedaines blanches flottaient tels des icebergs sur la banquise. Tout ce liquide, toute cette peau froide, fripée ou tendue à l'extrême… Comment faisaient-ils pour en arriver là, déjà hantés par la dépravation et la vieillesse ? Même l'eau gagnait une couleur fangeuse à force de lessiver ces carcasses muselées de douleurs. À tout prendre, embrasser une carrière de vétérinaire aurait été préférable. Il lui semblait plus acceptable de ne pas aimer les animaux plutôt que les gens ; on pouvait vivre sans chat, sans chien ni poisson rouge. Mais on ne pouvait exister *sans* les autres, *sans être* au milieu des autres, ici, là et ailleurs. Même chez lui, la présence d'un autre corps, dans son lit, le salon ou la cuisine, un corps dont l'odeur lui rappelait vaguement la sienne ou le parfum de celle qu'il avait épousée pour le meilleur et pour le pire – ignorant que le meilleur serait bien trop tôt derrière eux –, pouvait devenir insupportable.

Parfois, arpentant de sa solitude les sentiers qui mènent au lac des Perches au fond d'un cirque encaissé, remontant vers un chaume d'où il pouvait contempler la vallée de la Doller – et même les Alpes par temps clair –, il parcourait ses années passées comme on feuillette un livre, pour ne retenir qu'un chapitre. Car le destin d'un homme se jouait à dix-neuf ans. L'âge où, dans la douceur d'un sourire, dissimulé sous une mèche blonde, apparaît *le* chemin. L'été, lorsque soudain les oiseaux se taisent, que la terre tremble sous ses pieds, martelée par la course des bêtes, et que le feu noircit le ciel derrière la montagne, le choix de la direction à prendre est décisif si l'on ne veut pas brûler vif avec son sac à dos. Lui avait foncé dans le brasier et laissé derrière lui une fille sans rien lui promettre. Elle avait seize ans, les cheveux longs, un corps athlétique et musclé. Belle. Grande. Comme toutes celles qu'il eût jamais désirées. Plus grande que lui. Un rempart. À l'époque, il se croyait seulement capable de défendre – et c'était déjà une gageure – l'amour d'une fille à sa hauteur. Cent soixante-six centimètres que le temps rabotait avec l'âge se dressaient dans sa vie telle une palissade entre rêve et oubli, convoitise et lâcheté. Et s'il n'y avait que la taille. Des oreilles en cornet, des touffes grises et crépues dressées sur sa tête, un visage sur lequel pesait un front large et courbe, des pommettes qui saillaient comme celles d'une marionnette quand il souriait… Cette tête-là l'empoisonnait. Avec le temps, il avait compris qu'il n'attirerait jamais à lui que maîtresses d'école dépressives ou curistes gays frappés par son allure peu farouche de médecin du Cantal, en blouse blanche et Timberland, au doux regard de myope. À dix-neuf ans, sans lunettes et avec une tignasse coiffée en pétard, il avait pourtant de la gueule…

— Papa, tu sais, tu ressemblais au Dr Carter dans la série *Urgences* quand tu étais jeune.

Camille, sa fille chérie, neuf ans et déjà deux rangées de bagues aux dents, aimait à comparer les membres de sa famille à des acteurs de séries télé. Fraîche et drôle telle que jadis l'était sa mère, à défaut de faire doctoresse-comme-papa, elle embrasserait à n'en pas douter une carrière de magistrate-comme-maman et partirait suivre des études de droit à l'University College of London en Erasmus. Son museau de petite fouine avait aussi l'art de soulever les pages les plus pitoyables du livre de photos.

— Le chanteur sur la scène au milieu des gitanes, c'est toi ?

— Oui.

— C'était au Club Med à Marbella ?

— Oui.

— Ça te va bien, le sombrero.

Fuir. Fuir d'ici. Fuir le plus loin possible de ses errances, des fractures d'antan, sauver l'humain qui s'oublie en lui-même, sans désir et sans faim. Purger son âme noire. Ne plus jouer. Quitter cette maîtresse qui le tient en laisse, empoche la totalité de son salaire. Ne plus soigner. Ne plus reculer l'échéance. Laisser mourir. Mais au premier coup de tonnerre, il comptait sur ses doigts, un, deux, trois, quatre, cinq secondes entre l'éclair blanc et la détonation. Son esprit, dès lors, s'embarquait pour un naufrage, naviguait entre deux eaux : la vie, la mort. Prolonger l'un au détriment de l'autre. Quand serait-il capable de choisir son camp ?

Vincennes, 7 mars 1997

Cher papa,

Je fêterai mes 18 ans dans quelques jours, mais on m'a déjà transférée dans un bâtiment réservé aux majeurs. C'est génial de ne plus avoir de surmédiant pour me fliquer en permanence... Encore une étape de franchie dans ma vie ! Y a trois ans, quand j'ai su que le comité départemental et la fédération d'athlétisme avaient présenté ma candidature à l'INSEP[6] et que j'allais à Paris, j'ai pas trop compris ce qui se passait, quelle chance j'avais d'avoir été choisie. Ici, personne n'aurait l'idée de se moquer des autres : on est habillés en jogging à longueur de temps et on a tous des physiques en rapport avec nos disciplines. On s'attache aux performances – l'objectif premier... Quand on fait du sport de haut niveau, on ne voit pas les choses comme tout le monde. On sent qu'on est « différent »... Deux entraînements quotidiens, cinq heures de cours, des études surveillées et presque pas de vacances, beaucoup craqueraient !

... Ce qui me manque le plus, c'est toi. Thierry et maman aussi... Tu peux m'écrire et m'appeler, tu sais ? Je ne dirai rien à maman.

Je t'embrasse très fort.

Laurence

Il téléphonait de l'aéroport.

— Je pars, Laurence.

M. Graissac avait attendu la dernière minute avant d'informer sa fille de sa décision.

— … Je n'ai pas le choix, tu comprends ?

Il parla brièvement d'un dossier judiciaire qui ne cessait de le poursuivre partout où il allait. De contrats qu'il avait perdus à cause de *cette histoire* qui parasitait son activité d'infirmier libéral et pesait lourd sur son couple.

— Mais… où tu pars ?

— Loin d'ici. Je quitte la France.

Dans le couloir du gymnase, serrant contre l'oreille le combiné d'un téléphone mural où l'appel lui avait été transféré, Laurence retenait son souffle, évitant le regard de son coach, lequel se tenait plus loin devant la porte des vestiaires, poings sur les hanches ; on l'attendait dare-dare sur le terrain.

— Pour combien de temps ?

— Je n'en sais rien… Écoute, je ne suis pas certain de revenir.

Peu de mots furent nécessaires pour faner tout espoir.

— Je t'écrirai.

Laurence savait qu'il n'en ferait rien.

— … Je reste ton père, dit-il d'une voix sans timbre, mais je ne pourrai jamais te pardonner ce qui s'est passé.

Elle tenta de contenir l'émotion qui lui serrait la gorge.

— Et Thierry ? bredouilla-t-elle, lui aussi tu l'oublies ?

Un silence se fit à l'autre bout du fil. Puis M. Graissac soupira et lança avant de raccrocher :

— Sois heureuse dans ta nouvelle vie.

Le coach hurlait maintenant son nom. Laurence raccrocha d'une main tremblante le téléphone. Elle s'y reprit à deux fois pour refaire son lacet, les yeux embués de larmes. Lorsqu'elle rejoignit les autres filles sur la piste, le coach la surprit d'une claque sur la fesse gauche.

— Et alors, Graissac, qu'est-ce que tu foutais ?!

Allumer mon feu intérieur, embrasée par le halètement des autres, le grincement des dents sous l'effort, les jurons lancés avec rage, les crachats de douleur, et tournoyer, lancer, toupie d'albâtre à la poigne de fer, tout en muscles tout en nerfs, lancer à grands coups à grands cris, et atteindre ce vertige de l'exploit pour ne pas perdre la tête.

Laurence se laissa tomber sur le banc du vestiaire où d'autres filles terminaient de se rhabiller. Elle ôta son tee-shirt trempé de sueur, galvanisée par son dernier lancer. Une à une, les filles quittaient la pièce, sac de sport à l'épaule, la saluant avec dans le regard une pointe d'envie et d'admiration. Le sourire de Laurence figeait un moment d'émotion plus intense que lorsqu'elle avait projeté son marteau dans le ciel de Palma de Majorque aux épreuves d'athlétisme de l'Universiade, à soixante-huit mètres onze de distance, décrochant sa première médaille internationale de bronze. La discipline du marteau devenue accessible aux femmes, elle avait lâché le poids sur les conseils de son coach. Connaître l'exaltation d'un terrain inexploré s'était révélé un puissant moteur. À vingt ans, Laurence Graissac découvrait les rives heureuses du succès et se qualifiait pour le championnat mondial d'athlétisme ; un exploit qui serait salué par sa fédération, l'ensemble de ses professeurs et un journaliste de *La Montagne* dans les pages de sport.

— Bah ! Si t'es si douée pour lancer des marteaux, la frangine, tu devrais aussi lancer des clous ! Au moins, ça servirait à quelque chose. Tu pourrais accrocher des cadres et mettre ta tronche dedans.

Laurence s'y était préparée. Changer le regard que *le reste du monde* portait sur elle serait une épreuve bien plus rude et longue encore. L'ingrate grassouillette n'était plus ; le sport aspirait jusqu'aux attraits de sa féminité. Au cœur d'un parc de vingt-huit hectares rempli d'athlètes que dominait une statue de marbre symbolisant les douze travaux d'Hercule, se révélait une fille charpentée, nuque rasée, muscles bandés, à l'état brut. Au travers de ses railleries, son frère traduisait cette immuable vérité qu'il aimait à lui assener : un vilain gros canard qui devient fort comme un Turc reste un vilain gros canard. Quoi qu'elle y fasse, Laurence demeurait prisonnière de son corps.

— Alors, on fait encore son intéressante ?…

Adossée contre le mur près de la porte, Mariana ôtait ses gants de cuir, retardant le moment de se changer. Un mètre soixante-dix-huit, une tête au carré sertie d'iris bleu vif, des sourcils en barrettes qui se rejoignent sur l'arête du nez, la brunette bien en chair étalait une rangée de dents éclatantes.

— … Tu les entends, les clameurs du stade olympique de Séville ?

Laurence retira ses baskets.

— Avec un peu de volonté, on arrive à tout, sourit-elle.

— Foutaises.

Mariana dodelinait de la tête. Ses performances étaient loin d'égaler celles de son amie qu'elle avait prise d'autorité sous son aile au premier jour de son intégration à l'institut.

— Tu vas partir là-bas sans moi.

Laurence marcha en chaussettes jusqu'aux lavabos. Une brassière aux bretelles croisées comprimait sa poitrine plus menue et plus ferme. L'air était chaud, confiné, et sentait la transpiration. L'eau raviva la sensation de brûlure sur sa peau. Elle se pencha pour boire au robinet, remplit sa bouche d'un jet glacé et se redressa. Des gouttes descendaient jusqu'au creux de son nombril. Dans le miroir fixé au mur, le visage de Mariana lui sembla pâle et austère.

— Mais non, la rassura Laurence. J'en parlerai au coach.

Mariana avait suivi le même parcours, enfanté sa propre existence et joué les garçons manqués à défaut d'être une fille réussie au sein d'une famille bourgeoise des Bouches-du-Rhône. Elles partageaient repas, études, entraînement, chambre d'internat, et aussi un certain penchant pour les blagues – celles sur les blondes. L'une écoutait Gorillaz, Radiohead et Manuel de Falla, l'autre Debussy, Queen et Massive Attack. Toutes deux raffolaient des romans de Stephen King et des poèmes de Victor Hugo, de la salade de carotte à la cantine du campus et des pantalons baggy portés avec des mitaines en coton molletonné assorties. Mais depuis la dernière saison, Mariana décrochait. D'extravagante et drôle, elle devenait démotivante, cynique. Laurence sentait qu'elle se détachait de la compétition, tel un pétale flétri en haut de la tige, au seuil de la performance ultime.

— … Pascal ? dit Mariana en haussant les sourcils. Ce serait bien le dernier à me filer une place en tribune !

Laurence lissa ses cheveux sur les tempes, contrariée par le tour désagréable que prenait leur conversation. Son dernier lancer dépassait de dix centimètres sa marque au championnat du monde junior d'Annecy ; cet exploit aurait dû les remplir de joie… Son amie avança dans sa direction sans la quitter du regard.

— Tu n'as pas remarqué comment il te touche pendant l'entraînement ?

— Comment *il me touche* ?

Mariana renoua sa queue-de-cheval.

— Sa façon de mettre les mains sur toi.

— C'est mon coach. Il me corrige.

— Tu crois qu'il va mieux *corriger* la position de ton bras en posant une main sur ton cul ?

— Il fait pareil avec toutes les filles.

— Non. Tu te trompes, Lolo.

Lolo. Dans la bouche de Mariana, d'habitude, ça sonnait mignon comme une fleur fraîchement cueillie. Là, l'intention était de rabaisser sa copine au rang d'idiote.

— C'est quoi, cette crise de jalousie ?

Mariana ne répondit pas. Dans le miroir, son regard prenait un éclat orageux. Quelque chose se jouait là, de feutré et d'intime, sans rapport avec la compétition. Le silence se fit, ponctué par leurs respirations et l'écho des voix provenant de l'aire de lancer où se poursuivait l'entraînement. Laurence palpa son épaule gauche, retenant une grimace.

— Tu as mal ?

— C'est rien…

— Attends.

D'autorité, Mariana vint se placer derrière elle, enveloppa d'une main la clavicule, contrôla la première articulation et descendit jusqu'à la tête de l'humérus pour détendre muscles et tendons. Laurence se raidit.

— Relâche-toi.

Elle repensait à leur dernier week-end passé à Versailles. Un traquenard. « La maison rien que pour nous deux, Lolo ! » Les parents de Mariana étaient en vacances au Portugal. Tout avait commencé dans l'allégresse, l'une et l'autre vautrées sur le canapé. Coca, pizzas, clopes, musique à fond, vieux rhum déniché dans le bar – les performances du lundi en avaient pâti. Mais à la chaleur, à la tendresse avait succédé le malaise. Un enchaînement de situations déplaisantes. La douche que Mariana avait proposé de prendre à deux. La nuit passée dans le même lit *comme des sœurs*. La bouche de son amie cherchant son sexe sous la couette et cette main que Laurence s'était attachée à dévier de sa course.

— Laisse-toi aller. T'es toute crispée…

Le massage gagna en vigueur. En cet instant, elle ressentait la même empreinte, profonde, indécelable, ce besoin de contrôle et de domination que son amie recherchait dans leur relation.

— ... Tu ne devrais pas te laisser faire par ce pervers.

— Pervers, lui ?

— À ton avis, pourquoi est-ce qu'il a choisi ce boulot ?

Laurence leva les sourcils.

— C'est un ancien champion.

— T'as rien compris... Des camionneuses comme nous, ça l'excite, c'est tout. Il assume pas d'être pédé, alors il se console comme il peut.

— Tous les mecs qui me parlent gentiment sont des pédés, c'est ça ?

Mariana lui malaxait l'épaule. L'air confiné du vestiaire était étouffant.

— Tu veux que je te dise ? Il se touche le soir en rêvant qu'il s'enfile Matt Damon. Tu ne seras jamais qu'un fantasme chez lui, un truc qu'il essayerait bien de se taper pour voir ce que ça fait.

— Mariana, si tu régresses dans tes performances, c'est pas au coach qu'il faut t'en prendre.

La jeune femme encaissa sans réagir, puis hocha la tête.

— ... OK. Tu kiffes ce connard !

Mariana se colla à elle, pesant contre son dos de tout son poids.

— Faut pas que tu ailles à Séville, souffla-t-elle. Tu sais ce qu'on raconte sur les villages olympiques ? Ça baise dans tous les coins... On va t'obliger à faire des choses dont t'as pas idée... !

— FOUS-MOI LA PAIX !

Laurence se dégagea et reprit place sur le banc pour enfiler un sweat et remettre ses baskets.

— Écoute, Mariana, les filles, c'est pas mon truc. Alors, oublie-moi tu veux ?

Sans ajouter un mot, elle fourra sa serviette dans son sac de sport et quitta le vestiaire.

Il était temps qu'elle s'affranchisse de cette fille.

Dût-elle le regretter.

Vincennes, août 2002

Cher Thierry,

Après une médaille d'argent à la Coupe d'Europe des nations, je viens de décrocher le record de France du lancer de marteau aux championnats d'Europe à Munich avec 72,04 mètres. Je suis la première athlète française depuis 1948 à obtenir une médaille dans les lancers. Il y a un article sur moi dans *La Montagne* (je t'ai mis la photocopie). Mon coach pense que j'ai la capacité à lancer au moins à 74 mètres… Ça t'en bouche un coin, je parie. (Elle se débrouille bien, la grosse nullasse !)

… Tes blagues pourries me manquent, et maman aussi. C'est compliqué de rentrer à Saint-Flour en ce moment avec les compétitions. Je dois m'entraîner tous les jours si je veux battre mon record l'année prochaine à la Coupe d'Europe des nations à Florence…

Pour info, papa ne fait plus suivre son courrier (les dernières lettres que je lui ai envoyées me sont revenues) et son téléphone sonne dans le vide. Et aussi celui de la maison (dis à maman qu'elle arrête de débrancher le répondeur !). Je viens vous voir dès que je peux.

Miss Peggy

À la faveur de l'été, les discussions sur un banc du stade s'éternisaient dans la tiédeur du jour. Les manches de son sweat roulées jusqu'aux coudes, Pascal posa un pied sur le banc, un bras en appui sur la cuisse. Le chronomètre qui pendait à son cou penchait vers Laurence, assise près de lui. Le coach fixait l'épaule gauche de son athlète.

— L'articulation la plus mobile du corps humain…

Cette partie de son anatomie semblait le fasciner.

— … Mais aussi la plus instable.

À sa main droite miroitait une chevalière en argent sertie d'une turquoise – son gri-gri, un talisman indien rapporté d'un voyage aux States.

— La pratique du lancer la sollicite un max. Et cette hypermobilisation entraîne des pathologies. Mais pour faire face, ton organisme va s'adapter.

Pascal désigna de l'index la partie du corps qu'il considérait comme la pièce maîtresse de l'épaule – l'omoplate –, allant jusqu'à en dessiner les contours à travers le dossard de la jeune femme, collé par la transpiration.

— Il va mettre en place un système tout autour de l'articulation, une sorte de ceinture scapulaire…

Laurence n'était pas une spécialiste de discours amoureux – tant s'en faut –, mais elle devinait quand son coach entamait sa cour : sa voix fluctuait comme le chant capricieux d'un ruisseau se frayant un chemin parmi les cailloux.

— ... Au fil des années, sans t'en rendre compte, tu as appris à développer *l'intelligence de ton épaule*, sa capacité à se mobiliser et à maintenir un équilibre interne en dépit des sollicitations... Tu as un truc de prévu, là ?

Laurence savait que personne n'aurait l'idée grotesque de la demander en mariage ; son ventre ne se remplirait jamais que de bouffe. Cependant, cet homme de treize ans son aîné enfantait de troubles chimères, jetait des ponts d'une île à l'autre, bâtissait en elle des fantaisies sentimentales insoupçonnées. Les intonations de sa voix puissante lui chatouillaient le cœur. Son nez conquérant soufflait un air chaud contre ses joues lorsqu'il l'embrassait. Parfois, dans son regard, elle devinait une injonction à ne rien y puiser sous peine de s'y perdre ; quelque chose qui évoquait vaguement son père. Elle ressentait alors une solitude plus vive encore. Mais Laurence avait compris une chose fondamentale : en amour, l'homme choisit sa partenaire, et non l'inverse. Toute l'habileté masculine consiste à convaincre la femme du contraire.

— Viens.

Au sujet de son parcours d'ancien médaillé et de la blessure qui brisa sa carrière, Pascal disait deux choses : « Le plus dur, c'est de se lancer » et : « Une fois que tu as fait des sacrifices, il est beaucoup plus facile de les faire une seconde fois. » Cela suffisait à Laurence pour nourrir les brumes de ses fantasmes, jouer le jeu de la soubrette ingénue faussement dévouée à son maître auquel son frère Thierry l'avait habituée dès qu'elle fut capable de porter son cartable en plus du sien sur le chemin de l'école. Souvent, Pascal prenait place à côté d'elle d'un air détaché dans l'espace lounge du campus, la promenait comme un toutou, d'un bureau à l'autre, au prétexte qu'il avait une chose importante à lui dire. Mais avant cela, il devait passer un coup de fil au chargé de mission, prendre un dossier au pôle formation, reculant l'instant où il la plaquerait contre un mur entre deux portes pour lui rouler une pelle, à la dérobade.

— Entre nous, c'est juste un flirt, OK ? Je ne voudrais pas que tu te fasses des illusions.

Personne ne devait savoir.

Et cette relation sans lendemain durait depuis trois ans.

Ils quittaient souvent les vestiaires bien après les autres, invoquaient l'oubli d'un blouson ou d'un gant de lancer et se retrouvaient aux abords de l'aire d'entraînement. Comme une cloche qui tinte au loin, dans le regard de Laurence, Pascal avait entendu l'appel d'un désir luminescent. De leur premier rapport sur un tatami dans la salle où l'on rangeait le matériel de sport (et dont Pascal avait pris soin de verrouiller la porte), Laurence ne serait pas fière. Son dépucelage aurait bien mérité plusieurs essais.

— Viens là… J'ai trop envie de toi !

La douleur, vive comme une herse mordant sa chair, s'était répandue en écho dans ses veines, allumant d'imperceptibles étoiles. Ce que la jeune femme avait attendu et désiré avec tant d'ardeur se payait au prix fort. Une sorte de droit de passage. Mais le torse de Pascal contre ses doigts, sa bouche collée à la sienne, le frottement de son menton sur sa peau, les feulements de sa voix, ses mains impatientes retirant sa culotte, repoussant le tee-shirt et dégrafant la brassière, tout en lui l'avait chavirée avec la vigueur d'une averse orageuse. « Ça va, jeune fille ? » furent ses premiers mots murmurés avant qu'il ne reprenne son souffle. Pascal était allé chercher du papier-toilette pour débarbouiller les cuisses de sa conquête. Le tatami taché de sang, il l'avait roulé et poussé dans un coin sombre, derrière un stock de matériel cassé. Le coach avait ensuite raccompagné l'élève jusqu'à l'internat presque désert. Devant le distributeur de boissons dans le hall d’entrée qu’enflammait un coucher de soleil, il s’était arrêté pour prendre une bouteille d’eau.

— Tu aurais dû me le dire.

— Quoi ?

— Que tu n’avais jamais fait ça.

Laurence avait haussé les épaules en silence.

— Tu as soif ?

La bouteille, tombée avec fracas dans le bac, était passée de sa bouche à la sienne. Pascal avait souri en la récupérant vide.

— Allez. À demain. Repose-toi, championne.

Vacillant sur ses jambes, Laurence avait grimpé les deux étages conduisant à sa chambre et s’était effondrée contre les barreaux froids de son lit, la peur fichée dans le ventre.

Elle s’était donnée à quelqu’un.

Un homme dont elle ignorait tout.

Dont elle attendait tout.

Et cette vérité-là était chaque jour plus angoissante, plus vertigineuse que le néant.

Entre le sommeil et le rêve, mon beau démon surgit de l'ombre, montre ses paumes. Je suis de plomb. La chambre se disloque, les murs tombent autour de moi, la porte ne me fait plus face, mes yeux sont fermés et mon front brûle.

… Fais-tu semblant de dormir au-dessus de ma tête ?

Pourquoi tu ne dis rien quand j'ai besoin de toi ?

Coupe d'Europe des nations, Florence (Italie)
Laurence Graissac en or sur le lancer de marteau

Du haut de ses vingt-quatre ans (1,75 m, 90 kg), très bien placée au niveau mondial en cette saison, Laurence Graissac s'est contentée d'un seul lancer pour se qualifier en finale. La petite Française n'a pas non plus semblé écrasée par l'enjeu de cette Super League qui regroupe les huit meilleures équipes d'athlétisme masculines et féminines du continent européen. Dès son premier lancer, Laurence Graissac a projeté le marteau à 74,43 m, se plaçant devant la concurrente roumaine. Un jet inaugural qui lui a permis de contenir la meute, dans une finale ultra serrée, où la Britannique se classait quatrième et la Russe troisième (69,89 m). La Roumaine a continué de pilonner la ligne des 74 m, avec notamment un jet à 74,39 m, tout près de son record du monde, mais la France s'était déjà imposée facilement. C'est donc sur la plus haute marche que notre Cantalienne est montée, émue aux larmes, offrant une deuxième médaille à la France.

Nathalie MAURET, *La Montagne*, édition du 22 juin 2003

En ce jour improbable, d'un seul élan et d'un seul souffle, Laurence empochait Brad Pitt. Au moment de son lancer inaugural, Pascal avait crié de joie, mouliné des poings comme un gamin. Lorsque la dernière candidate avait jeté son marteau à soixante-dix mètres soixante, il avait blêmi, avant de prendre Laurence dans ses bras et de la soulever du sol de quelques centimètres – une sensation dont le destin avait privé l'athlète depuis la classe de CM2.

— … TU ES MÉDAILLE D'OR !!!

Les yeux brillants, il avait ajouté :

— Laurence Graissac, veux-tu m'épouser ?

Des papillons bleu-blanc-rouge voletaient alors dans les gradins, animés d'une clameur qui montait des entrailles du stade. Les muscles tendus par le trac, la championne était pénétrée d'une telle émotion qu'elle en titubait. Après la compétition, au moment d'entamer son tour d'honneur avec le drapeau français, plus rayonnante que l'azur sidérant du ciel, elle s'était tournée vers son coach et, n'imaginant pas qu'il existât quelque part meilleur parti que cet homme bronzé comme un skipper, aux cheveux blond doré clairsemés à l'arrière du crâne, elle avait murmuré « oui ». Un « oui » qu'elle répéta quelques mois plus tard devant le père de Pascal, accessoirement maire de Saint-Lubin-de-la-Haye.

Depuis le perron du magnifique château de Berchères-sur-Vesgre réquisitionné par la belle-famille, le voile rabattu sur la figure par le vent grincheux de l'automne, plus écarlate que jamais dans une robe dont le corset mordait ses aisselles, Laurence effectuerait un lancer de bouquet mémorable : il passerait au-dessus des invités pour atterrir au milieu des toasts disposés sur l'une des tables dressées dans le parc pour le vin d'honneur. Seule ombre au tableau, l'absence de son père dont Mme Graissac balaya l'impact douloureux sur sa fille avec rancœur. Une vilaine histoire gangrénait leurs échanges au sujet d'une prestation compensatoire. Aux dires de sa mère, il avait surtout « fui devant ses responsabilités et déménagé à Pétaouchnock pour échapper à ses obligations ». Il semblait à Laurence que son père ne cesserait jamais de s'éloigner et de fuir sa première famille – à moins qu'il ne s'agisse d'une stratégie œuvrant à son propre effacement.

— Bravo, la frangine ! Tu l'as trouvé, ton corsaire de l'espace ! Dis donc, j'ai bien failli pas te reconnaître… T'es déguisée en meringue ou en théière ?

Se tenant à l'écart des convives, Thierry lui apparut affublé d'une chemise froissée et d'un catogan, sa nouvelle tenue de flemmard triomphant.

— J'ai dégoté un job à mi-temps dans une boîte d'informatique à Saint-Flour.

— Bon salaire ?

— C'est pas maman qui paye mes clopes et mes bières, si ça peut te rassurer.

Il allait d'un buffet à l'autre, écoutant de loin les conversations, mains dans les poches, avec cet air de se laisser flotter au fil de l'onde, affichant un sourire narquois.

— Madame Ogier, si vous voulez bien me faire l'honneur…

Laurence ouvrit le bal avec son beau-père sur la *Valse n° 2* de Chostakovitch en lui écrasant les pieds – ce qui fit sourire Thierry et larmoyer sa mère. Celle-ci picorait dans son assiette depuis le début de la noce, répondant avec une égale amabilité aux questions que les invités lui posaient au sujet de sa fille. Laurence demeura longtemps auprès d'elle, tenant ses mains dans les siennes, ressentant pour elle des élans de tendresse cachés.

— J'aurais tant voulu que ton frère connaisse un grand et beau mariage comme le tien…

— Tout espoir n'est pas perdu, maman. Il finira bien par trouver une fille capable de le supporter.

D'un mot, sa fille moissonnait en elle un excès de mélancolie, et Mme Graissac ne put contenir son émotion. Laurence lui tendit une serviette pour sécher ses larmes. Sa pâleur d'opale s'accordait à son tailleur bleu dragée.

C'est après que les choses se gâtèrent. Juste avant la pièce montée.

Comme un cygne noir fend le lac au crépuscule, Mariana traversa la foule des invités et vint s'asseoir à la table des mariés, prenant la place un instant délaissée par Pascal.

— Eh bien, Graissac, on fait dans le mariage princier ? L'arrivée à la mairie en calèche, j'adore ! C'est ton sponsor qui régale ou la belle-famille ?

Vêtue de couleurs sombres, la bouche maquillée en violine, Mariana fêtait des funérailles. Se penchant sur son amie d'hier, elle lui glissa à l'oreille :

— Alors, t'as fini par épouser une blonde ?

Si elle épargnait à Laurence ses sarcasmes depuis son départ de l'INSEP, ce n'était que pour mieux préparer sa vengeance, ajuster son tir. La jeune mariée avait eu la bêtise de coucher son nom sur la liste des convives, imaginant avec naïveté une réconciliation bon enfant.

— Est-ce que tu sais pourquoi son ex-femme a demandé le divorce ?

Un seul jet suffirait à lui briser le cœur : une enveloppe que Mariana ferait glisser sur la nappe avec un regard fielleux.

— Il s'est inscrit à la rubrique *Erotica Gay*. Je vous souhaite bien du bonheur, madame Ogier, ajouta-t-elle avant de repartir aussi sec vers la sortie non sans avoir sifflé une coupe.

Laurence attendit d'être dans les toilettes pour dégrafer un peu le haut de sa robe et ouvrir l'enveloppe. À l'intérieur, la copie couleur d'une capture d'écran : un profil de client sur le site de rencontres Vivastreet.com. Une photo montrait le corps d'un homme en boxer, cadré jusqu'en haut du torse. Une main portant une chevalière sertie d'une pierre turquoise traînait sur sa cuisse dans une posture sexy. Le texte de présentation était explicite :

> Sympa et discret, passif mais cérébral, pas branché sodo et avec un mental de soumis, je recherche un jeune mec entreprenant et régulier, avec finition mutuelle. Indiquer tarifs et propositions.

Il sembla soudain à Laurence qu'elle s'enfonçait dans une vase gluante et nauséabonde. Son premier geste fut de jeter la feuille dans la cuvette et de tirer la chasse après y avoir vomi. Le second fut de ravir deux coupes de champagne sur le plateau d'un serveur qui passait près d'elle et de s'échouer sur la terrasse contre un massif d'hortensias lactescent. Une lune d'automne montait dans le ciel, inondant le parc de son éclat.

— Ça va pas, frangine ? On dirait que tu as vu ton mari se faire tailler une pipe par le chef pâtissier.

Thierry venait de lui souffler à l'oreille une de ses phrases réconfortantes.

— Mariana a parlé avec toi ?

— Mariana ?… La grosse truie habillée en gothique ?

— Qu'est-ce qu'elle t'a dit ?

— Bah rien !

Il la dévisageait en souriant, plus joyeux qu'un crapaud sous la pluie.

— … Dis donc, j'avais jamais remarqué, mais c'est vrai que tu lui ressembles.

— À qui ?

— À Matt Damon.

La suite des événements resta assez floue dans l'esprit de Laurence. Tout au plus se souviendrait-elle d'avoir aspergé le massif d'hortensias en voulant jeter le contenu d'une coupe à la figure de son frère avant d'être conduite jusqu'au buffet par une bonne âme – on la cherchait partout depuis vingt minutes –, là où Pascal s'impatientait devant une pyramide de choux caramélisés, un long couteau au bout des doigts.

— À toi l'honneur, ma chérie !

Tremblante, dans un si beau silence, Laurence avait saisi le couteau. Respectant la tradition, Pascal s'était appliqué à poser une main sur la sienne afin qu'ils coupent la première part, marquant sa peau du feu glacé de sa chevalière. Il ne comprit pas tout de suite pourquoi les doigts de sa femme se dérobaient sous les siens. Et il manqua bien défaillir, tant la douleur que provoqua la lame déchirant sa cuisse fut atroce.

Je suis l'anomalie.
Une baleine sur un toit.
Une bulle d'air dans l'aiguille de la seringue.
Un bout de viande.
Des muscles.
Une bouche qui mange.
Un récipiendaire à médailles.
Une mariée étourdie par l'ivresse d'une trahison.
Une robe aspergée de sang.
Une femme factice.
Une vilaine petite sœur.

Des bougies disposées sur les rebords du lavabo et de la baignoire scintillaient. Le bain dégageait une vapeur parfumée à la pêche. De l'index, Laurence fendait l'eau ; des vaguelettes d'argent allaient et venaient entre ses seins. Le petit scorpion frissonnait à son poignet.

Par la fenêtre, fiché au pied de la colline bleue, le pylône penchait sur elle sa tête de chat au clair de lune. Des crapauds grimpaient dessous, coassant. Elle renouait avec cette sensation de légèreté que seules la portance de l'eau ou l'exaltation d'une victoire pouvaient lui procurer.

Tout était allé si vite. La volonté des beaux-parents d'étouffer le scandale du mariage, le refus d'un divorce prononcé pour vice du consentement, les répercussions dans le milieu du sport… En quelques semaines, le destin l'éjectait de sa propre route, loin des stades et des championnats. En six mois, elle avait perdu trente pour cent de sa masse musculaire et gagné dix kilos. La graisse réinvestissait son corps, dégommait sa musculature d'athlète, bousculait tout, pommettes, menton, chevilles, mollets. Laurence recouvrait son armure, se gavait avec piété de saucisses et chantilly en bombe, éloignait toute perspective de retour à la compétition, remplissait des caddies entiers de malbouffe dont la discipline sportive l'avait trop longtemps privée.

— Tu t'entraînes pour devenir mascotte chez Michelin, la frangine ?

Laurence devinait son frère aussi peu pressé de lâcher le confort matériel de cette maison qu'un vampire de quitter son cercueil. Celle qui s'était imaginée endosser une tenue de prof de sport à l'INSEP après une carrière exemplaire dans les hautes sphères de la compétition s'échouait dans la baignoire de sa mère, sans perspectives, en compagnie d'un *no-life* neurasthénique, lequel se matérialisait ponctuellement sur le carrelage de la cuisine pour se faire des sandwichs au cantal et jambon de pays avant de s'évaporer aussi sec.

— Vois le bon côté des choses, miss Peggy : au moins, tu n'as pas attendu dix ans avant de découvrir que ton mec passait en douce tes soutifs et s'enfilait le plombier.

Pascal avait dévasté sa vie comme un coucou vole un nid, géré sa renommée et sa bonne fortune, joui de sa puissance par procuration. Cela n'avait duré qu'un instant.

Juste assez pour éteindre en elle tous les feux.

Laurence se laissa lentement glisser au fond de la baignoire, la tête sous l'eau.

De la cendre ne pouvait renaître qu'un sinistre embrasement.

… Il fait froid dans le ventre de la vague, le silence engloutit le silence, l'onde se trouble, soulève des arcs de sable gris, je n'ai plus de force, bras devant, mon corps entortillé sous le flot bouillonnant avance puis recule, et je retiens une dernière bulle d'air, emprisonnée là, celle que je verrai remonter à la surface avant de fermer les yeux, tout va si vite, même la tristesse de savoir que je n'aurai pas le temps de vivre d'autres jours, de contempler d'autres soleils, d'imaginer de nouvelles formes aux nuages, et je pense à maman dont je n'ai eu de cesse de trahir les ambitions – trop lourde pour faire danseuse étoile –, à toi dont le vœu d'être fils unique allait bientôt s'exaucer, et à papa… à la petite bête qui ne montera plus de mes reins à ma nuque, à nos jeux complices qui faisaient de moi sa reine, sa petite reine de cœur, à cette crainte de m'endormir dans le lit de la nuit sans le souffle de sa voix, sans mon roi à mes côtés.

PRENDRE DU POIDS

(2005-2007)

Le roi de carreau annonce la venue d'un homme respecté ou d'âge mûr capable d'user de son pouvoir afin d'améliorer de manière significative le quotidien du consultant. Mais cette relation pourrait être intéressée. Cette carte appelle donc la prudence : s'engager trop vite dans des projets pourrait se révéler nocif.

La chambre à coucher lui apparut dans l'éclair blanc de l'orage, telle une fosse grouillante de serpents. Dormait-il encore ?... Sa peau brûlait de fièvre. Il repoussa le drap et s'assit au bord du lit. La grêle tambourinait sur le toit. Manquant se prendre un pied dans le tapis, il se leva puis étouffa un juron en cognant son petit orteil contre la table de chevet. Il marcha torse nu jusqu'au halo lumineux de la fenêtre : dehors, la campagne semblait se couvrir de neige. Il palpa sa nuque. Encore une nuit sans sommeil, l'esprit à vif, écorché de l'intérieur, des tourbillons de sang dans les veines. Une autre nuit à ne plus se supporter, à deviner ce lac sans reflet au fond de lui, cette flaque visqueuse qui ravageait jusqu'à sa volonté. En lui, rien ne se refusait jamais aux délices douteux de l'autodestruction.

Le Dr Bashert ouvrit les battants de la fenêtre pour laisser pénétrer un peu de fraîcheur dans la pièce. Un vent chargé d'humidité s'y engouffra. Il se tourna vers le lit. Sa myopie ne lui laissait deviner qu'une forme claire aux contours flous – sa femme, étendue sur le côté, jolie plante au calice inaccessible. Sa peau d'un blanc de lune éclairait l'oreiller. Des milliers de nuits passées à côté d'elle. Même position du corps, à dix centimètres l'un de l'autre. Ensemble, ils arpentaient ce couloir sans fantaisie et sans fin de leur mariage

– leur encombrante cohabitation. Il se rapprocha d'elle, à la toucher. Souleva du bout des doigts le drap qu'il fit glisser jusqu'à la taille. Il discerna la forme d'un sein, presque sorti de la liquette en soie mauve. Dans son pantalon de pyjama, son sexe se dressa comme sous l'effet d'une potion ou d'une décharge électrique. Il était à cran. Une seule randonnée en trois week-ends – maudits orages d'été ! À rester cloîtré ici, à visionner sur son PC des vidéos porno de plans à quatre ou bien à déambuler parmi les curistes, médecin nomade sans échappatoire, hormis des dossiers d'admission à remplir, il emprisonnait en lui l'ennui, en proie aux caprices de ses fantasmes. Cette fébrilité sexuelle qui devenait, avec l'angoisse de la cinquantaine, plus difficile à contenir, appelait une vaste campagne pour satisfaire ses besoins… Il fit glisser le drap plus bas sur le corps de son épouse.

— Bernard, s'il te plaît, j'ai une audience à huit heures… marmonna-t-elle.

Vingt ans au fond de cette fosse, à guetter une lueur, un frémissement de paupières, une croupe qui si rarement se tendait, se tortillait vers lui, pour s'imbriquer contre ses hanches, le laisser pénétrer ses abysses et posséder encore son cul. Que de palabres et de négociations pour enfin la saisir à bras-le-corps quelques pauvres nuits par mois.

— Allez, ferme la fenêtre.

Cette femme présidait à tout, du palais de justice de Saint-Flour à l'éducation de leur fille, régente des finances de leur foyer, intendante de l'ouverture et de la fermeture des fenêtres. Il se tenait là, debout, si près d'elle, cette plante vénéneuse qui se refusait à lui, lui dont elle connaissait l'esprit logique et rigoureux, et son impossibilité à s'égarer, même sous l'influence et l'urgence d'une pulsion.

— … Je sais à quoi tu penses, Bernard.

Qu'est-ce qui le retenait d'agir ? De se libérer de son emprise et de la prendre là, tout de suite, sinon sa propre pensée exercée sur lui-même, son intime conviction et ses principes à la con ?

— Chérie, je veux qu'on fasse l'amour.

— N'y songe pas une seconde.

— Je veux…

— Laisse-moi dormir !

Chaque chose à sa place, et à chacun son rôle. Elle commandait à sa queue. Tantôt il portait le masque d'un singe, tantôt la peau d'un âne. Un éclair remplit la pièce de sa clarté, suivi d'un coup de tonnerre. La foudre venait de frapper le cimetière, de l'autre côté de la ville, là où sa place était déjà réservée dans le caveau de la belle-famille. Reposer en paix, à quoi bon quand, sans accomplissement possible de soi, on est déjà mort ?

— Bernard, merde ! Ferme cette fenêtre !

Il tira à lui les battants et tourna la crémone. Errant dans le brouillard, il contourna le lit, tâtonna l'espace vide, rencontra le mur puis sa table de chevet. Il y eut un faible craquement lorsqu'il avança le pied gauche. Demain, il lui faudrait passer chez Optic Pelat acheter une nouvelle paire de lunettes.

Le pylône se dressait sur la butte, câbles chargés à bloc ; 63 000 volts pour électriser le ciel. Tassé derrière une haie de ficus mal taillés, le pavillon tournait le dos au poste électrique en contrebas de la route. Le jardin pentu, aride et caillouteux n'invitait guère à la pratique de l'horticulture. Mme Graissac se contentait d'y étendre le linge sur deux fils parallèles, à l'écart des arbres fruitiers racornis poussés à la limite du domaine. Petits, Laurence et son frère allaient y cueillir des fruits où s'enfonçaient leurs dents, à peine descendus de l'escabeau. À la fin de l'été, ils se lançaient les plus gâtés à la figure et shootaient dans les feuilles mortes quand reprenait l'école. Le reste du temps, ils guettaient les bourgeons aux branches sèches. Depuis la terrasse, on contemplait la ville haute, perchée sur son plateau, prêtant sa joue grise aux vents de la vallée. Quitte à choisir, Laurence aurait préféré habiter l'une de ces maisons à flanc de colline plutôt que ce pavillon lugubre construit dans les années 1950 et dont avait hérité sa mère.

Retenant l'épais rideau qui masquait la baie vitrée du salon, elle observait les martinets s'adonner à leur festin en poussant de petits cris ; les moucherons venaient à eux sans effort sous la menace de l'orage. Bourdonnements, craquements, bruissements, chuchotements, l'espace s'emplissait d'une étrange clameur. Par temps orageux, le cerveau de Laurence se transformait en émetteur-récepteur dès lors qu'elle se trouvait à l'intérieur du pavillon ; l'idée même que des ondes électromagnétiques puissent la traverser répandait en elle une anxiété croissante, et il lui semblait ressentir, comme en cet instant, un picotement sur la peau. La sonnerie du téléphone la fit sursauter. Elle relâcha le rideau et alla répondre.

— Maman ? D'où est-ce que tu appelles ?

Depuis deux jours, la ligne grésillait à cause de la canicule et des orages.

— Je t'entends mal…

Mme Graissac téléphonait du supermarché Carrefour.

— … Non, rien de particulier. Il faut juste racheter du lait et des croquettes… DES CRO-QUETTES !… Pour qui veux-tu que ce soit, à part pour la minette ?… Oui, on a un chat, maman. Ah ! Et aussi des sacs poubelles. Thierry est avec toi ?… Tu n'as pas oublié de passer le prendre à son travail, au moins ?

Laurence soupira. Les caprices du cerveau de sa mère l'inquiétaient. Combien de fois était-elle rentrée sans son fils ou avec deux baguettes de pain achetées à une heure d'intervalle ? Combien de cartes bancaires avalées par le distributeur en raison d'un code erroné ? De ses pertes de mémoire, Mme Graissac riait encore. Et il n'y avait rien que Laurence puisse y faire, sinon se préparer au pire. Son regard se porta sur les câbles tendus au-dessus de la maison qui descendaient vers le poste électrique de l'autre côté de la rue : les images d'un nuage noir et or étouffant le ciel lui revinrent à l'esprit. C'était un samedi, en début d'après-midi. La pluie avait chanté ce jour-là, et aussi l'orage, avant que l'un des transformateurs ne prenne feu. Une vingtaine de pompiers des casernes avoisinantes étaient venus à grand renfort de camions et de lances à eau, accompagnés de gendarmes. Huit habitations et dix-sept personnes avaient été évacuées, dont les membres de la famille Graissac. Laurence qui n'avait que sept ans s'était réfugiée avec son frère derrière les barrières de sécurité qui coupaient la route. Elle revoyait avec effroi les flammes jeter un pont par-dessus la départementale et lécher presque le toit du pavillon. Le soir venu, au cours du repas, la fillette avait porté une attention particulière à ce que disaient ses parents concernant les dangers que le poste électrique faisait courir à tous : les champs électromagnétiques étaient certainement à l'origine de l'explosion ayant causé l'incendie.

— Ces lignes à haute tension pourraient bien avoir des conséquences sur notre santé, avait souligné son père.

Sa mère qui resservait trop copieusement Laurence de pommes de terre sautées avait demandé si leur présence pouvait aussi expliquer l'eczéma de Thierry.

— Et tes fréquentes migraines, oui.

— Alors c'est sûrement à cause des ondes que Lolotte est mongolienne…

Sa plaisanterie avait valu au frère aîné un coup de pied de Laurence dans les tibias, soit l'équivalent d'une déclaration de guerre. Mais aucun des parents n'avait remarqué ce qui se passait sous la table.

— Ils l'ont construit trop près de chez nous, Odile… beaucoup trop près. On devrait envisager sérieusement de partir d'ici.

— Pour ça, il faudrait d'abord qu'on arrive à vendre.

Partir d'ici. Une décision que M. Graissac n'allait pas tarder à prendre, le concernant, laissant sa famille à la merci des mauvaises ondes. Un grondement lointain fit vibrer la baie vitrée.

— … Maman, ne traîne pas sur la route, la pluie ne va plus tarder à tomber.

Laurence raccrocha. L'impression qu'un flux mortifère pénétrait la pièce, resserrait sur elle les murs et la parcourait de part en part lui donna le frisson.

Affalée sur le canapé, un maxi-paquet de Curly en équilibre sur mon ventre, les doigts graisseux, les lèvres saturées de sel.

D'une minute à l'autre, maman va pousser la porte avant de ressortir pour aller chercher son sac à main oublié dans la voiture. Le dos tourné à mon piano d'étude qu'elle n'a jamais songé à faire accorder, j'assiste au championnat du monde d'athlétisme d'Helsinki en direct à la télévision. Un invisible collier d'acier enserre ma gorge lorsque, sur l'écran, Manuela Montebrun[7] *enjambe la troisième marche du podium à l'épreuve du lancer de marteau et brandit la médaille qui devrait être à mon cou. Le téléphone sonne. Je ne me lève pas pour décrocher.*

Une voix grésille dans le répondeur, là-bas, sur la console. Un appel de la gendarmerie de Saint-Flour. Dix-huit heures trente. Un accident sur la route en direction de Chaudes-Aigues. Pronostic vital engagé.

Je vois un amas de tôle brûlante et de feuilles mortes au milieu d'un champ. La roue d'un véhicule qui tourne dans le vide, accrochant le ciel noir et la pluie.

Affalée devant la télévision, un maxi-paquet de Curly sur le ventre, les doigts graisseux, les lèvres saturées de sel.

Autour de moi tombent d'invisibles fragments d'étoile.

Le soleil se languissait derrière la butte, étirant son ombre bleue. Cela ressemblait à l'automne. Bientôt monterait la brume, le pavillon s'enfouirait doucement au creux de la nuit comme la minette replie sur elle sa queue tremblotante, et Laurence ouvrirait une boîte de conserve.

— Y a quoi au menu ce soir ?

La voix de son frère, couverte par le bruit d'une porte qui claque dans le courant d'air – celle des toilettes –, lui parvint du couloir.

— Raviolis.

— Encore ? T'en as pas soupé, de Buitoni ?

— C'était notre plat préféré quand on était gosses. Tu te souviens ?

Laurence entendit Thierry bâiller. Un couinement pareil à celui du parquet.

— … Pas faux. Et aussi les tartines de Vache qui rit. Tu devrais en racheter, tiens.

Depuis l'accident, amaigri, plus blafard que jamais, les cheveux tombant sur sa figure, l'image de son frère semblait se diluer dans l'atmosphère. Thierry passait ses journées au lit, s'adonnait à des jeux effrayants en ligne ou se connectait à des sites douteux – mais n'avait-il jamais fait quoi que ce soit d'autre dans cette maison depuis qu'il avait lâché ses études ?

— … Et il me faudrait aussi des clopes.

Le buffet auquel elle le voyait se tenir grinçait par intermittence. Laurence avait disposé chaque meuble du salon de telle façon qu'il puisse aller d'un endroit à un autre en s'assurant d'un appui. Il ne se servait de béquilles que pour sortir de la maison. Jusqu'à présent, sa sœur ne l'avait pas encore vu mettre un pied dehors. Elle savait combien le corset meurtrissait son corps, limitait ses mouvements. Sa jambe droite avait été fracturée en plusieurs endroits et sa joue, lacérée par des éclats de verre, montrait une large balafre. Laurence pouvait imaginer dans quelle position, exactement, il s'était trouvé pendant que les pompiers tentaient de le désincarcérer de l'amas de tôles froissées – tête à l'envers, la joue comprimée contre le toit, les cervicales en détresse.

— Quand est-ce que tu retournes voir maman ? s'enquit-il.

— Demain.

Thierry se rapprochait. Ne manquait qu'une cape noire à ses épaules et un tee-shirt avec une tête de mort pour faire de lui un corsaire de l'espace.

— Est-ce que… elle te parle de moi ?

— Non. Elle ne parle de personne. Elle est toujours dans le coma.

— Est-ce que les médecins ont dit… si elle allait se réveiller ?

— Non. Mais tu ne devrais pas être si pressé qu'elle se réveille.

— Pourquoi ça ?

— Parce que.

— Explique.

— Tu le sais très bien.

— Hein ?

— Ne m'oblige pas à mettre les points sur les « i ».

Le frère émit un grognement.

— Tu as toujours eu une façon bien à toi de voir les choses, frangine...

Laurence marcha jusqu'à la cuisine. D'un placard, elle sortit une boîte de cinq cents grammes de raviolis, en versa le contenu dans un récipient qu'elle poussa dans le four à micro-ondes. Au lendemain de l'accident, elle s'était empressée de prévenir l'employeur de Thierry de son absence. La personne à l'accueil eut beau chercher, elle ne trouva aucun Thierry Graissac employé dans la société. Albator était capable de faire croire bien des fables à sa famille pourvu qu'on le laisse glandouiller. Un surdoué, à sa manière.

Les aides-soignantes ont retiré ses bijoux pour me les donner.

— C'est à cause des vols, expliquent-elles.

Je lui parle lentement, consulte le dossier médical accroché au pied du lit, scotche des photos de famille à la table de chevet, lisse ses cheveux qui descendent jusqu'à ses épaules, prenant soin de ne pas toucher au bandage enrobant sa tête. Maman respire sans assistance.

Les doigts de sa main gauche cassés, son bras souffre toutes les piqûres. Un hématome gonfle sa lèvre supérieure. Intubée. Cabossée. Tu ne voudrais pas la voir dans cet état… Reviendra-t-elle jamais du couloir de la mort ?

Je hante notre maison, la chatte sur mes pas, aligne des réussites contre un pot de Nutella, en perds le sommeil. Et quand l'aube se lève, je file sous ma couette, pour ne pas t'entendre encore gémir et râler dans ta chambre, avec la peur que le téléphone ne sonne le glas d'un impossible retour.

L'hôpital se trouvait en centre-ville, à quatre cents mètres environ du collège que Laurence avait fréquenté. D'abord, elle s'y rendait en autobus trois fois par semaine. Elle restait assise près du lit où reposait sa mère recluse dans ce terrible sommeil, remontait le drap sur ses cuisses maigres comme on borde une poupée, lui massait les bras et les jambes avec la crainte que ses os ne se transforment en pierre, puis elle espaça les visites, celles-ci devenant difficilement supportables. Il en fut une plus singulière que les autres dont elle garda un profond sentiment d'effroi. Victime d'une commotion cérébrale, sa mère venait de reprendre conscience après plusieurs semaines de coma. Lorsque Laurence entra dans la chambre surchauffée, Mme Graissac la surprit d'un sourire confus et tenta sans succès de se redresser sur son lit.

— Laurence ! J'étais sûre que c'était toi...

Ce qui frappa sa fille fut le contraste entre sa peau terne couleur poussière et la brillance de son regard. Il émanait de la survivante une excitation presque juvénile. D'un geste, elle invita Laurence à la rejoindre.

— Viens que je t'embrasse.

Sa voix éraillée et son élocution balbutiante traduisaient un grand état de fatigue. Mais elle se disait heureuse et fière de savoir que sa fille venait encore de remporter une médaille.

— Je l'ai entendu à la radio dans la voiture. Très peu de femmes sont championnes du monde, tu sais ? Quelle chance j'ai !… Alors, raconte-moi : la Finlande, comment c'était ?

Quelque chose clochait. Laurence sentit son estomac durcir.

— Maman, tu vas bien ?

— Oui, pourquoi cette question ? Enfin, en dehors de toute cette pagaille, fit-elle, désignant les nombreux fils qui la reliaient aux appareils disposés autour du lit.

— Mais… tu as vu le médecin ?

— Le médecin ?… Oh, oui ! bien sûr.

Laurence s'assit près d'elle et lui prit la main. Sa peau était douce et lisse comme l'eau froide.

— Il t'a dit que tu avais eu un très grave accident ?

— Sans doute. Sinon, je ne serais pas ici, n'est-ce pas ?… Tu sais, les infirmières sont adorables avec moi. Ce n'est pas tous les jours qu'elles ont dans leur service la maman d'une athlète qui détient un record mondial.

Laurence serra plus fort la main de sa mère. Du couloir lui parvenait le couinement de baskets sur le linoléum.

— Est-ce qu'un gendarme ou un policier est venu te voir ?

— Pas que je sache… Mais pourquoi est-ce que la police voudrait me voir ?

— Pour te poser des questions au sujet de ton accident.

— Mon accident ?

— Ton accident de voiture. Tu t'en souviens ?

La patiente cligna des paupières. Porta une main à son front bandé.

— Oui… Eh bien… Je te l'ai dit : on parlait de toi à la radio. Tu venais de remporter la médaille de bronze. Il pleuvait des cordes. On n'entendait pas très bien, alors j'ai voulu régler l'autoradio… Puis il y a eu cette voiture qui arrivait en face... J'ai donné un coup de volant pour l'éviter... Après, j'ai ouvert les yeux, et j'ai vu une lumière blanche éblouissante, presque argentée...

Elle contemplait maintenant le plafond comme s'il s'agissait d'une toile de maître.

— ... C'était merveilleux. On aurait dit de la neige.

— Et Thierry ?

— Thierry ?

— Il était avec toi dans la voiture.

— Mais qu'est-ce que tu racontes ?

Tandis que Laurence résumait à sa mère la condition physique de son frère et les séquelles de l'accident, celle-ci regardait ailleurs, arrangeait ses cheveux en soupirant.

— ... Bien. J'ai hâte de rentrer à la maison, dit-elle, changeant de sujet.

Avec son nouveau visage, celui d'une maman ne connaissant de la vie ni embarras ni soucis, elle semblait revenue d'un autre monde. Elle aurait pu aussi bien être étendue sur une chaise longue du jardin, la pointe de ses pieds frôlant un parterre de pâquerettes, ou tenir une ombrelle.

— Sais-tu combien de temps ils ont l'intention de me garder ? finit-elle par demander d'un ton badin. J'espère que ton père s'occupe bien de vous pendant mon absence... La cuisine, c'est pas son truc. Je parie qu'il vous sert des frites à tous les repas !... D'ailleurs, tu n'aurais pas un peu grossi ?

Au bout d'un couloir empuanti d'effluves de produits antiseptiques, après un défilé de portes ouvertes qui laissaient entrevoir la nudité de corps retenus par les barreaux des lits, Laurence trouva le bureau des infirmières dont montait une odeur de café. On la reçut avec un sourire amusé.

— Vous nous aviez caché que vous étiez une médaillée des jeux Olympiques, madame Ogier.

La jeune femme au visage trop maquillé lui confirma sans détour que le chemin de pensée qu'empruntait sa mère depuis son réveil était plutôt confus.

— C'est consécutif au trauma. Il est possible que ça s'arrange. Faut pas trop vous inquiéter pour l'instant. Revenez demain, vous verrez le Dr Boudine.

— Demain ?

— Il vous expliquera. Et il y aura des papiers à signer pour son transfert en service de réadaptation. Votre mère avait un emploi ?

L'usage du mot *avait* en disait long sur les chances de rémission mentale de Mme Graissac. Laurence hocha la tête.

— Alors je vous conseille de prendre rendez-vous dès maintenant avec l'assistante sociale.

En traversant la rue pour rejoindre l'arrêt d'autobus, Laurence avait eu soudain l'impression que le sol tremblait, que les oiseaux s'étaient tus, et que les gens la regardaient passer comme si elle traînait dans le dos une longue cape souillée d'immondices.

Saint-Flour, le 16 novembre 2005

Madame,

Suite à l'examen d'expertise psychiatrique que j'ai conduit auprès de votre mère, Mme GRAISSAC, née CHAPTEUIL, le 11/11/2005, mon rapport d'expertise est à présent terminé.

Votre mère souffre de sérieuses perturbations des fonctions supérieures, de ses capacités cognitives et de sa mémoire. Celles-ci sont consécutives aux lésions intracérébrales causées par son accident. Votre mère ayant été traitée pour plusieurs épisodes dépressifs, on ne peut écarter le fait qu'une prise régulière de psychotropes pourrait avoir également un impact dans cette forme de démence.

Cette confusion mentale compromet la qualité de son autonomie psychosociale et ne lui permet plus d'assurer seule la gestion de ses revenus et de son patrimoine. Le placement dans un établissement spécialisé est recommandé.

Le rapport complet vous sera remis afin d'instruire le dossier de tutelle dès réception de mes honoraires, lesquels s'élèvent à 160 €, dont je vous prie de bien vouloir m'adresser le règlement par tout moyen à votre convenance.

Veuillez agréer, Madame, l'expression de mes salutations les plus distinguées.

Dr Francis PIERREFORT

La première fois qu'ils s'étaient retrouvés peau contre peau sur des tapis plastifiés à la piscine de l'INSEP dont Pascal s'était procuré la clé, il n'avait pas réussi à la pénétrer. Gauche. Pas dans le mood.

— Tu m'impressionnais. Tu étais si calme, si froide…

Que Laurence n'ait connu aucun homme avant lui s'était révélé par la suite un avantage à ses yeux.

— Je vais tout t'apprendre, bébé. Je serai ton coach de l'amour.

Sa main guidait la sienne. Quand il lui demandait de faire des choses qu'elle trouvait désagréables ou dégradantes, il n'insistait pas, fier devant ses ruades.

— Ça viendra avec le temps, affirmait-il, renouant les liens de son pantalon de jogging. C'est toi qui me le proposeras.

Quand elle dormait chez lui certains week-ends, il l'obligeait à regarder des films porno sur Canal +, commentait la technique des actrices avec cette oisive brutalité de l'homme retenant son excitation.

— Tu vois ? C'est comme ça que tu dois faire avec ta langue.

Dans le bureau du juge, flanqué de deux avocats engagés par ses parents, superbe en costume Smalto, il n'ouvrit pas la bouche, ne posa pas un regard sur elle. Ses défenseurs martelaient que le mariage n'avait duré que quelques heures.

— Une broutille, monsieur le juge.

Ils considéraient que M. Ogier n'était redevable d'aucune compensation financière envers celle qui s'était rendue coupable devant témoins d'une agression physique sur leur client, ayant entraîné une incapacité totale de travail de vingt et un jours. Preuves et photos à l'appui, l'avocate de Laurence rappela la raison pour laquelle sa cliente avait commis un acte que l'on ne pouvait en aucun cas qualifier de prémédité et précisa les circonstances dans lesquelles elle avait appris les orientations sexuelles et pratiques à risque de son mari. Elle ajouta qu'elle ne comprenait pas l'entêtement de la partie adverse à refuser une procédure de divorce pour vice du consentement.

— ... Celui-ci ayant été clairement établi.

La journée commençait à peine et s'annonçait ensoleillée sur Paris en cet hiver. Le juge, dont le visage glabre frappait par la mollesse de ses traits, semblait indifférent à la douce lumière qui traversait son bureau. Il retira ses lunettes, massa la racine de son nez et précisa, d'une part, qu'il était ici question du divorce de M. et Mme Ogier et non d'une affaire qui relèverait du pénal, et d'autre part, qu'il ne s'agissait pas de juger des orientations sexuelles de M. Ogier, mais bien de considérer le fait que sa future épouse n'ait pas été informée au préalable de leur spécificité. L'avocate de Laurence n'attendit pas qu'il ait remis ses lunettes pour brandir le préjudice moral envers sa cliente : elle requalifia son mariage d'*expérience traumatisante*, montrant du doigt l'impact dévastateur sur sa carrière et la situation difficile, tant sur un plan psychologique que financier, dans laquelle elle se trouvait à Saint-Flour au regard du drame récent survenu dans sa famille. Le terme de « descente aux Enfers » qu'elle employa en achevant son discours déclencha sans délai une réaction chez les défenseurs du futur divorcé.

— Il ne faut rien exagérer, maître Braniti !

— Mme Ogier a plutôt l'air de bien se porter.

Ce à quoi, après un silence, le juge répondit en grognant qu'une prise de poids n'était pas forcément le signe d'une vie heureuse et équilibrée, donnant à Laurence le net sentiment d'incarner aux yeux de tous la disgrâce.

Les avocats s'entendirent sur une somme. Juste assez pour couvrir les honoraires de l'avocate, les frais médicaux engendrés par l'accident, l'achat d'une nouvelle voiture et permettre à Laurence de passer son permis. Ce qui fut pour elle une épreuve tout aussi humiliante et répugnante que si on l'avait obligée à boire son urine. Dans la Peugeot 206 de l'auto-école, son ventre touchait presque le volant.

Forcée de mettre le nez dans les affaires de maman, je constate que les virements bancaires de son ex-mari sur son compte – le paiement de la pension alimentaire – ont cessé lorsque j'ai eu dix-huit ans et qu'il a changé de banque par la suite.

J'ignore s'il vit vraiment à Madagascar.

Son nom n'apparaît sur aucun annuaire, aucun réseau social.

Notre père est ce vide qui saigne en moi.

Laurence entra dans la pièce et prit place sur la chaise que la conseillère lui indiquait. Elle s'y sentit aussitôt à l'étroit. À l'appel de son nom, lorsqu'elle avait traversé le hall et marché dans sa direction, Laurence avait remarqué l'expression vaguement désapprobatrice de son regard. Cette jeune femme, qui dissimulait ses origines asiatiques derrière une lourde frange méchée et des lunettes, n'aimait pas les gros. Encore moins les grosses habillées d'un jogging et chaussées de bottines fourrées. Sans doute assimilait-elle le surpoids d'une personne à un laisser-aller, un état d'esprit inadapté à la société, tout en estimant que cette tenue décontractée forçait l'irrespect. Mais pour rien au monde Laurence n'aurait porté autre chose en cette saison que des moon boots.

— Mariée ?

— Séparée. Une procédure de divorce est en cours.

— Il faudra me communiquer la copie du jugement au cas où vous souhaiteriez reprendre votre nom de jeune fille.

Il était clair que son *projet personnalisé d'accès à l'emploi* ne bénéficierait d'aucun soutien particulier de la part de Mlle Isanghan et de sa jolie robe gris taupe ; la démarche de la candidate serait vouée à l'échec, quoi qu'elle fasse. Laurence estima que tout cela était dans la logique des choses.

Une fois la boule tirée, elle ne pouvait que dégringoler la pente du flipper en se cognant à droite et à gauche avec de petits sursauts ridicules et désespérés.

— Bon. On va déterminer les premières actions à réaliser et mettre en place votre calendrier, soupira la conseillère.

S'abonner aux offres sur pole-emploi.fr, participer à un atelier *CV et lettres de motivation*, choisir une formation… La jeune femme remplissait sa feuille de route et répétait son laïus, formant sur le papier de belles lettres rondes. Il faisait chaud dans son bureau. Le plafond bas accentuait cette impression d'étouffement et d'austérité. Laurence fixait la poignée de la fenêtre avec convoitise.

— Ceci est votre feuille de route incluant les actions à mettre en œuvre pour vous permettre un retour à l'emploi rapide.

— Ce n'est pas un retour.

— Pardon ?

— Je n'ai jamais travaillé.

— Oui, enfin, je veux parler de votre *accès* à l'emploi. Ensuite, votre projet personnel sera actualisé en fonction des résultats et des évolutions de votre recherche. Vous avez pensé à m'apporter votre CV ?

— Je viens de vous dire que je n'ai jamais…

— Un CV ou un certificat de travail… enfin… Ou bien un diplôme ! Ils sont indispensables. Vous avez bien un diplôme, madame Oger ?

— *Ogier*. J'ai un bac ES, deux années en licence STAPS validées et des médailles.

— Des médailles ? Des médailles du travail ?

— Non. Des médailles olympiques.

La jeune femme resta de marbre.

— Quelle discipline ? dit-elle en s'éclaircissant la gorge.

— Le lancer de marteau.

Elle ne put retenir un sourire, révélant des dents d'un blanc de nacre.

— Ça peut toujours être utile en menuiserie-maçonnerie.

Laurence était tombée sur la comique de service. Inutile de lui expliquer que le marteau est un boulet en acier fixé au bout d'un câble et qu'elle le lui écraserait volontiers sur la figure.

— Ce document fait le point sur votre formation, votre qualification, votre expérience, votre situation personnelle et familiale, mais aussi sur votre mobilité géographique et professionnelle... Vous êtes mobile ? demanda sans conviction la conseillère.

— Pas vraiment. J'ai un frère handicapé à ma charge et une mère placée en établissement psychiatrique à Saint-Flour.

— Ah ! Effectivement.

Elle imprima une feuille qu'elle déposa devant la candidate à l'emploi.

— C'est un document que nous remettons aux primo-accédants. Il prend en compte la situation locale du marché du travail et les salaires pratiqués. Des offres d'emploi seront proposées en fonction de votre profil. Vous pourrez aussi bénéficier d'une gamme de services d'accompagnement tout au long de votre parcours... Avez-vous pris le temps de consulter les offres proposées sur le panneau dans le hall ?

Plongeuse et serveuse à Aurillac en CDD, agent de nettoyage sanitaire à Albaret-Sainte-Marie, employée polyvalente de cafétéria à Saint-Georges, électromécanicienne pour Les Fromageries occitanes à Saint-Flour... Laurence en avait rapidement fait le tour.

— Oui.

— Et quelque chose a retenu votre attention ?

— Non.

— Bien. Voyons ce que je pourrais vous proposer dans l'immédiat…

Elle pianota sur son clavier en se pinçant le nez, scrutant son écran.

— Ah ! J'ai un poste de vendeuse d'articles de sport dans un magasin spécialisé… Ce serait parfait pour vous.

Une cloche victorieuse retentissait dans la tête de Mlle Isanghan. Les joues de Laurence s'empourprèrent.

— C'est pas trop mon truc de jouer à la marchande, indiqua-t-elle. Et si on pouvait éviter tout ce qui a un rapport avec le sport…

— Mais vous savez, madame Igier…

— *Ogier.*

— … Madame Ogier, dans la vie, on n'a rien sans rien. Il va falloir y mettre un peu du vôtre si vous voulez intégrer le marché du travail. Les places sont chères. Et la vente, ce n'est pas *jouer à la marchande.*

Elle avança son visage rond vers l'écran tout en rajustant ses lunettes.

— « Spécificité du poste : accueil, guide et conseil auprès des clients », ânonna-t-elle. « Le vendeur présentera les différents matériels spécifiques au sport pratiqué et, si nécessaire, il devra aussi pouvoir faire une démonstration d'utilisation des appareils… »

Elle releva les yeux sur Laurence et ses cent dix kilos. Il y eut alors comme un flottement. Sans doute l'imaginait-elle au milieu du rayon aérobic juchée sur un gros ballon de gymnastique tentant un exercice de renforcement de la sangle abdominale. Laurence transpirait jusqu'aux oreilles. Son front se couvrait de sueur.

— Est-ce que vous proposeriez à Laure Manaudou de vendre des maillots de bain chez Decathlon ? lâcha-t-elle d'un ton abrupt.

— … Ce n'est pas la même chose.

La conseillère se mordillait les lèvres. Laurence s'extirpa du fauteuil. Les paumes de ses mains moites laissèrent leur empreinte sur les accoudoirs.

— Je n'aurais pas dû venir, souffla-t-elle.

Mais la petite missionnaire au bureau bien ordonné qui aimait la lumière froide du jour et les papillons blancs encadrés aux murs n'était pas de celles qui abandonnent facilement.

— Attendez, madame Igier. Nous avons aussi des stages de formation qui pourraient mieux vous convenir… Vous avez une bonne mémoire des chiffres ?

Laurence atteignait déjà la porte.

— … Chaudes-Aigues, c'est trop loin pour vous ?

La main sur la clenche, elle haussa les épaules.

— Ce serait pour un travail de nuit, précisa la conseillère.

Elle lançait déjà l'impression d'un document.

— Une formation de croupière… Un métier majoritairement masculin… Les femmes ont plus de chances au recrutement.

Elle contourna vivement son bureau, arracha la feuille qui sortait de l'imprimante et la remit à la candidate avant de croiser les bras.

— … Avec une embauche à la clé.

Laurence s'empara de la feuille et parcourut l'annonce. Le regard de Mlle Isanghan exprimait une détermination hors du commun : se jouait là une partie contre ses propres compétences qu'elle n'envisageait pas un instant de perdre, même avec une candidate aussi inapte à l'emploi.

— La formation est dispensée dans l'établissement, indiqua-t-elle avec un sourire.

Le casino de Chaudes-Aigues. Laurence eut la vision fugace d'une énorme assiette de cuisses de grenouille, dégustée avec un diabolo fraise, sur la petite terrasse d'un restaurant bordé de balcons fleuris, en compagnie de sa mère et de son frère. Elle se souvint aussi que, ce jour-là, Thierry avait essayé de l'ébouillanter à la source qui jaillissait en continu d'un robinet devant une boutique de gadgets, à deux pas.

— Distribuer des cartes et lancer des jetons, argumenta la conseillère d'une voix de velours, ça ne devrait pas être trop difficile pour une championne de lancer de marteau.

Peu à peu, je quitte mon abri de paresse et de fatigue, redécouvre mes mains d'ancienne pianiste, leur agilité – cinq longs bâtons au bout d'un beignet.

Je me lève à l'aube, rejoins le matin blanc de brume. Je m'entraîne au chipping[8]*, débarrasse le tapis des jetons, les regroupe rapidement par couleur ou par valeur en piles de vingt, puis coupe les stacks*[9] *en quatre fois cinq jetons, évalue combien j'en tiens sous ma paume. Mon geste est sûr, rapide, pas encore assez élégant. Pour travailler l'aisance, je fais des slaloms de stacks en déplaçant deux, trois ou quatre colonnes sur la table.*

Je deviens ambidextre. Si l'envie me prend de me gratter la cuisse, je dois d'abord faire main blanche, *tourner mes paumes vers le plafond pour qu'elles soient visibles des joueurs et de la caméra fixée au plafond. Je compte les cartes comme jadis avec toi, mon truand. Je garde en tête les gains approximatifs de chaque tapis, calcule mentalement en un temps record les sommes à redistribuer, je dois apprécier les tactiques des joueurs, leurs stratégies, et révise la nuit en me connectant sur des sites de jeux en ligne.*

On est quatre sur le poste.

Je suis championne olympique, trois fois médaille d'or et sans ressources.

Je les battrai tous.

Rien n'était plus parfait, plus clinquant que ce sol pavé de marbre gris-beige, veiné d'onyx, et cette peinture vieil or au plafond, enfantant une chaude lumière en toutes saisons. Des cloisons laquées d'un blanc crème renvoyaient la clarté des fenêtres ovales du restaurant, lesquelles donnaient le sentiment singulier que l'on était monté à bord d'un bateau de croisière échoué dans le Cantal. À gauche de l'entrée du casino, un porte-parapluies somnolait contre un parasol de la terrasse oublié là, et le présentoir de l'office de tourisme débordait de prospectus. Un bar en bois d'acajou faisait office de réception. À droite, ensoleillée de milliers de diodes scintillantes, une modeste salle de jeu montrait ses machines aux noms tapageurs, promettant fortune et délassement. Une frise de clé grecque antique en trompe l'œil encadrait le plafond tacheté d'azur. Des scènes de la mythologie peintes dans des camaïeux de jaune paraient les murs de déesses bien en chair, à peine vêtues de toges aux drapés grossiers, et de créatures mythiques livrant combat. Un casino comme un temple de la félicité. Devant l'unique table de black-jack de l'établissement, André, l'animateur de la formation, clignait des paupières derrière les verres fumés de ses lunettes.

— Tact, réserve et discrétion, murmura-t-il, étalant mécaniquement des jetons au creux de sa main.

La soixantaine osseuse, chemise et pantalon noir, un nœud papillon en tweed à chevrons fiché sous la glotte, il désigna le tapis à Laurence d'un geste ample. Elle se tenait à ses côtés, pétrie d'inquiétude.

— Maintenant, ici, c'est ton domaine. C'est toi la reine. Tu seras seule responsable de l'ambiance autour de la table de jeu. À toi de rendre la partie agréable et excitante. Sois ferme et douce. Anime ta table, explique les règles sans ralentir la partie, veille à ce qu'elles soient toujours respectées, et recadre les conversations qui pourraient déraper.

Son nez aquilin encadré de rides allongeait un visage gris à la peau grêlée. Il tapota l'épaule de la stagiaire, puis la dirigea vers le bar.

— Tu as soif ?

Elle accepta une limonade. André se contenta d'un café sans sucre qu'il touilla inutilement, répétant des conseils maintes fois donnés durant les huit semaines de formation.

— … À toi de trouver la bonne distance avec les joueurs. Tu peux, par exemple, apporter une touche de bonne humeur si tu as un groupe de clients trop tendus, ou calmer des joueurs excités. Tu ne dois jamais sympathiser avec eux. Tu peux te montrer courtoise, souriante, rire à leurs plaisanteries, mais ça s'arrête là… Tu verras. Ça viendra avec le temps.

Laurence hocha la tête. Après la batterie de tests psychométriques, les entrevues et la formation, elle était gonflée à bloc, stimulée par le défi, impatiente de prendre ses fonctions. Cependant, une question lui brûlait les lèvres et il lui tardait de la poser bien qu'elle en redoutât la réponse.

— André, pourquoi moi ?

Le formateur replaça la petite cuiller sur la soucoupe avant de répondre.

— … On t'a choisie parce que la direction ne veut pas d'histoires avec les clients, tu comprends ?

Taille 54. Laurence avait le physique de l'emploi. Pas la jolie candidate blonde aux yeux bleus lasse de tenir une bijouterie à Laguiole ni le séduisant VRP de Grenoble en reconversion professionnelle.

— … Et tu es celle qui a fait preuve de la meilleure capacité de concentration et d'observation, crut-il bon d'ajouter, mais un peu tard. Une bonne mémoire, c'est primordial : en cas de litige, le croupier doit pouvoir se souvenir d'un coup passé. Mais, encore une fois, ça se travaille avec le temps et ça finit par devenir un automatisme… T'as un copain ?

— Non.

— C'est bien. Je veux dire… Les premiers mois, il vaut mieux te concentrer sur ton boulot. Je te conseille de prévenir ta famille : tu seras beaucoup moins disponible qu'avant.

Un quinqua aux cheveux d'un blanc éclatant, modérément bronzé et dont la chemise lie-de-vin boudinait les hanches s'approcha du bar, offrant à Laurence un sourire mi-figue, mi-raisin – le patron du casino. Ancien coiffeur, *Monsieur Jules* avait eu assez de flair pour créer dans le patelin un établissement de jeu, de restauration et de spectacles.

— Alors, c'est vous l'heureuse gagnante ?

Avec cet air satisfait et blasé du type qui vient de s'acheter une superbe villa à La Napoule (sa femme étant trop lasse des plages du Touquet), il lui tendit la main, mais ne garda pas bien longtemps la sienne.

— C'est comment votre nom, déjà ?

— Laurence Ogier, répondit à sa place le formateur.

Le patron jaugea sa nouvelle employée sans bouger un cil.

— On a déjà la patronne qui s'appelle Laurence. Il va falloir se choisir un autre prénom, ma grande… Elle est très soupe au lait. Elle a fait virer la fille d'avant parce qu'elle la trouvait trop aguicheuse. Mais avec vous, ça risque pas d'arriver.

Les deux hommes échangèrent un sourire goguenard, observant la future croupière se rembrunir derrière sa limonade. Ses fesses débordaient de chaque côté du tabouret de bar où elle était assise.

— C'est quoi, ton signe ? demanda le patron d'un ton abrupt.

— Pardon ?

— Ton signe astral.

— … Bélier. Mais j'ai failli être Poissons, à cinq minutes près.

— Bélier ou Poissons, c'est pas la même chose. Faudrait savoir… T'es née un 21 mars ?

— Et pourquoi pas ? rétorqua Laurence.

André retint un sourire.

— Un chiffre prédestiné pour une croupière, non ?

Elle tenait sa paille du bout des doigts et l'agitait dans son verre pour calmer ses nerfs. Les cheveux courts, sans maquillage, comprimée dans un tailleur austère, sa féminité suffoquait sous les bourrelets. Monsieur Jules leva un sourcil, en proie à une soudaine inspiration.

— Tu t'y connais en mythologie ? fit-il, jetant un chewing-gum dans sa bouche. C'est ma passion, avec les voitures de collection…

Et, en un clin d'œil, comme on coifferait un bouffon d'une couronne, il la baptisa du plus beau prénom du monde.

Je suis née avec le printemps.
Mon royaume est la nature, les sources et les fontaines.
Je suis la mère de tous les dieux.
Une déesse de la Fécondité pesant cent vingt kilos.
Née hermaphrodite, mes attributs masculins m'ont été retirés.
Mon char est tracté par des lions.
Je suis soutien de famille et gagne 1 850 euros brut par mois.

SE PRENDRE AU JEU

(2008-2009)

Le dix de pique apparaît lorsque la situation est instable et peu favorable. C'est un passage où s'exprime une volonté de réaction. La carte parle d'une période d'obscurité, et par extension de la nuit. Des choses ne sont pas encore révélées, mais en devenir de l'être.

Chaque mercredi, à dix-neuf heures trente, le Dr Bashert dînait au restaurant du casino d'une viande grillée accompagnée de frites et d'un verre de vin. Toujours seul, il avait sa table réservée près du radiateur l'hiver et sur la terrasse l'été. Il prenait le temps de boire un digestif après son café tout en prêtant une oreille aux animations, lesquelles consistaient en un quiz musical ou une soirée karaoké. Il lui arrivait de lever la main lorsque personne ne trouvait la réponse au jeu de l'introduction musicale, plus par charité envers Jean-Marc, l'animateur, que par passion, et se contentait de battre la mesure du bout des doigts sur le set de table publicitaire, laissant à d'autres l'interprétation publique d'une chanson généralement déshonorante pour son auteur depuis une petite estrade aménagée. À vingt heures précises, blouson sur l'épaule, il traversait le hall, se dirigeait vers l'entrée de la salle, échangeait quelques amabilités avec le patron ou l'agent de sécurité et rejoignait sa place habituelle à la table de black-jack. Il tirait alors de son portefeuille cinq billets de 50 euros qu'il changeait en jetons de 5 et 10 euros.

Il ne jouait pas de grosses sommes, mais à budget limité, et jamais plus d'une heure d'affilée. Il ne buvait pas d'alcool, et rien ne pouvait le distraire du jeu. Si la chance était avec lui, il sortait cinq billets supplémentaires. En cas de pertes successives, il quittait la salle avant l'heure. Quoi qu'il en soit, il rentrait à son domicile au plus tard à vingt-trois heures. Juste à temps pour croiser sa femme dans la cuisine occupée à décongeler un gratin de courgette, les joues rougies par son cours de modern jazz hebdomadaire. Ils échangeaient quelques mots sur leurs soirées, l'une abordant la complexité de la chorégraphie prévue pour le prochain Téléthon, l'autre un dîner plutôt tendu avec tels membres du conseil d'administration du centre thermal – durant lequel avait été évoqué le délicat sujet des travaux de rénovation – ou bien la projection au cinéma à Saint-Flour d'un film argentin sous-titré recommandé par Télérama et « pas inintéressant ». Puis, satisfaits de leurs mensonges réciproques, ils se glissaient l'un sur le canapé pour regarder un documentaire historique ou politique à la télévision, l'autre sous la douche. Lorsqu'il monterait se coucher un peu après minuit, le médecin trouverait sa femme allongée sur le dos, la couette remontée jusqu'au menton, affublée d'un masque de sommeil en soie bleue assorti à sa nuisette. Il l'entendrait bredouiller un *Bonne nuit chéri* à peine audible quand il déposerait sur son front un baiser, et enfin il éteindrait sa liseuse.

Quel que soit le champ d'activité envisagé, il visait à la réalisation, à l'accomplissement de son dessein : celui de l'action ou de l'inaction qu'il caressait maintenant avec une égale lassitude.

Un soir voilà huit ans, Christophe, un des kinésithérapeutes du centre thermal avec lequel il entretenait des rapports cordiaux, l'avait invité à se joindre à lui à l'occasion d'une sortie au casino de Chaudes-Aigues. Au cours de cette soirée, Christophe perdit le double de la somme mise en jeu. Mais le médecin thermal rafla 2 400 euros au black-jack. Le lendemain, il retournait jouer. Puis, chaque jour, après le travail. Les retraits d'argent s'étaient enchaînés, et les prélèvements en carte bancaire effectués directement à la caisse du casino pour obtenir d'autres jetons. Les gains fondaient dans ses mains comme des flocons de neige. Frustré de perdre trop souvent à son goût, il s'était alors tourné vers un site de jeu en ligne où il se connectait la nuit quand tout le monde dormait à la maison et misait jusqu'à l'oubli.

Un matin, il trouva sa femme dans le salon, le visage blême, des relevés bancaires posés devant elle sur la table basse. Il avait dépensé plus de 20 000 euros en quatre mois sans avoir un seul instant eu conscience de ce qu'il faisait. Leur banquier avait alerté Mme Lahire-Bashert sur la situation financière de son mari – une transgression du secret professionnel fort compréhensible par le fait que ce dernier avait également effectué plusieurs prélèvements sur le compte commun, le compte épargne logement et le livret de leur fille.

— Bernard, mais qu'est-ce qui t'est passé par la tête ?

Sa femme ne lui avait pas donné le choix. Issue d'une famille de notables cantaliens, fille de notaire et magistrate au tribunal d'instance de Saint-Flour, elle était sa seule fortune, au sens propre comme au figuré.

Il avait stoppé les jeux en ligne et s'était abstenu de remettre les pieds dans le casino durant six mois. Mais l'ensemble de ses structures cérébrales appelait le plaisir suscité par le gain et le jeu dont il ne parvenait à fuir l'ombre sublime. C'est sur ce tapis, lorsque la croupière faisait glisser vers lui les piles de jetons, qu'il éprouvait de cette jouissance qui désertait son lit. Comme l'enfant trace une marelle à la craie sur le sol que la pluie efface, il jouait sans repentir et sans cesse la même pièce où les gains ternissent l'âme de leurs cendres.

Cinq cartes brûlées au bout de ses doigts.

Quatre joueurs se consumaient d'impatience face à elle.

Deux ans qu'elle concentrait sur eux la fatalité du jeu.

Cybèle commandait à la défaite d'un peuple dont l'unique aspiration était de doubler ses bénéfices. Dès vingt heures, ils apparaissaient à sa table comme l'ablette au soleil couchant. Elle les recevait avec son sabot de six jeux et l'encaisse posée devant elle. La mise était de 1 euro minimum par case.

L'agonie serait longue.

— La banque tire à seize, reste à dix-sept.

Ce soir, il y avait Sandrine14. Cybèle connaissait leurs prénoms – Chaudes-Aigues était une petite ville. Dix-sept habitants au kilomètre carré. Sandrine14, parce que toujours quatorze sur le tapis. Son chiffre porte-poisse. Ils avaient tous un chiffre maudit et cette même tentation dépourvue de toute logique qui les poussait à le jouer. Ça les faisait partir plus vite. Ils quittaient la table comme l'animal se carapate sous la menace d'un fusil et couraient la queue entre les jambes se faire plumer aux machines. Sandrine14 venait le samedi avec des copines, parfois seule en semaine. Sandrine. Un prénom prédestiné, mi-Cendrillon, mi-ballerine, qui convenait à cette responsable administrative d'une société coopérative agricole. Grande, maigre, trop maquillée sous les plafonniers, une permanente comme on n'en fait plus, des lunettes qui rougissent les arêtes du nez, elle tombait fréquemment amoureuse de types rencontrés en séminaire de formation à Saint-Flour. Deux fois l'an, elle en poussait un dans la salle de jeu, les yeux chavirés d'un bonheur éphémère. La semaine suivante, on la trouvait esseulée au levier d'une machine, mâchouillant une paille trempée dans un mojito fadasse, guettant sans espoir un SMS sur son smartphone.

— Paire aux neuf. Vous faites un split ?

Ce soir, Sandrine14 avait installé sa trouvaille sur un tabouret à côté d'elle, donnant à la croupière le loisir d'admirer sa conquête – un brun à chemise rose praline qui cocottait l'after-shave. Elle dégaina un billet neuf tiré de ses petites économies et, une fois servie en jetons, elle les plaça sur une case, concentrée, pleine d'espérances. D'emblée, Cybèle lui retourna quatorze points. Un dix de pic et un quatre de trèfle.

— Black-jack paye trois pour deux.

Tandis qu'on payait son chéri qui totalisait vingt et un avec un as et un valet, Sandrine14 hésita, pour la forme. Cybèle savait qu'elle allait dire « carte » de cette voix d'ange et se faire servir celle de trop. Si ce n'était la première, ce serait la suivante. Sandrine14 ne savait pas s'arrêter. Elle n'avait toujours pas compris qu'elle jouait contre le casino. Et lorsque la croupière raflerait ses jetons, l'autre refuserait encore d'y croire, son regard accrochant le tapis vide. Sandrine14 s'obstinerait à jouer jusqu'à ce qu'elle ait triplé le montant de la somme initiale mise en jeu et perdu son bonus du mois. Cybèle n'était pas là pour lui dire « stop », mais pour qu'elle s'endette. La mettre à mort.

— Je double.

Parfois, la croupière demeurait seule à sa table, immobile, mains croisées, Madone sans Jésus, boudinée en tailleur pantalon, lestée de son corps, arrimée au tabouret. Elle attendait que les candidats s'échouent sur sa plage jusqu'à s'enliser. Surtout en semaine. L'hiver, c'était pire. Ils avaient froid. Ils restaient chez eux. Et les curistes étaient pantouflards. On les convoyait en minibus jusqu'au casino pour leur vider les poches. C'était compris dans le forfait spécial *bain-aérobain-douche au jet-massage sous eau*. Une fois mouillés, se faire plumer les rendait presque heureux. Les tourbillons de l'eau opéraient sur eux comme une formule magique. Ils boxaient tout seuls leurs portefeuilles. Si le client gagnait, Cybèle accélérerait le rythme pour qu'il s'emballe et mise plus haut. Les probabilités étant de son côté, le candidat au bonheur perdait rapidement ses gains. La croupière ralentissait alors la cadence pour lui donner l'illusion de boire moins vite le bouillon et de contrôler ses mises, et il restait comme un poisson accroché à l'hameçon.

— Cybèle, prends ta pause.

Au début, elle insistait sur le fard à paupières et le mascara. À présent, elle se contentait d'un fond de teint pour effacer les rougeurs et d'un baume à lèvres rosé. Personne ne s'intéressait à ses yeux, son visage, sa coiffure. Seules ses mains aimantaient les regards, captaient toute l'attention dans un halo de lumière. Alors elle laquait ses ongles d'un vernis rouge hypnotique. Trois couches. Pour le reste, son poids de chair gommé derrière une table. Elle était là, au bout de leur objectif, chacun de ses gestes filmé par les caméras du casino, mais transparente, survivante échouée aux portes dorées du temple. Sauf pour le vigile. Marek lui mettait chaque soir une main aux fesses après l'avoir raccompagnée jusqu'à l'entrée du parking, à la fermeture.

— Putain, c'te came !

Elle aurait pu lui flanquer une baffe, un coup de genou, ou lui planter un couteau dans le ventre. Mais cette paluche sur son derrière comme une grosse tache d'huile au milieu de l'océan, incongrue, fatale, était le seul contact physique qu'elle entretenait encore avec un homme. Sur ses conseils, elle se laissait pousser les cheveux. Il disait qu'elle ressemblerait à une déesse.

— Une déesse avec des doigts de fée.

— Tu parles ! Des doigts qui filent la poisse, oui.

— C'est parce que tu les utilises pas pour les bonnes choses. Si tu veux, je te montre comment tu pourrais rendre un homme heureux avec tes mains, lui murmura-t-il à l'oreille avant de repartir vers le casino, avalé par la nuit.

Marek, plus lourd chaque soir.

La lune s'enveloppait d'un voile brumeux, nappait d'un bleu sombre et muet les ruelles. La rivière scintillait, parcourant la ville dont elle narguait l'opacité et la quiétude. La croupière trottina jusqu'à sa Twingo blanchie de givre.

Siège reculé au maximum.

Les pieds gonflés au fond des bottines.

Au premier tour de clé, Starlight *des Supermen Lovers réchauffe l'habitacle. L'asphalte rougit dans le sillage du véhicule. Je laisse derrière mon nom de scène et sa petite troupe de perdants abrutis de sommeil. Deux barres de Twix dépassent de la boîte à gants. L'emballage suffit à donner l'eau à la bouche. Je l'arrache d'un coup de dents. Là-bas, dans le pavillon de Saint-Flour, je t'imagine vêtu comme toujours d'un bermuda trop large et d'un tee-shirt Batman, ta figure rabotée bleuie devant l'écran, hypnotisé par tes jeux rapides et furieux, surfant sur des sites de vidéos trash où des filles épilées et nues se montrent dans des positions dégradantes.*

Un grand frère un peu tordu n'attendant ni sa sœur ni personne.

Nos nuits sont sans fin et leurs jours plus longs encore.

— Hé !

La voix de Thierry la fit sursauter.

— … Qu'est-ce que tu fous avec le rideau ? Pourquoi tu l'agites comme ça ?

Laurence indiqua d'un mouvement du menton les oiseaux tourbillonnants au-dessus de la terrasse.

— Je leur sauve la vie. Ils vont encore venir se fracasser contre la vitre.

Thierry ricana, tirant sur sa cigarette.

— Laisse-les faire ! Au moins, ça met de l'animation dans cette baraque.

Sa sœur observait leur danse poignante, ignorant si elle était de joie ou de frayeur.

— J'en ai marre de lancer des cartes à des crétins et de ramasser des mésanges mortes au printemps, murmura-t-elle.

— Moi, j'aime bien regarder agoniser un pinson dans la pelle à poussière et savoir que ma sœur gagne du pognon en plumant des gros nazes.

— Qu'est-ce qui les affole comme ça ?… Le pylône ?

— C'est tes ondes négatives.

Laurence retint un soupir.

— Tu ferais mieux de débarrasser le foutoir que tu as mis dans la cuisine au lieu de me chambrer toutes les cinq minutes.

— Tu veux dire *ton bordel* ?

Elle haussa les épaules.

— … Même pas capable de mettre une assiette dans le lave-vaisselle.

Le living s'emplissait d'une lueur orangée. Bientôt, la colline s'ourlerait d'or avant de tirer sur elle un voile charbonneux. La seule lumière viendrait alors de la chambre aux draps clairs où une lampe, sans cesse, gardait l'absence d'un être cher. Songeant à cette pièce inoccupée, Laurence fut parcourue d'un frisson. Un merle aux plumes cirées choisit cet instant pour virevolter derrière la baie vitrée.

TAC-TAC ! TAC-TAC !

L'oiseau y cognait son bec, cherchant à combattre un invisible ennemi, ses petites griffes accrochant le vide. Laurence agita le rideau avec plus de vigueur. Mais le merle s'obstinait, renouvelait ses assauts.

TAC-TAC ! TAC-TAC !

— Pourquoi tu ne le laisses pas entrer ? proposa Thierry. Avec un peu de chance, il t'arrachera les yeux.

— Retourne à tes jeux débiles, espèce de débris.

La voix de son frère était à présent très proche. Une odeur de cendrier et de cheveux sales se répandait dans le salon où il se pavanait avec toute la nonchalance que sa jambe raide lui permettait.

— Il existe une croyance très ancienne qui dit : « Quand un oiseau frappe à ta porte, c'est un mauvais présage. Il annonce la mort imminente d'un membre de la famille… Généralement, celle de la sœur casse-couilles. »

Laurence leva les yeux au plafond. Un oiseau transportant l'âme d'un mort qui toquerait à la fenêtre pour conduire vers l'au-delà un habitant de la maison, elle se souvenait d'avoir entendu ces propos dans la bouche d'un grand, à l'école primaire. Ou bien était-ce un moniteur de colo ? Il était hors de question qu'elle gobe ce genre d'âneries. Personne, encore moins un oiseau, ne pouvait prétendre lui dire ce qu'il était juste de croire, combiner autrement les choses.

TAC-TAC ! TAC-TAC !

Elle empoigna la manivelle actionnant le store. L'oiseau déguerpit au premier couinement du mécanisme. Le salon baignait maintenant dans la pénombre où Laurence devinait à peine la silhouette de son frère. Appuyé contre le mur dans un angle de la pièce, il se grattait sous le bras, son tee-shirt Batman décoloré relevé jusqu'au nombril.

— Il y aura toujours une personne de trop dans cette maison, grommela-t-il, clope au bec. Et ça ne date pas d'aujourd'hui.

Elle soupira.

— Tu ferais mieux d'aller te laver plutôt que de rester là à m'emmerder.

— Mais c'est pas moi qui pue, protesta Thierry, repartant vers sa chambre. C'est toi, miss Calendos !

— DÉ-GAGE !

Le claquement d'une porte résonna dans sa tête. Aussitôt, d'autres sons vinrent en pagaille s'y loger : musique électro, explosions, rafales de mitraillette, crissement de pneus, grondements sourds, jurons… Les jeux auxquels s'adonnait Thierry le rendaient nerveux et agressif. Sa sœur devenait la cible obsessionnelle de son irascibilité. Il prétendait vouloir bientôt se remettre à chercher du boulot – il avait bien des compétences en programmation, et les entreprises bénéficiaient d'aides conséquentes pour l'embauche d'un travailleur handicapé –, mais Laurence ne l'avait encore jamais vu décrocher le téléphone. Il se pétrifiait plutôt sous ses yeux, couché sur le canapé comme une algue échouée sur le sable, une main tombant sur la moquette, l'autre accrochée au clavier de son PC portable, attendant le déluge. Mauvaise soirée en perspective… Dans le salon assombri, des tas de créatures se tenaient maintenant à l'affût : monstres à tentacules, mutants à têtes de chien, zombies sanguinolents… De ceux que son frère se plaisait à lui décrire lorsqu'ils étaient enfants pour lui fiche la frousse le soir dans son lit. Elle les chassa de son esprit, éteignit la cigarette oubliée dans le cendrier sur la table basse, enfila sa veste et empoigna les clés de voiture.

— Tu ne viens pas avec moi ? lança-t-elle sur le pas de la porte.

De la chambre lui parvint le son d'une voix de basson que le tabac rendait plus rauque :

— Non !… Mais prends-moi des clopes !

Dans la Twingo, elle sentit encore cette odeur de cheveux sales.

Thierry avait raison.

Elle aurait dû se faire un shampoing avant de rendre visite à sa mère.

Jamais je ne te touche, de peur de sentir ta peau froide.

Tu fumes les mêmes cigarettes que papa.

Ton menu préféré est le Maxi Best Of Big Mac Bacon de chez McDo (avec potatoes et Sprite).

Je suis ta raison d'être et ton souffre-douleur.

Personne ne nous rend jamais visite.

Sauf les oiseaux et les guêpes en été.

Nous sommes les éclairs à la traîne dans le sillage de l'oubli.

Deux cartes destinées à finir dans le rack de défausse.

Deux cartes à ne surtout pas retourner sur le tapis, au risque de tout perdre.

L'éclairage tombait du ciel par un large caisson ouvrant la toiture. Des chaises d'un vert pin assorti à la peinture des portes et des bureaux étaient encore perchées sur les tables afin de permettre le nettoyage du sol. Punaisés aux dalles du plafond, des fils de Nylon traversaient la salle de part en part, déroulant de fragiles guirlandes constituées d'un assemblage de poèmes rédigés par les malades et de photographies bucoliques. L'acoustique déplorable de la salle d'accueil des familles ne permettait aucune conversation qui ne fût troublée par une exclamation ou les cris sporadiques d'un fou. Laurence pénétrait ce lieu aseptisé avec un sentiment d'appréhension toujours égal, tel un animal entrant à l'intérieur d'une cage dont à chaque instant il craindrait de rester prisonnier. Elle trouva sa mère assise à l'écart des autres, un livre sur les genoux. Mme Graissac portait un chemisier blanc et un pull trop large d'une couleur indéfinissable dont elle retroussait les manches. Un pantalon de jogging gris et des tennis complétaient sa tenue. Lèvres plissées, les cheveux peignés, elle semblait concentrée sur sa lecture derrière une paire de lunettes à monture dorée. Laurence s'approcha d'elle.

— Bonjour, maman.

Sa mère leva la tête et aussitôt lui sourit.

— C'est toi, Lolotte ?

Laurence tira une chaise à elle – aujourd'hui, sa mère ne la confondait pas avec sa tante décédée. La conversation porta sur divers sujets en rapport avec la vie quotidienne de la patiente, comprenant les séances d'écoute, les activités partagées avec l'équipe soignante et les autres malades, mais aussi les soins et les repas. Ancienne infirmière du service de psychiatrie d'hospitalisation ambulatoire en centre-ville, Mme Graissac avait son mot à dire sur l'organisation de l'unité de soins du site de Volzac et se livrait à une critique en règle des méthodes appliquées ici, se considérant elle-même comme observatrice privilégiée en convalescence et non comme une malade.

— Ils essayent un nouveau protocole de soins sur moi, glissa-t-elle en désignant sous son livre un petit cahier. Je reporte ici tous les effets secondaires : maux de tête, tracas digestifs, étourdissements, somnolence… Je me suis portée volontaire. Autant que ma présence ici leur soit utile. Sinon, je serais déjà rentrée à la maison, tu penses bien.

Jamais elle n'interrogeait sa fille sur sa vie, son travail ni ne demandait des nouvelles de Thierry. En revanche, elle mentionnait souvent M. Graissac dans leurs conversations.

— Un de nos collègues infirmiers du CMP qui est venu me rendre visite m'a confié que ton père habiterait dans le Sud.

— Je le croyais à l'autre bout du monde…

— À mon avis, il n'a jamais quitté la France.

Laurence s'interrogea sur la part de vérité qui venait ainsi musarder dans l'esprit de sa mère, redoutant toujours plus de l'espoir qu'elle faisait naître en elle de revoir un jour son père.

— … Où ça, dans le Sud ?

— Je ne le lui ai pas demandé et ça n'intéresse personne. De toute façon, nous ne sommes plus pour lui qu'un mauvais souvenir… Il est parti vivre avec cette femme, mais c'est avec moi qu'il a été le plus heureux, m'a-t-il dit un jour, décréta sa mère comme une évidence. Enfin, avant que notre histoire ne prenne un sérieux coup dans l'aile.

Mme Graissac eut soudain l'air chagrinée.

— … Tu te laisses pousser les cheveux ?

— Oui.

— Ça te grossit le visage.

Laurence baissa les yeux.

— Et comment va ton mari ?

Sa mère revenait souvent à cette question dont elle ne parvenait pas à fixer la réponse dans sa mémoire. Laurence repoussa une mèche qui lui tombait sur la figure d'un geste las.

— Je suis divorcée, maman.

— Vous êtes divorcés ? Mais depuis quand ?

— Un peu plus de deux ans.

— Ah ! C'est dommage… Je l'aimais bien, moi, ce garçon… C'est comment son prénom, déjà ?

— Pascal.

Elle ajouta d'une voix consolante, retirant un fil à l'ourlet de sa manche :

— De toute façon, ça n'aurait jamais duré, entre vous. Tu n'es pas faite pour le mariage, ma Lolotte.

— Pourquoi tu dis ça ?

— Eh bien, parce que tu n'en as toujours fait qu'à ta tête. Tu es trop indépendante et imprévisible.

— … Être indépendante et capable de surprendre l'autre est plutôt une qualité que les hommes devraient apprécier chez une femme, non ?

— Oh, ma Lolotte, ce n'est pas ce qu'ils recherchent… Leur truc, c'est la geisha qui ferait le ménage et la compta, pas une amazone. Enfin, pour toi, le problème ne se pose plus.

Laurence ne voyait pas où sa mère voulait en venir.

— … Que ferais-tu d'un mec ? Les histoires de cul, ça te ruine une carrière, appuya-t-elle d'une grimace. La compétition avant tout !

Laurence s'assombrit.

— Maman, j'ai tout arrêté depuis longtemps.

— Arrêté quoi ?

— Le lancer de marteau.

— Mais… pourquoi ?

— Je te l'ai déjà expliqué.

Mme Graissac marqua un temps avant de soupirer :

— C'est bien ce que je disais, tu n'en fais qu'à ta tête. À onze ans, déjà, tu passais des journées entières seule dans ta chambre. Tu refusais que je t'embrasse ou que je te serre dans mes bras.

— Comme toutes les ados, maman.

— Non. Pas comme toutes les ados.

Elle claqua les mains sur ses cuisses.

— … Tu as soif ? J'ai la bouche sèche… Un des effets du traitement, grimaça-t-elle, brandissant le petit cahier qu'elle reposa sur la table avant d'aller chercher à boire.

Laurence regarda sa mère se diriger vers une fontaine à eau. Elle passa près d'un homme qui collait son visage au mur et chassait d'invisibles moustiques, répétant à qui voulait l'entendre qu'il en avait tué sept d'un coup. L'endroit s'animait à présent d'une cacophonie de voix, de sifflements et de crissements de chaise assourdissants. L'air devenait étouffant de démence. Lorsque sa mère revint avec deux gobelets d'eau fraîche, Laurence eut plus de difficulté à entendre ce qu'elle disait, mais son discours ininterrompu n'attendait aucun commentaire. Elle dut patienter vingt minutes avant d'évoquer le sujet qui la préoccupait.

— Maman, je sais que tu n'aimes pas qu'on aborde la question, mais il faut qu'on parle de Thierry… Il ne va pas bien.

— Ah, non, ça, il ne va pas bien. Mais tu admettras que ce n'est pas une nouveauté, ponctua-t-elle, les lèvres pincées.

— Il ne fait rien de ses journées à part jouer à des jeux vidéo. Il ne veut pas sortir, il reste dans sa chambre… C'est dur, pour moi…

— S'il te plaît, Laurence. Je n'ai pas envie d'entendre ça.

Elle se raidissait sur sa chaise, mal à l'aise. Laurence se renfrogna.

— On ne peut jamais parler de lui, alors ?

— Non.

— Mais pourquoi ? C'est quoi, le problème ?… Qu'est-ce qui s'est passé entre vous ? insista-t-elle, appuyant un coude sur la table.

Mme Graissac regardait son gobelet sans répondre.

— Quand je suis venue avec lui la semaine dernière, reprit sa fille d'une voix douce, tu l'as totalement ignoré… C'était très choquant pour lui. D'ailleurs, il ne veut plus m'accompagner ici.

Mme Graissac s'empara du gobelet et en avala le contenu d'une traite, se gardant d'émettre la moindre parole.

— Maman, est-ce que ça a un rapport avec l'accident ?… Tu te sens coupable, c'est ça ? Tu ne supportes pas de voir ton fils handicapé ?

Sa mère ferma les yeux et prononça d'une voix détachée :

— Je sais que tu me crois responsable de ce qui est arrivé à ton frère. Et je ne peux pas t'en vouloir. Mais je n'y suis pour rien. C'était un accident. Tu étais là, tu le sais très bien.

Laurence prit une profonde inspiration. Il devenait plus difficile chaque semaine d'obtenir de sa mère une réponse sensée. La réalité pâtissait des circonvolutions de ses pensées. Mais elle ne pouvait admettre que, dans sa folie, Mme Graissac rejette ainsi son propre fils. Quelque chose se nouait là, dont elle ne parvenait à saisir la nature…

— Vous voulez une ombrelle ?

Pieds nus, d'une maigreur atterrante sous sa blouse, une jeune patiente se penchait par-dessus son épaule. Elle posa deux fleurs de pissenlit cueillies dans le parc sur la table. Mme Graissac la gratifia d'un *Merci, Solène*, et la jeune fille s'éloigna. Sa blouse mal boutonnée dans le dos laissait entrevoir les os saillants de sa colonne.

— Tu te souviens quand tu étais petite ? murmura Mme Graissac avec une tendresse subite. Tu m'offrais souvent des bouquets de pissenlits que tu cueillais en rentrant de l'école. Un jour, tu étais si occupée à en chercher sur le bord du chemin que tu as fait pipi dans ta culotte. Tu es arrivée à la maison avec ton petit bouquet serré entre tes doigts et tu pleurais, tu pleurais… Maman était là, on t'a déshabillée, lavée, on a mis les fleurs dans l'eau (mais tu penses bien qu'elles étaient *kaputt*)… et après tu te promenais les fesses à l'air d'une pièce à l'autre en gazouillant…

Sa voix se fit plus grave.

— Ta mamie disait souvent de toi : « Ah ! Cette petite, elle a le vice dans le sang, comme son père ! »… Ta grand-mère n'a jamais aimé ton père… Ni aucun homme, d'ailleurs, acheva-t-elle.

Laurence n'avait pas souvenir de cette histoire ni de celle que Mme Graissac se plut à raconter ensuite, où il était question d'inceste et d'un enfant qu'elle aurait eu avec son père, la confondant à coup sûr avec d'anciennes patientes de son service. Et elle aurait donné n'importe quoi pour retourner à cette époque de l'enfance où exposer sa nudité sans pudeur était aussi innocent et joyeux que le tintement des cloches le jour de Pâques.

À l'approche de l'hiver, me tenant par la main, maman aimait parcourir les remparts de la ville campée sur son éperon de basalte, châtelaine en bottes de pluie s'assurant de la solidité des fortifications.

— S'il ne craint plus rien des bandes anglaises, le rempart des Roches doit encore supporter les affronts du gel, Lolotte !

Nous grimpions les trois cents marches du chemin des Chèvres, dominant le faubourg et le clocher de Saint-Christine. À la croisée des montées, maman me montrait une niche enchâssée dans le mur où jadis se trouvait une Vierge à l'Enfant découverte sur le chemin, trésor tombé du ciel. Désignant au loin le plateau de la Chaumette, me prenant le bras, elle murmurait, essoufflée :

— Tu vois, les grottes en contrebas ? Tu sais à quoi elles servaient ?

Je l'écoutais raconter encore l'horrible histoire des pestiférés de la ville que l'on envoyait mourir là au XIV*e* *siècle.*

— … De nos jours, ajoutait-elle, on a remplacé ces grottes par des EHPAD. Pas sûr que les mourants aient gagné en confort.

Le crépuscule m'emporte loin de son sanctuaire pour détraqués. La route est un long ruban gris jusqu'à l'hypermarché. Au rayon pâtisseries, j'achète un assortiment de six gâteaux à la crème pour 6,90 euros. J'arrache l'opercule en plastique de la boîte, engloutis deux millefeuilles sur le parking, assise au volant de ma voiture, moteur coupé. Une samba-disco de Barry Manilow dégoulinante de violons dans l'autoradio accompagne mon festin tandis que le soleil embrase la plaine d'un dernier baiser.

Ce soir, j'ai trente ans.

— Paye, paye, paye.

Cybèle avait d'abord apporté un brin de fraîcheur au casino. Toujours souriante, on appréciait son entrain, sa *forte* personnalité, on la comparait aux meilleurs croupiers passés ici. Depuis son départ de l'INSEP, enfin, elle se sentait bien quelque part et rentrait chez elle épuisée, mais fière de ces instants magiques, de son rendement, lequel se révéla sans incidence sur son salaire, les pourboires n'ayant pas cours dans l'établissement. Sa maîtrise des différentes techniques de manipulation des cartes lui valait le respect des autres membres de l'équipe et une considération accorte de la part de Monsieur Jules, lequel couvait ses machines à sous comme des poules pondeuses d'œufs en or. Avec les joueurs, la croupière optait pour la complicité, encourageait les perdants à redoubler d'efforts tels des athlètes en bout de course et tendait en toute bonne foi une oreille compatissante à leurs discours. Elle aurait d'une égale manière brandi un goupillon d'eau bénite au-dessus de leurs cases, tant elle croyait ainsi contribuer à leur bien-être. Il lui fallut six mois pour comprendre quel impact dramatique la dépendance au jeu avait sur leur vie ; celle-ci demeurait enfouie en eux, maladie honteuse dont certains ignoraient encore être porteurs. Six mois de plus pour voir leurs visages se durcir comme de la glaise lorsqu'ils approchaient sa table et entendre les premiers commentaires désobligeants.

— Tu me sers quoi, là ?

Monsieur Jules auquel elle confia ses états d'âme l'avait exhortée à ne retenir que les gains des joueurs, non leurs pertes, et à considérer ces dernières comme autant de bénéfices pour le casino. Une sorte d'éloge forcé de l'arnaque, une tournure secrète, un renforcement positif soutenu l'incitant à distribuer toujours aussi habilement les cartes et à n'y voir que joie et félicité. Un défi qui n'avait plus rien de motivant, tant il semblait irréaliste.

— Allez ! Fais-moi récupérer.

Il n'existait pas de temps plus périlleux et vulgaire que le samedi soir. Les joueurs débarquaient en couple ou entre amis, particulièrement remontés. Si la chance désertait leur jeu, ce qui ne tardait guère, ils perdaient toute dignité, persiflaient, montraient les dents. À juste titre. La croupière avait une assez bonne mémoire pour additionner mentalement les sommes faramineuses dilapidées depuis son embauche. D'un regard on la condamnait, complice misérable du casino accusée de favoriser les pertes – ou de les souhaiter. Jetons et billets atterrissaient sur le tapis avec acrimonie.

— Donne-moi une belle carte.

Agressifs, obsessionnels, menaçants.

— Fais-moi récupérer, bordel !

Cybèle ne devait en aucun cas remettre un joueur à sa place. À peine lui était-il permis d'exiger un minimum de politesse.

— Allez, allez, allez…

Il ne fallait pas que le joueur se fâche. Il ne fallait pas qu'il quitte la table.

— MERDE ! TU VAS ME LA SORTIR, CETTE CARTE ?

Ce soir, comme chaque soir, elle accrocherait un masque à son visage. De ces hommes possédés par leurs faiblesses, elle avait le pouvoir de contempler la misère sans ciller. Elle défendrait les intérêts du casino, ce grand et haut mur, pour rien.

À deux heures du matin, elle sortit de l'arène, le dos fatigué par les tensions du jeu et le poids de son corps, proche de la sciatique. La main de Marek se posa sur ses fesses pour lui souhaiter bonne nuit, et elle rejoignit sa Twingo garée à une centaine de mètres du casino.

Au dernier moment, elle les vit crever l'obscurité. Deux types, montrant leurs torses.

— Tu rentres toute seule, la grosse ?

— T'as pas peur, comme ça, la nuit ?

En un instant, ils étaient sur elle.

De la vapeur sortait de leurs bouches.

Un incendie dans ma poitrine. Des poings enfoncent mes côtes, pénètrent mon ventre comme des ciseaux. On me traîne. Je m'accroche à mon sac. La lanière craque et son contenu s'éparpille au sol. Ils frappent encore. Me traitent de grosse truie, me saignent d'insultes. Un coup de talon dans la tempe, et ma tête rebondit contre le trottoir. Un courant glacé traverse ma colonne. Mon oreille siffle. Je vibre, secouée dans ma chair, étendue sur le bitume et la neige fondue transformée en bouillie par le sel. Je ne perçois que des fragments de voix, une figure penchée sur moi, une face de singe, prête à rire de l'obèse. Il crache sur moi.

N'avoir rien vu, rien compris et trembler d'épouvante.

Je n'ai pas même songé à fuir. Mon cœur affolé me privait d'air et mon corps n'aurait su courir, trop lourd de ce ventre, de ces cuisses, de ces fesses savamment engraissées. Piégée par ma seule volonté.

Un dernier hoquet d'insultes puis le silence. Tomber dans un puits de plumes noires. Ne plus sentir mes doigts, mes pieds.

— Madame, vous m'entendez ?

Brûler d'un feu de givre.

— C'est les pompiers, madame !

Des ombres blanches se meuvent autour.

— Est-ce que vous pouvez parler ?

Sur un murmure, signifier qu'on est encore en vie.

La tension monte au casino de Chaudes-Aigues après l'agression d'une employée à la sortie de l'établissement

Lundi dernier, la sonnerie du jackpot avait créé sensation au sein du casino peu avant 16 heures. C'est une habituée des lieux, une retraitée qui passe l'année entre la région parisienne et la ville de Marvejols en Lozère, qui avait décroché les 79 032,10 euros du jackpot sur une machine à sous à 1 euro. Mais l'ambiance, depuis, est retombée dans l'établissement cantalien. L'agression de la croupière remonte à la nuit du samedi 21 mars. Employée aux jeux de table depuis trois ans, elle a été rouée de coups à 2 heures du matin par deux hommes alors qu'elle arrivait près de sa voiture, garée à 100 mètres du casino, quai Remontalou. Ils auraient tenté de lui voler son sac avant de prendre la fuite. Toujours sous le choc, elle ne pourra pas reprendre le travail avant deux semaines. Un drame qui ne serait pas arrivé si elle avait pu bénéficier d'une place de stationnement juste en face de l'établissement. « On a voulu privilégier la clientèle. Le parking est vite rempli. Nous demandons à nos employés de garer leurs véhicules un peu plus loin, dans un périmètre raisonnable. Il faudrait que le personnel isolé puisse être accompagné le soir par le service de sécurité, mais cela n'est pas toujours possible », explique le directeur. Dans un autre registre, le délégué CGT du personnel s'est plaint l'été dernier de la dégradation du comportement de la clientèle, contribuant également au malaise des employés. La salariée a déposé plainte contre ses agresseurs que la police, à l'heure actuelle, n'a pas réussi à identifier.

M. Risacher – lamontagne.fr – *21 mars 2009*

De toutes les mortifications, l'humiliation subie le jour où elle perdit la culotte de son maillot de bain à la piscine après un plongeon transformé en plat monumental, devant les élèves de sa classe alignés au bord du grand bassin, était hautement mémorable. Mais cet instant vécu en compagnie des pompiers fut de loin le plus âpre.

— J' peux pas poser la perf' : la veine est trop profonde.

— On n'arrive pas à avoir de tension avec le brassard.

L'ennemi disparu dans la brume laissait place à une armée de soldats qui s'activaient autour d'elle, venus combattre son tourment, lui infligeant une autre forme de torture.

— Putain, on a un GROS souci de brancardage…

— Hé ! Les gars ! On a besoin de tout le monde ici !

Ils s'y étaient mis à six pour la soulever.

Son séjour à l'hôpital se révéla plus cruel encore. La porte de la chambre où on l'avait placée demeurait ouverte à tous et à toute heure. Le couloir déversait son torrent de rumeurs d'où jaillissaient des frémissements métalliques de brancards à roulettes et des rires sous cape. Plus nue que nue, à peine couverte d'une blouse d'hôpital bleu ciel, impudique et pitoyable de ses multiples contusions, elle ne se reconnaissait pas, la gorge et les bras d'une couleur d'albâtre, ligotés d'attelles et de tubes. Elle ne contrôlait ni la température de son corps ni la luminosité de la pièce, soumise à un abominable inconfort. Sa chambre était située dans le même service que celui où sa mère avait été hospitalisée après son accident. Laurence se retrouvait à la merci d'une infirmière peu délicate ayant eu en charge Mme Graissac et qui investissait dès sept heures du matin les lieux pour une batterie d'examens de contrôle et de soins, lançant un jovial *Comment va notre athlète, ce matin ?*

L'angoisse de savoir Thierry seul prédominait. Aussi Laurence concentrait-elle toute son énergie sur cet objectif : réparer son corps, coller partout des rustines, reprendre possession d'elle-même et retourner au pavillon. Et elle s'y emploierait dès qu'elle serait tirée de ce long naufrage du sommeil, engourdissant jusqu'à cette insurmontable détestation d'elle-même, souillée de honte et d'effroi.

Elle ne porte pas de bijoux, juste une alliance, et prend des notes. De sa bouche éclatante, elle me dit combien il serait illusoire d'imaginer pouvoir me débarrasser du souvenir et du traumatisme générés par l'agression.

— Je pense même que cela n'est pas souhaitable.

Sa blouse s'ouvre sur une jupe plissée. Elle gomme dans son regard toutes intentions de jugement, ignore mon enveloppe débordante de graisse et d'ecchymoses, mon profil tuméfié, le collier cervical, me parle comme si j'avais onze ans.

— Pourquoi voudriez-vous effacer ce qui fait partie de votre histoire et de sa construction ?

Elle insiste sur le fait que, quoi qu'il arrive, il restera en moi une cicatrice douloureuse.

— Il faut apprendre à vivre avec, pour que cet événement ne conditionne pas votre existence, vous comprenez ?

Elle jette un œil à sa montre.

— Cela pourrait avoir des conséquences désastreuses sur vous et votre entourage.

Elle arrive après la bataille, la donzelle.

— Vraiment, madame, j'insiste pour que vous consultiez un thérapeute à votre sortie. Un suivi est plus que recommandé.

Elle se pavane, d'une patiente à l'autre, éblouissante de sagesse.

Elle ne sait rien de moi.

Ni d'hier ni de demain.

De ma capacité à dépasser tout ça – et même au-delà.

Le taxi la déposa devant le pavillon, se fendant d'un *Et voilà ma petite dame* aussi désuet qu'inapproprié au regard du gabarit de la passagère. Laurence quitta la banquette arrière avec raideur, l'entorse du cou et la minerve limitant ses mouvements. Le véhicule fit demi-tour et reprit la route en direction du centre-ville. Rien ne venait jamais de l'autre sens, comme si la départementale ne conduisait nulle part sinon vers un néant abyssal.

Des nuages s'appropriaient le ciel dans un dégradé de blanc. L'air était frais, chargé du parfum des bois sur la colline. Laurence monta sans hâte le dénivelé bordé de plantes de rocaille et d'herbes folles jusqu'aux marches qui menaient au perron. Elle sonna, mais rien ne semblait s'animer derrière la porte vitrée, bardée d'une grille ouvragée en fer forgé. Elle toqua, sonna encore, et se décida à fouiller son sac à main dont l'infirmière avait eu l'idée de fixer la lanière arrachée à l'aide d'une agrafeuse. Elle en retira un trousseau. En poussant la porte, elle fut frappée par l'odeur de renfermé qui empestait la maison. La vieille chatte vint aussitôt à sa rencontre, miaulant tout son soûl. L'animal à l'arrière-train osseux semblait affamé.

— Thierry ?

L'endroit lui parut plus lugubre qu'une grotte. Des particules de poussière en suspens flottaient autour d'elle, révélées par les stries de lumière que filtraient les rideaux à lamelles. De la vaisselle sale traînait encore sur la table du salon et dans l'évier de la cuisine. Un sac-poubelle éventré sur le carrelage empuantissait les lieux de son contenu avarié. Laurence remplit de croquettes une assiette et fit couler de l'eau fraîche dans un bol. La minette ronronnait d'impatience et se frottait aux mollets de sa maîtresse, charriant un fumet de poils grillés, comme le jour où Thierry s'était amusé à glisser le bout de sa queue dans le toaster. Poser sa pitance sur le sol se révéla une manœuvre ardue. Laurence sentait ses genoux contusionnés craquer au moindre effort. En se redressant, elle distingua par la baie vitrée deux oiseaux morts sur la terrasse, les ailes déployées. Thierry n'avait pas jugé utile de ramasser les pauvres volatiles… Elle les recueillit à l'aide de la balayette, peinant à tendre les bras, puis abandonna les petites dépouilles au sac-poubelle qu'elle laissa sur la terrasse. Laurence se dirigea alors vers la chambre de son frère. Une faible lueur passait sous la porte.

— Thierry ? Tu es là ?

Pas de réponse. Pas même le tumulte étouffé d'un jeu vidéo. Laurence entra. La pièce était désordonnée. Un foutoir monumental. Des décennies de bordel accumulé. Les murs tapissés d'affiches montraient des groupes de musiciens hard rock des années 1980 dans des postures provocantes. Celle du groupe ACDC promettait sans détour l'autoroute pour l'enfer. Des canettes de bière et de Red Bull vides encombraient le bureau. Le clavier de l'ordinateur mis en veille était couvert de miettes, un cendrier débordait de mégots, mais, étrangement, le lit n'était pas défait. Laurence sentit son cœur se serrer.

La seule visite dont son frère l'avait gratifiée était survenue au second jour de son hospitalisation à la nuit tombée : il s'était comme matérialisé dans l'encadrement de la porte, appuyé sur sa béquille, un tee-shirt fripé descendant sur ses hanches.

— Alors, sœurette, ça te manquait tant que ça de ne plus voir ta tronche de médaillée dans le journal ?

Clopin-clopant, le frère aîné s'était ensuite approché du lit, détaillant les différents appareils médicaux entourant la patiente, avant de sourire, une pointe d'amertume dans le regard.

— Si tu voulais me fausser compagnie, fallait me le dire. C'était pas la peine de te donner autant de mal.

Assommée de calmants, chevillée au lit par un corset enveloppant tête et épaules, Laurence n'avait pas tenu longtemps la discussion, mais elle se souvenait de cet instant si rare où son frère avait fait montre de tendresse à son égard : il s'était penché sur elle pour lui prendre la main, caresser son front et y déposer un baiser, répandant en elle une curieuse vague de chaleur avant de s'éclipser à l'arrivée de l'infirmière chargée du service de nuit.

Laurence chercha en vain un mot qui donnerait une explication à l'absence de Thierry. Avait-il seulement pris connaissance du message laissé la veille sur le répondeur par sa sœur ? Elle vérifia si quelqu'un avait interrogé l'appareil, mais le voyant des messages clignotait encore. Elle fixa avec ardeur la route par la fenêtre de la cuisine, approcha son visage au plus près de la vitre doublée d'une moustiquaire. À la surface se forma bientôt un halo de buée. Ce geste d'affection dans la chambre d'hôpital disait-il autre chose qu'elle n'avait su entendre ? L'esprit encore vacillant sous l'effet des tranquillisants, avait-elle seulement été capable d'apprécier ce qui se nouait alors ?

Laurence reprit possession des lieux, aéra, rangea, nettoya, secoua tapis et draps. Elle limitait autant que possible les mouvements douloureux, toutes torsions ou flexions du buste et du cou. Guettant un bruit de porte, un grincement de parquet, un froissement de vêtement que l'on accroche au portemanteau dans l'entrée, une béquille cognant le porte-cannes, elle appréhendait une décision malheureuse de la part de son frère, son double ténébreux, ce héros déchu qui la laisserait exsangue, parfaitement morte.

Vers dix-huit heures, affamée, elle commanda deux menus complets à un traiteur chinois, ingurgita un demi-litre de soda et une bière, avala deux comprimés d'Antarène Codéine, puis, vaincue par la fatigue, s'endormit tout habillée sur le canapé, devinant la chatte couchée à ses pieds au doux frôlement de son pelage.

Une heure plus tard, réveillée par des crampes dans les jambes, elle entendrait comme le bruit d'une chasse d'eau au sous-sol – seul endroit où elle n'avait pas cherché son frère. En décalage horaire depuis que sa sœur avait embauché au casino, à tous les coups, Thierry s'était assoupi sur la cuvette en bouquinant une BD.

— Ah ! T'es revenue ? C'est cool… l'entendit-elle marmonner, à peine surpris de trouver sa sœur ici.

Sous le short qui bâillait sur ses cuisses se devinait une marque rouge en demi-cercle.

— Au fait, la chasse d'eau des WC de la salle de bains est foutue. Faut la changer.

Un truc qui épatait toute la famille quand il était gosse ; cette capacité à s'endormir n'importe où, dès lors que rien ne venait bousculer ses rêves.

PRENDRE SON MAL EN PATIENCE

(2009-2010)

Cette carte est le symbole du dépassement de soi, d'une évolution ascendante. Elle permet d'atténuer les attributs négatifs portés par les cartes de pique. Celui qui la possède sait qu'il sera poussé à mener un combat dont l'issue sera profitable.

— Madame, monsieur, notre champagne millésimé.

Arabesque d'ivresse. La salle du restaurant, meublée de sièges en bois blond et tables triangulaires aux lignes épurées, donnait sur d'immenses baies vitrées. Vue sur la nature auvergnate époustouflante de verdure et de sérénité. Deux étoiles au guide Michelin.

— ... En vous souhaitant une excellente dégustation.

Afin de choisir un cadeau à sa femme pour leur vingt-troisième anniversaire de mariage, le Dr Bashert avait pris sa journée. Tôt ce matin, il s'était rendu dans une bijouterie à Clermont-Ferrand pour y choisir un bracelet Cartier en or jaune serti d'un diamant, bijou discret, raffiné, dont son épouse ne pourrait qu'apprécier l'esprit. Ce fut le cas. Cependant, découvrant son cadeau au creux d'un délicat coffret, Marie-Anne parut mal à l'aise.

— Ça ne va pas ? Il ne te plaît pas ?

— Bien sûr que si. C'est juste que mon cadeau est moins...

— Attends ! Mais je l'adore.

La gourde avec filtre charbon intégré « spécial randonnée » lui convenait parfaitement : bivouaquer au bord d'une rivière et y puiser l'eau pour se désaltérer était un fantasme de gamin. Son cadeau à lui avait coûté dix fois moins cher que le bracelet, mais il s'en foutait. Seul importait le fait que sa femme soit heureuse, qu'elle mange léger et ne boive pas trop (sinon elle s'écroulerait de sommeil sur le lit à leur retour), et qu'il arrive à la convaincre de ne pas aller voir un film après le resto, ce qui risquerait de lui fiche une migraine ou de les mener vers d'interminables discussions sur le bien-fondé de respecter – ou pas – la réalité du fonctionnement de la justice française dans les scénarios.

Deux mois et trois jours sans baiser – il devenait fou.

Le Dr Bashert ne croyait guère à la chance, à la grâce qui tomberait nul ne sait comment du ciel et ressusciterait chez sa femme – laquelle n'avait jamais manifesté un goût prononcé pour la chose – un désir sexuel : il s'aidait d'abord lui-même, et mettait en place un rituel maintes fois expérimenté. Cadeau, resto gastro, et au pieu.

Il commit une seule erreur.

— J'ai hâte de te voir avec juste ce bracelet sur la peau…

La phrase à ne pas dire en levant sa coupe de champagne, les yeux pétillants. La réaction fut immédiate. Tel un escargot rentrant à l'intérieur de sa coquille, Marie-Anne se rembrunit sous sa jolie robe noire décolletée.

— Pourquoi est-ce qu'il faut toujours que tu gâches tout ?

— Quoi ? Qu'est-ce que j'ai dit ?

Elle posa sa fourchette sur le rebord de son assiette où se déclinait une palette d'herbes et jus verts autour de six asperges.

— J'avais espéré que, pour une fois, on passerait notre soirée d'anniversaire de mariage d'une manière romantique : on vient seulement de nous servir l'entrée et tu m'imagines déjà à poil dans le lit.

Sa femme n'avait de cesse de briser tous les miroirs qu'il lui tendait. Bernard considérait son devoir d'époux comme source de ses droits, mais appliquer pareille rhétorique à son couple n'exaltait que les jérémiades d'une petite fille gâtée.

— Plains-toi, grinça-t-il. Toutes les femmes de ton âge n'ont pas la chance d'être désirées par leur mari après autant d'années.

Marie-Anne cilla. Il avait l'art de se parasiter lui-même en sa présence. Son intelligence du détail, analytique, rigoureuse, logique frôlait alors la bêtise. On n'épousait pas impunément un membre éminent du barreau.

— Parce que tu crois qu'après cinquante ans, les femmes n'intéressent plus personne ? questionna-t-elle.

Châtain clair, un carré bouffant dégageant front et pommettes, des lèvres fines ombrées d'un sourire et le sourcil ascétique, Marie-Anne était en toutes circonstances un subtil concentré d'autorité et de tempérance, qu'elle porte ou non sa robe de magistrate.

— Et qui te dit que c'est une chance, d'être *désirée* par toi ? renchérit-elle, vidant sa coupe de champagne.

Depuis l'école primaire, Bernard agissait avec les filles comme il contemplait le monde, sans s'embarrasser de diplomatie. Chevauchant un tracteur-tondeuse, il avait depuis parcouru un long et tortueux chemin qui, de toute évidence, aboutissait dans les égouts. Au fil des plats prévus au menu, la tension montait. Dehors, la nuit engloutissait jusqu'au dernier brin d'herbe.

— Marie-Anne, pourquoi est-ce que tu m'as épousé ?

— … Il faut croire que j'avais mes raisons.

— Tu réalises que tu me reproches en permanence de vouloir consolider notre relation ?

— Je te reproche de m'imposer des rapports quand je n'en ai pas envie, nuance.

— Mais tu n'en as *jamais* envie.

— À qui la faute ?

L'un et l'autre dégustaient leur filet de saint-pierre cuit au beurre noisette sans échanger un regard. Bernard observait à une autre table une très jolie femme d'une trentaine d'années, en tête à tête avec un homme ayant le double de son âge : elle paraissait prendre beaucoup de plaisir à l'écouter. Le Dr Bashert aurait aimé que sa femme rie de la même manière entre chacune de ses bouchées. Marie-Anne, dont le visage avait perdu de sa fermeté sans se déposséder de sa beauté, crispait les lèvres sur sa fourchette.

— Tu ne fais rien pour arranger la situation, observa-t-il.

— Comment ça ?

— On n'a jamais de temps pour nous. Tu donnes tout à ton boulot.

— J'ai choisi ce métier parce que j'y vois un moyen d'améliorer les choses dans le monde où nous vivons. Pas pour me la couler douce… Ma famille m'a toujours soutenue dans ce projet, et toi aussi, au début, précisa-t-elle, essuyant sa bouche du coin de sa serviette.

— Mais comment veux-tu qu'on préserve notre couple dans ces conditions ?

Elle reposa sa serviette, enroula d'un doigt une mèche de cheveux qui rebiquait derrière sa nuque et assena, glaçante :

— Très bien. Tu veux qu'on préserve notre couple ? Alors commence par arrêter le jeu.

Bernard retint un soupir.

— Tu ne vas pas remettre ça… Je ne joue presque plus.

Marie-Anne se pencha en avant comme si elle s'apprêtait à descendre une piste de ski tout schuss.

— 2 000 euros, Bernard. Tu claques 2 000 euros par mois !

— Il m'arrive de gagner, tu exagères…

— 20 000 euros par an depuis sept ans ! Presque autant que le budget dépensé pour les études de Camille à Londres. Ça me rend malade !

Ils venaient d'allumer un brasier dans la salle de restaurant et, bientôt, les flammes se verraient depuis le cosmos. Mais pour l'instant, Cole Porter ajoutait à l'ambiance feutrée un esprit glamour que ni l'un ni l'autre n'était en capacité d'apprécier. Lorsque le chariot à fromages se présenta, Bernard fit signe au garçon de le remporter sans même consulter sa femme. On se hâta de leur servir les desserts, pressentant l'implosion.

— Et à quoi est-ce que ce pognon qui est uniquement prélevé sur mes revenus propres, soit dit en passant, aurait bien pu nous servir ? grogna-t-il. À réserver un séjour en Grèce que *Madame* va annuler à la dernière minute parce qu'elle n'a pas fini d'étudier la cinquantaine de dossiers en attente sur son bureau ? À s'acheter une deuxième villa à Leucate où tu passes tes journées à bouquiner au bord de la piscine parce que, en vacances, *Madame* se repose et que le soir, après trois apéros, *Madame* est trop crevée pour tailler une pipe à son mari ?

— ... Il faut toujours que tu me rabaisses.

Bernard ressentait des picotements derrière les oreilles.

— Moi, je te *rabaisse* ?

— C'est ta façon d'agir pour ne pas perdre la face.

Le front et le bout du nez de sa femme brillaient légèrement sous l'éclairage tamisé, et ses joues s'étaient empourprées ; on n'avait cessé de remplir leurs verres durant le repas.

— Marie-Anne, honnêtement, à quoi il aurait servi ce fric, dis-moi... À quoi ?!

Elle plongea son regard dans le sien.

— À ne plus se mentir.

Il détourna les yeux, pris au dépourvu. Sa gorge se nouait et rien de ce qu'il piquait de sa fourchette à dessert n'avait de goût. Il repoussa son assiette. Rajusta ses lunettes sur son nez.

— Si j'arrête, on reprend une vie normale ?

— Tu n'arrêteras pas.

Sa femme appréciait chaque bouchée qu'elle portait à ses lèvres.

— J'ai épousé quelqu'un qui a disparu de ma vie depuis des années. Un garçon ambitieux, fier, altruiste. Et aujourd'hui je vis avec un petit provincial aigri, égoïste, désintéressé de tout. Un homme qui peu à peu se détruit et *me* détruit.

Elle reposa sa cuiller dans l'assiette et surprit son mari en avançant sa main sur la nappe pour venir toucher son avant-bras.

— J'ignore quand et comment c'est arrivé exactement, Bernard… et j'admets que j'ai ma part de responsabilité dans tout ça.

Il baissa la tête avant de la relever, éprouvant une douleur au thorax. Sa femme lui broyait le cœur.

— Si je suis tel que tu le dis, qu'est-ce que tu fais encore avec moi ?

— … Je n'en sais rien.

Ce qui le blessa à l'excès fut certainement ce dépit sincère affiché par son épouse, perdue dans une histoire qui n'en finissait plus de l'assécher, dans tous les sens du terme. Sa pensée, pragmatique, alla aussitôt à l'évidence : malgré ses calculs, un chef étoilé talentueux et un bracelet hors de prix, ce soir, il ne coucherait pas avec sa femme.

Le jour prenait une couleur terne, comme contrarié par un chagrin, lorsqu'on sonna à la porte.

— Madame Graissac ?

La trentaine, à l'étroit sous un polo bleu clair, droit dans ses rangers commando, un képi sous le bras, l'homme tenait une sacoche et portait des lunettes de soleil. De son uniforme tout équipé émanait une odeur de tabac blond et d'adoucissant vanillé. Apercevant derrière lui un autre gendarme, Laurence sentit ses entrailles se nouer. Elle replia sur elle les pans de son gilet.

— Officier de police Alain Murat. On s'est vus à l'hôpital, précisa-t-il, ôtant ses Ray-Ban qu'il fixa sur son crâne lisse. Vous vous souvenez ?

Ce visage, alors, lui revint en mémoire. Lors de sa première visite à son chevet, Laurence n'avait pas été en mesure de donner une version intelligible de son agression. L'officier de police judiciaire se présentait à son domicile pour l'interroger sur son déroulement.

« Vous vivez seule, ici ? » fut la première question qu'il posa après qu'elle les eut invités, lui et son collègue, à prendre place sur le canapé du salon.

— Non, avec mon frère… Il est sorti, répondit Laurence, cherchant à dissimuler son trouble.

Le brigadier hocha la tête et, avant d'entamer son interrogatoire, lui demanda si elle était *d'attaque*.

— Nous pouvons revenir, si vous préférez.

— Non, non… Enfin, je veux dire, je suis… Ça va.

Laurence dégagea ses cheveux d'un mouvement brusque et le regretta aussitôt : une douleur vive lui paralysa presque la nuque.

— … Je vais préparer du café.

Lorsqu'elle revint au salon, une pluie fine tapotait la baie vitrée. L'officier Murat cochait les cases d'une fiche de signalement ou prenait des notes sur un calepin, enchaînant les questions. L'autre gendarme se contentait d'écouter. Laurence remplit trois tasses. Elle tint la cafetière à bout de bras pour ne pas avoir à incliner le buste, puis donna une description si précise de ses agresseurs qu'elle en fut elle-même étonnée : race, âge apparent, taille, corpulence, aspect général, couleur de peau et de cheveux, forme du visage, tenue vestimentaire, marque des chaussures, elle avait conservé en mémoire le déroulement de l'attaque dans les moindres détails comme s'il s'était agi d'une partie de cartes.

— Est-ce que l'un des deux agresseurs vous semblait plus familier que l'autre ?

— Non.

— Pensez-vous qu'ils pourraient être clients du casino ?

— Si c'est le cas, ce ne sont pas des joueurs réguliers. Je me serais souvenue de leurs visages. Vous voulez du sucre ?

— Non merci.

Elle tendit le sucrier à l'autre officier. Sa main tremblait légèrement. Les deux hommes échangèrent un regard.

— Ils en voulaient à votre Carte bleue, *a fortiori*… reprit l'officier. Les agressions avec violence et sans arme représentent quatre-vingt-dix-neuf pour cent des délits crapuleux dans le secteur. Quand vous les avez vus surgir devant vous, vous n'avez pas essayé de crier ou de fuir ?

Un frisson glacé secoua Laurence. Elle n'avait rien oublié de leurs voix trop calmes, du cercle de brume oppressant autour d'elle, de l'accélération des pulsations de son sang dans ses veines, de ce vertige d'impuissance. Elle baissa les yeux.

— ... Non.

— Il ne faut pas vous en vouloir, vous savez, c'est un réflexe que beaucoup de gens peuvent avoir en cas d'agression.

— La paralysie est l'extension d'un sentiment de surprise ou d'un choc, intervint l'autre gendarme d'un ton académique. Elle protège la victime contre d'éventuels dommages psychologiques.

L'officier Murat rangea la fiche et le calepin dans une sacoche avant de renchérir :

— En gros, c'est comme si vous restiez enfermée à l'intérieur de vous et assistiez à la scène... C'est un vieux truc qui remonte à l'époque où l'homme chassait les grosses bêtes avec une lance. Un réflexe qu'on trouve aussi chez pas mal d'animaux. On est entraînés à *faire le mort*. Notre cerveau nous immobilise en pensant que le prédateur va se désintéresser de nous et finir par s'éloigner.

— C'est souvent le cas des victimes de viol, compléta l'autre gendarme, terminant son café.

Un grincement de porte se fit alors entendre dans le couloir. Laurence se raidit. Thierry était sorti de sa chambre. Peut-être écoutait-il leur conversation ?

— On vous apprend des choses passionnantes à l'école de gendarmerie, observa-t-elle avec un sourire forcé. Encore un peu de café ?

L'officier Murat ne prêta pas attention aux regards qu'elle jetait en direction du couloir et empoigna sa sacoche avant de se lever.

— … Non merci. Au fait, mon collègue et moi, on avait une question plus personnelle à vous poser.

— Parce que les autres ne l'étaient pas ?

— Disons que cela ne concerne pas l'enquête.

Il reprit son képi sur la table basse.

— Voilà, on a cru comprendre que vous avez été championne olympique…

Prenant appui sur les accoudoirs, Laurence quitta son fauteuil et vit alors l'ombre de Thierry passer dans le couloir en direction de la cuisine.

— C'est vrai.

Sa réponse fit place à quelques secondes de silence.

— Quelle discipline ?

— Le lancer de marteau.

L'officier hocha la tête, admiratif, tandis que son collègue toussait pour étouffer un fou rire.

— Je comprends mieux pourquoi vos agresseurs n'ont pas réussi à prendre votre sac.

Laurence les raccompagna, impatiente de les voir partir. L'idée qu'ils puissent croiser son frère la mettait très mal à l'aise. Les deux hommes la saluèrent sur le pas de la porte.

— Merci pour le café, madame. On vous tient au courant. Ah ! Un collègue va vous ramener votre véhicule dans l'après-midi, précisa le brigadier Murat, remettant ses Ray-Ban dont l'usage relevait de l'incongruité sous l'averse.

Puis, à la vue du poste électrique de l'autre côté de la route, il grimaça.

— Étonnant.

— Quoi ?

— Qu'on ait délivré un permis de construire pour votre pavillon si près d'un poste électrique.

Laurence retenait la porte, les doigts vissés sur la poignée.

— La maison était là avant qu'on le construise. Elle date des années cinquante.

— Ah. Ça explique tout... Et vous n'avez pas des problèmes de surtension ou de parasitage des chaînes de télévision ?

Laurence ajusta sa minerve en mousse. Des fourmillements lui chatouillaient la nuque.

— Ça arrive.

L'officier secoua la tête.

— Je ne pourrais pas vivre dans le coin. Je me méfie des champs électromagnétiques. D'ailleurs, je n'ai pas de téléphone portable.

Tout en se grattant le menton, le brigadier précisa que son beau-frère, technicien supérieur à France Télécom, lui avait fortement déconseillé des installations de type wifi ou bluetooth à son domicile.

— Les box, c'est dangereux pour la santé.

Puis, descendant les quelques marches du perron, il leva un index à hauteur de sa tempe et déclara :

— ... Ça vous bousille le cerveau !

Laurence donna deux tours de clé puis s'adossa à la porte. Elle ferma un court instant les yeux, éblouie par la froide clarté du jour. Repartant à la cuisine avec les tasses vides, elle tomba sur son frère. Appuyé contre l'évier, les yeux cernés, il l'interrogea du regard. Ses cheveux lâchés sur les épaules se partageaient de chaque côté des oreilles, comme s'il portait un invisible casque audio.

— Ils voulaient quoi ?

Laurence déposa les tasses dans l'évier. L'eau qui jaillit du robinet éclaboussa son gilet.

— Ma déposition sur l'agression.

Elle entendit son frère soupirer.

— C'est pas du tout une bonne idée de laisser les flics entrer ici. Souviens-toi de la dernière fois.

— Mais ça n'a rien à voir. Pourquoi tu t'inquiètes ?

Laurence nettoyait chaque tasse d'un coup d'éponge mécanique.

— Tout ce que tu as raconté à propos de papa…

— J'étais trop petite pour savoir ce que je faisais.

— Putain ! Mais… C'EST À CAUSE DE TOI QU'ON EN EST LÀ !

Il s'était mis à hurler si fort que Laurence sursauta. La tasse qu'elle tenait lui échappa et se cassa dans l'évier.

— Thierry, s'il te plaît, calme-toi…

Lui tournant le dos, elle ramassa les morceaux un à un pour les jeter. Des sifflements aigus lui déchiraient les tympans, rendant à peine audible la voix de Thierry.

— Un jour ou l'autre, quelqu'un va découvrir la vérité sur toi, frangine…

Les morceaux de porcelaine brisée tombèrent dans la poubelle.

— … Et tu l'auras bien cherché.

Elle voulut lui répondre, mais ne trouva rien qui puisse aller contre cette évidence.

Vivante et prisonnière, à n'en plus finir.

Croisé au supermarché Mustafa, tourneboulé par mon physique d'obèse et ma face tuméfiée. Ton copain d'enfance était juste derrière moi quand j'ai tendu ma carte d'identité à la caissière avec un chèque.

— Laurence ? C'est toi ?

Là où jadis un duvet ourlait ses lèvres a poussé une moustache noire. On a échangé quelques mots. Il n'habite plus la région ; il était de passage pour le week-end. Une petite visite à la famille. Mécanicien automobile à Aurillac. Je lui ai rappelé la fois où vous aviez construit un char à voile et dévalé la pente du jardin à toute vitesse. Ça l'a fait sourire. Il m'a dit qu'il avait suivi mon parcours de championne olympique et trouvait dommage que j'aie arrêté la compétition.

— Et ta mère ? Ça va ?

J'ai fourré mes courses dans de grands sacs et je lui ai expliqué que vous aviez eu un grave accident de voiture, mais que, au bout du compte, vous vous en étiez plutôt bien sortis. Je l'ai invité à venir te voir à la maison un de ces jours. Il posait ses achats en vrac sur le tapis et hochait la tête, l'air navré, aussi embarrassé qu'un élève redoutant d'être interrogé sur une leçon mal apprise.

Rien ne change… Notre histoire familiale, comme une marque honteuse au fronton du pavillon, repousse les visages du passé aussi efficacement que ma muraille de gras.

— Je vous en prie, asseyez-vous.

Sans accorder un regard à la patiente, le Dr Londoloza indiqua le fauteuil devant lui. Laurence y prit place, chevilles croisées et mains sur les accoudoirs – sa position du lotus. Un col de chemise blanche à rayures et une cravate en soie bordeaux dépassant de sa blouse, le Dr Londoloza était, selon toutes probabilités, le seul médecin noir du Cantal issu d'un pays africain anciennement sous administration française. Ses yeux, deux disques marron soulignés de cernes, s'accordaient à un visage doux et ovale que virilisait un ruban de barbe. Des oreilles aux épaules, ce quarantenaire était en courbes et en cercles, comme façonné par le creux d'une paume.

— Bien… bien… bien… répéta-t-il, penché sur le dossier médical.

Chirurgien en orthopédie et traumatologie, il avait examiné la croupière dès son arrivée à l'hôpital après l'agression.

— Deux côtes fêlées, une entorse du cou – douloureux, mais pas mortel –, pas de fracture, vous vous en êtes sortie presque indemne.

Cette visite devait consister en une simple consultation de suivi.

— … La semaine dernière, je vous ai autorisée à rentrer chez vous avec une ordonnance d'anti-inflammatoires et de paracétamol, parce que vous m'aviez dit devoir vous occuper de votre frère handicapé.

Le médecin releva la tête de ses notes.

— … Mais ce serait criminel de ma part d'en rester là. Déshabillez-vous et montez sur la balance.

La patiente obéit, pressentant l'humiliation. Il ne serait pas le premier ni le dernier médecin à montrer envers elle du dégoût. Laurence fuyait les blouses blanches comme jadis le vestiaire du cours de danse classique où les ballerines entonnaient en chœur un joyeux *Graissac, gros sac !* dès qu'elle y pénétrait. Quand la jeune femme avait commencé à sentir que le surpoids engendrait des soucis au niveau de l'articulation des genoux, elle s'était tournée vers son médecin généraliste. Celui-ci avait décrété qu'il serait idiot de lui prescrire des séances de kiné si elle ne *faisait pas l'effort de perdre au moins quarante kilos*, se contentant d'un *Mangez moins, et tout rentrera dans l'ordre* en guise de médication. Payer le prix d'une consultation pour entendre un médecin lui dire que, pour maigrir, il suffisait de moins remplir son estomac revenait à mordre dans un nuage. Comment arrêtait-on la faim ? Le besoin ? Par quel sortilège ? La dernière « blouse » en date, une gynécologue consultée pour des cycles menstruels irréguliers, lui avait lancé à la figure que, *dans son état*, elle devait s'estimer heureuse d'avoir encore ses règles avant d'ajouter *Préparez-vous à ne jamais avoir d'enfants*. Laurence était repartie sans ordonnance après un frottis douloureux. Mais rien ne l'avait préparée à ce qui allait se passer dans le cabinet du Dr Londoloza. En culotte et brassière, elle grimpa sur le pèse-personne.

— Combien ? demanda-t-il sans quitter son bureau.

Laurence hésita avant de dire le chiffre qui s'affichait. Elle ne s'était pas pesée depuis que sa balance avait cassé il y a deux ans.

— Cent vingt-trois kilos.

Il répéta le chiffre d'une voix forte et lui fit signe de s'allonger sur la table d'examen, laquelle grinça sous le poids de la patiente.

— Votre IMC indique un taux d'obésité morbide. Vous savez ce que ça veut dire ?

Il ne lui laissa pas le temps de répondre.

— Vous êtes en danger de mort.

Elle se raidit sous la sentence, s'offrant au rituel de l'examen. Cependant, à l'inverse d'autres toubibs, les mains du Dr Londoloza ne se contentaient pas de toucher le matériel médical, limitant les contacts avec son ventre ou bien y plongeant sans égard pour tenter de localiser son foie ou son estomac. Elles manipulaient ses articulations avec douceur et sans hâte, accompagnaient le mollet ou l'épaule, palpaient sa nuque avec précaution.

— Dites-moi si vous ressentez une gêne ou une douleur, d'accord ?

Laurence fixait les spots au plafond, un peu troublée. Le docteur mesura sa tension sans émettre de commentaire sur la circonférence de ses biceps, prenant soin de ne pas enfoncer ses ongles dans la chair. Il réchauffa le pavillon du stéthoscope entre ses paumes avant de le poser sur le thorax de Laurence pour entendre battre son cœur, puis l'aida à s'asseoir, se plaça derrière elle et écouta ses poumons.

— Vous fumez ?

— Pas moi, non. C'est mon frère, crut-elle bon de préciser.

— Le tabagisme passif est tout aussi nocif. Vous devriez lui conseiller d'arrêter, vous auriez meilleure mine.

Il replaça le stéthoscope autour de son cou.

— Vous êtes une miraculée, madame Graissac, soupira-t-il. Vous ne souffrez d'aucune maladie fréquemment associée à une obésité sévère. Pas de goutte ni de lithiase rénale, pas de diabète. Juste une légère hypertension… Vous pouvez vous rhabiller.

Il l'aida à descendre de la table d'examen et marcha droit vers son bureau où il reprit place dans son fauteuil, l'air soucieux.

— Dormez-vous bien ? lui lança-t-il tandis qu'elle enfilait péniblement son legging noir et ses bottes.

— Je me réveille souvent la nuit.

— Éprouvez-vous parfois des difficultés à respirer ?

— Seulement si je fais un effort particulier.

— Soyez plus précise.

— … Quand je monte un peu trop vite un escalier.

Il rédigeait son compte rendu en tapant à deux doigts sur le clavier d'un PC poussiéreux, répétant chacun des mots qu'il écrivait.

— Apnées du sommeil… Dyspnée à l'effort…

Il leva un court instant les yeux sur Laurence, occupée à remettre son tee-shirt à l'endroit, avant de poursuivre sa rédaction.

— Transpiration abondante… Vos règles sont-elles régulières ?

— Pas toujours, mais je ne vois pas ce…

— Les troubles des règles sont plus fréquents en cas de surpoids. Le syndrome des ovaires polykystiques est courant chez des patientes présentant une obésité abdominale.

Il se détourna de l'écran et appuya les pouces sur ses paupières.

— Bon. Disons que vous n'avez pas encore franchi la ligne.

— La ligne ?

— Celle du non-retour. Mais on n'est pas sortis de l'auberge.

Il écarquilla les yeux, et son visage se détendit jusqu'à en devenir triste.

— Vos examens ont révélé une stéatose hépatique, c'est-à-dire une infiltration de graisse dans votre foie… Pour l'instant, c'est sans conséquence sur votre santé, mais c'est ce qui caractérise la limite de ce que votre corps peut atteindre. Si on ne fait rien, si vous rentrez chez vous et continuez à vivre comme avant votre agression, voici ce qui va vous arriver dans quelques mois…

Laurence ajusta la minerve en mousse à son cou avant de remettre son pull en maille, un poing invisible appuyant sur sa poitrine. Le Dr Londoloza posa les coudes sur son bureau, croisa les doigts, et énonça, un ton plus bas :

— Votre obésité va causer une augmentation de la pression du liquide céphalo-rachidien occasionnant de féroces maux de tête. Le poids de votre ventre, plus gros, déclenchera des incontinences urinaires au moindre effort. À cela s'ajoutera un probable reflux gastro-œsophagien qui se traduit par des brûlures de l'estomac et du bas œsophage – très désagréable. Votre vésicule, en se détraquant, entraînera calculs, infections et coliques hépatiques. Votre système cardio-vasculaire mis à mal, vous souffrirez de troubles veineux, d'hypertension artérielle aggravée, de problèmes pulmonaires ou cardiaques. Vos articulations – les genoux et les hanches en particulier – seront douloureuses, au point de ne plus vous permettre de marcher. Précisons qu'une obèse a un risque accru de cancer de l'utérus, du côlon et de la vésicule.

Il la regarda droit dans les yeux.

— … Vous êtes en sursis.

Laurence demeurait silencieuse, survivante que plus rien ne choquait, pas même sa capacité à supporter l'empoisonnement de son corps par la nourriture abondante qu'il réclamait. Jusqu'à ce que deux types la flanquent par terre et la transforment en paillasson, elle se définissait comme une femme *bien en chair* pour son gabarit, avec des rondeurs acceptables. Elle considérait que l'ensemble formait une silhouette voluptueuse lorsqu'elle faisait attention à son choix vestimentaire. Mais monter plus de dix marches la mettait hors d'haleine, et elle commençait à souffrir du dos au moindre effort. Depuis deux semaines, limitée dans ses déplacements par son entorse cervicale, elle en était même arrivée à un stade de sédentarité absolue. Le docteur se redressa.

— Je cite quelquefois cette phrase de Montaigne à mes patients : « La valeur de la vie ne réside pas dans la longueur des jours, mais dans l'usage que nous en faisons. »

Depuis son passage sur la balance, Laurence faisait bonne figure, luttait contre l'idée qu'il se passait quelque chose d'irréversible.

— … La valeur d'une vie et celle qu'on lui donne, lâcha-t-elle.

— Vraiment ? Alors, quelle valeur donnez-vous à la vôtre ?

Le discours de cet homme n'avait de cesse de la déstabiliser, la menant vers des chemins dérobés. Laurence inclina la tête sur le côté.

— Et vous ?

Il manipula la souris, cliqua trois fois et fit pivoter l'écran de son ordinateur. Une page Wikipédia s'affichait.

— Celle que j'accorderais à une championne olympique qui a fait la fierté de notre région et de toute la France. La plus haute.

Depuis trente minutes, elle prenait sur elle, attendant la délivrance d'une ordonnance pour s'enfuir, mais cette ultime caresse la terrassa. Le bouclier rassurant et protecteur de ses rondeurs, ce corps dont on lui révélait soudain les périls coulait tel un vaisseau chargé de plomb où elle était de sa propre volonté captive, l'emportait par le fond avec ses médailles d'or.

— Je ne suis même plus capable de courir, bredouilla-t-elle.

Ses yeux s'embuèrent. Le médecin lui tendit une boîte de Kleenex.

— Si vous m'y autorisez, je peux vous mettre en relation avec un confrère d'Aurillac qui saura vous conseiller sur les possibilités qui s'offrent à vous en termes de chirurgie bariatrique.

Sauver sa peau.

— Vous avez les cartes en main, madame Graissac, il va falloir *trancher*.

Laurence essuyait son visage, mais des larmes ruisselaient en abondance.

— C'est à vous, toubib.

Derrière ma table, je distribue les cartes d'un geste mécanique, abrutie par les antidouleur. Les jetons se positionnent sur les cases.

— Je vous écoute.

Je regarde le tapis, retourne les cartes, lève les paumes vers le plafond, me masse le coccyx.

— Assurance ?

Ma carcasse a des ratés, elle coince, tousse.

— Douze… Treize… Dix-sept.

— Carte.

Un seul homme face à moi, inusable et vaillant aux pertes : le joueur du mercredi, un médecin du centre thermal. Il hésite un quart de seconde puis tape deux fois du bout des doigts sur le tapis.

— On double ?

Plus morose que jamais, il a changé pour 300 euros de jetons. En une heure, il va gagner le triple de la somme mise en jeu puis tout reperdre progressivement.

— Qu'est-ce qu'on fait ? On en tire une autre ou pas ?

Je caresse ses cartes, l'invitant du regard à poursuivre ou à passer, mais ses yeux demeurent baissés sur le tapis, ignorant les perches que je lui tends.

— Un… Six… Seize… Et vingt-six.

Il n'a même pas remarqué la minerve qui statufie la croupière, plus qu'hier encore, déesse de pacotille.

— … Treize… Carte ?

— Oui.

— Quatorze… Vingt-deux… Aïe aïe aïe.

Mais au moment de quitter la table, les poches ratissées, il griffonne un nom, un numéro de téléphone au dos de sa carte de visite, puis me la tend.

— Vous pouvez appeler de ma part. C'est un kiné ostéopathe. Il fait des miracles. Bon courage.

Marek me reconduit jusqu'à ma Twingo sans oser tâter ma croupe, coupable de ne pas m'avoir sauvée de mes agresseurs, et jure en crachant sur le pavé qu'il « réglera le compte à ces petits fumiers qui s'attaquent à une pauvre femme sans défense » si jamais il les retrouve.

Dans les phares de la voiture s'engouffrent les courbes lentes de la route, pendant que grandit en moi un sentiment d'effroi. Jamais je n'aurais pensé avoir déjà deux genoux à terre. Je m'étais persuadée que je traversais une période difficile, mais passagère, que je pourrais sans crainte continuer à dresser ma cuirasse adipeuse entre les autres et moi sans que cela gêne personne. J'ignorais que la pitié pouvait être plus cinglante que l'indifférence…

— Tu crois qu'en te faisant charcuter l'estomac tu changeras quelque chose à ta vie de merde ?

Tu ironises quand je t'annonce ma décision, debout au milieu du salon, tremblante de certitude et de frousse, la clé de contact encore serrée dans la main. Affalé sur le canapé devant une série policière américaine, tu ajoutes, terminant d'un rot une troisième bière :

— … Tu devrais plutôt commencer par te débarrasser de moi.

Mercredi 3 juin 2009

Centre hospitalier Henri-Mondor - Aurillac
Unité de prise en charge de l'obésité
Patiente : Laurence Graissac
Date de naissance : 21/03/1979 (30 ans)

Protocole préopératoire - By-pass gastrique[10] par voie laparoscopique

- Réalisation du bilan préopératoire et prise en charge des comorbidités cardio-vasculaires, métaboliques (stéatohépatite) et respiratoires afin de réduire le risque opératoire
- Évaluation du comportement alimentaire, prise en charge d'un éventuel trouble du comportement alimentaire
- Bilan nutritionnel et vitaminique (dosages d'albumine, hémoglobine, ferritine et coefficient de saturation en fer de la transferrine, calcémie, vitamine D, vitamines B1, B9, B12) et correction des déficits éventuels
- Évaluation des capacités de mastication
- Endoscopie œsogastroduodénale et recherche d'*Helicobacter pylori*
- Évaluation psychologique et psychiatrique (papier préimprimé attestant que la patiente est saine d'esprit et agit en toute conscience)
- Mise en place d'un programme d'éducation thérapeutique ciblant la diététique et l'activité physique recommandée pour la période préopératoire.

Au pied de la colline, je tangue sous la pluie, nue et glacée de cette nuit d'automne, bras grands ouverts, hélice parcourant le jardin, le cœur à l'air, je trébuche et me relève, de la terre sur le ventre et les seins, prise dans la traîne des éclairs dont les veines électriques traversent le ciel, je tourne, tourne, tourne encore, des gouttes d'eau sur la langue, mon cœur étouffé de cogner si fort. Le pylône, de toute sa raideur, sonde mes pensées et devine l'appréhension de l'étripage, de cet autre jour bientôt déshabillée de moi-même, livrée aux mains de barbares. Lu quelque part que je risque de perdre mes cheveux, mes dents. Et si l'opération se passait mal ? Demain, j'irai seule à l'abattoir. Avec des bas de contention, un pyjama et des chaussons neufs. Les placards de la cuisine sont remplis des repas de ma prochaine vie – soupes, compotes, yaourts à boire, ice tea light. Et cette nuit, je donne à mes rondeurs, à ma chère peau de tambour, ce baiser violent de l'orage.

Soufflez, madame…

Quelqu'un retira un tube de ses lèvres. Puis la sonde nasogastrique. Pas de gêne, pas de douleur, aucune sensation.

Il faut lui nettoyer la bouche…

L'impression d'être frôlée, de balancer entre rêve et réalité.

Retomber dans le sommeil, des nuages sous les paupières.

… *Madame, comment vous sentez-vous ?*

Second réveil. À présent, quelqu'un se tenait penché sur elle. Une autre salle. Toujours peu de douleurs, aucune nausée. Seulement cette perfusion au dos de la main et son redoutable dard.

À dix heures trente, on la plaçait en soins intensifs. Chambre 221, sous surveillance. Les bruits du monitoring et du tensiomètre s'imposaient en règne, remplissant la pièce de respirations évanescentes. Le ventre de Laurence lui paraissait lourd d'un copieux festin.

La peur de ne pas tenir le coup.

La gorge nouée par l'angoisse de cette renaissance.

Les yeux colorés de songes, elle sombra encore.

Le lendemain, on l'autoriserait à consommer de l'eau. Elle boirait doucement, par faibles gorgées. Un kiné viendrait l'aider à se lever. Elle ferait quelques pas dans la chambre, l'estomac ballonné.

Un jour plus tard, elle découvrirait ses cicatrices sous la poitrine, et les fils résorbables qui tirent et grattent un peu. Puis, un matin, on lui proposerait de prendre une boisson chaude, et le midi un bouillon de poule accompagné de deux biscottes trempées dedans. Et une sensation de satiété la surprendrait avant d'avoir consommé la moitié du bol.

De retour chez elle à Saint-Flour, elle ingurgiterait son premier repas : une petite soupe qu'elle ne pourrait finir tandis que, sous ses yeux, Thierry fêterait son retour avec une choucroute en boîte et deux bières.

— Alors, gros boudin, heureuse ?

— Il va falloir que tu changes de disque, crétinus.

Avant de retrouver son lit, sur la nouvelle balance commandée à La Redoute, Laurence se pèserait, entendant les reliquats du rire de son frère flotter jusqu'à elle depuis le salon.

Sept jours après l'opération, elle avait déjà perdu cinq kilos et deux cents grammes.

Un mètre soixante-quinze, cent kilos.

J'attends que dans mon ventre palpite la faim.

Me nourrir est un calvaire. Un réflexe de survie.

J'ai oublié le goût et le parfum des choses. Manger par plaisir est rare, périlleux. Un excès de gras ou de sucre déclenche un dumping gastrique. Compote, fromage blanc, Cracotte, faux sucre et lait en poudre dans le café sont mes fragiles amis du petit déjeuner.

Je prends mon premier repas vers dix neuf heures devant tes yeux de merlan frit. Mousse de foie de volaille, rillettes de thon, parmentier de bœuf ou purée de carotte. Tu devines en silence la frugalité de mon festin et retourne t'enfermer dans ta chambre avec une moussaka décongelée, un morceau de brie coulant et une bière disposés sur un plateau-repas. Je mixe encore mes aliments (chaque bouchée nécessite d'être mastiquée jusqu'à la crampe). Vers minuit, j'avale quelque chose de salé avant de me coucher, généralement du riz ou des pâtes, plats refuges de mon enfance.

Je suis shootée à la vitamine C, à la spiruline, au magnésium, à la mélatonine dont je ne peux me passer le soir pour trouver le sommeil. Je barricade mon organisme aux antireflux, antivomitif et antinauséeux. Je complète avec de la menthe poivrée et une gélule de levure – j'ai peur de perdre mes cheveux et mes ongles.

Je redoute plus que jamais le contact physique avec les autres, toucher ou être touchée m'est insupportable. En revanche, je me pose moins de questions sur mon image. Quand je dîne au restaurant du casino avant d'embaucher, par exemple. Hier encore, je ne supportais pas qu'on me regarde manger.

— Le mental. Tout est dans le mental, frangine !

Saurai-je survivre à ma dépendance ? À cette nourriture désormais interdite jusqu'au bord des rêves ?

Il me manque ce chaos dans les entrailles, lorsque chantaient en moi des plaisirs sensuels de bouffe. J'attends qu'un peu de soleil ravive le printemps. Morceau de glace, je fonds doucement.

Perdu presque deux tailles de vêtements.

Ils sont si peu à s'en apercevoir. Marek se doute de quelque chose, épie, anxieux, ma silhouette. Monsieur Jules me demande régulièrement si je ne suis pas malade.

Et toi, tu te tiens à distance, attendant la fin du numéro, ignorant si tu dois rire ou applaudir.

Un mètre soixante-quinze, quatre-vingt-dix kilos.

Le poids de mes vingt ans sans les muscles.

Je mange un en-cas avant ma séance.

Je m'hydrate régulièrement durant l'effort.

Une alimentation équilibrée et un sommeil réparateur sont mes alliés.

Me voici en compagnie des hommes, ces titans des salles de sport en short Adidas, l'œil torve, les lèvres sèches, tout en muscles et suées.

Supporter l'odeur de leurs corps soumis au supplice, et, avec eux, communier. De chaque traction les entendre gémir, crier, hurler, bêtes farouches assurant les autres de leur puissance avant que le rebond des haltères sur le sol ne répande sa clameur. Cernée de mâles dominants, d'abord, avant l'invasion de biches à l'heure de la pause déjeuner, sveltes et toniques, gainées de Lycra, j'entame ma réhabilitation, mon retour à la vie sauvage.

Je mange un en-cas avant ma séance.

Je m'hydrate régulièrement durant l'effort.

Une alimentation équilibrée et un sommeil réparateur sont mes alliés.

D'abord, je suis montée sur le vélo avec des genouillères. Vingt minutes à pédaler vers des contrées lointaines. Ensuite, je suis passée à l'elliptique. Vingt-cinq minutes. Puis, la marche sur le tapis à six kilomètres/heure, augmentant progressivement la vitesse, l'inclinaison, la distance. Ma peau encore gorgée de graisse flottait autour de moi avec la grâce d'une petite vague bordant les flancs d'une barque. Alors, j'ai commencé à courir. Dix minutes. Vingt minutes. Cinquante minutes.

Je mange un en-cas avant ma séance.

Je m'hydrate régulièrement durant l'effort.

Une alimentation équilibrée et un sommeil réparateur sont mes alliés.

Quatre tirages par séries de vingt. Rowing. Leg press. Glut. Tractions. Chaque partie de mon corps a trouvé sa machine. Pour le ventre, il a fallu attendre, éviter tout risque de complication. Mais, après trois mois, le chirurgien a dit oui pour le rameur.

Renouer avec la peine, compter dans sa tête, souffler, cacher sa carcasse de mutante sous un tee-shirt XXL, One More Time *de Daft Punk en intraveineuse.*

Je mange un en-cas avant ma séance.

Je m'hydrate régulièrement durant l'effort.

Une alimentation équilibrée et un sommeil réparateur sont mes alliés.

Elle s'immobilisa à l'entrée de la boutique, ne sachant par quoi commencer. La tête lui tournait un peu – constamment anémiée, Laurence devait prendre du sélénium et du zinc pour tenir le coup. Ce matin, elle avait commis l'erreur de manger un yaourt avec des morceaux de fruits. Palpitations, fièvre, tremblements, diarrhée. Un Petit LU trempé dans du lait d'amande lui faisait toujours l'effet d'une bombe. Mais le sport la remettait d'aplomb ; un vrai shoot d'adrénaline.

— Bonjour, madame… Je peux vous aider ?

Une vendeuse venait à elle, battant des cils.

— … Vous êtes à la recherche de quelque chose en particulier ?

D'une voix faible, Laurence lui expliqua avoir perdu quarante-huit kilos en neuf mois. Aucun de ses vêtements n'était plus à sa taille. La vendeuse marqua un temps, considérant la cliente de la tête aux pieds, se demandant si c'était une blague, du lard ou du cochon, puis son visage s'anima d'un sourire énergique :

— Allez vous installer en cabine. Vous essayez, et je m'occupe du reste.

Les cabines.

Là où se concentrent les miroirs.

Tout ce qu'elle fuyait et redoutait de connaître un jour.
La vendeuse lui passa trois articles, tira devant elle le rideau.
Laurence se déshabilla.
Enfila une robe par la tête – pas besoin de se tortiller.
Et l'aube de se lever enfin sur sa vie.

PRENDRE FORME

(MAI-JUIN 2011)

Le valet de cœur indique la venue d'un homme qui aura bientôt une importance particulière. La relation annoncée par cette carte peut se révéler éphémère. Elle prendra tout son sens avec les autres cartes du tirage qui viendront compléter son interprétation.

Des mégots de cigarette jonchaient le sol. Quelqu'un avait vidé le cendrier de sa voiture au niveau du terre-plein, point de départ de la randonnée. Le Dr Bashert ajusta les lanières de son sac à dos, remonta la fermeture de sa parka et quitta la route goudronnée de Combaliboeuf pour descendre à sa gauche un chemin bordé de frênes. Après deux jours de pluie, la terre réchauffée d'un soleil printanier s'était gorgée d'eau et ralentissait sa marche. Des liserés de givre persistaient aux branches basses. Un vent têtu rabotait son menton d'une caresse à 7 °C, le poussait par surprise au croisement d'un sentier. Il grimpa vers les alpages, là où les gentianes perlaient de jaune d'or les pentes rocailleuses, parfumant l'air de leur nectar. Les narcisses ajoutaient une note sucrée et réveillaient doucement les prairies. Au lieu-dit Roche-Blanche, il quitta le chemin abrupt pour s'avancer et souffler, admirant le point de vue sur les vallées étroites des ruisseaux de Leyvaux et des Trois Sauts. Il était seul, sa gourde accrochée à la ceinture, frissonnant, poings serrés dans les poches. Il attrapa sa cheville, étira sa cuisse, les muscles du mollet opposé tendus sous le poids de son corps, et tint la pose sept secondes, admirant au loin le battement d'ailes d'un aigle majestueux. Puis il changea de jambe, ajouta une série de flexions des genoux et entama la descente à travers la lande. Son haleine embuait les verres de ses lunettes.

— Alors, dis-moi, ça fait combien de temps que vous n'avez pas baisé, tous les deux ?

— Je ne sais pas…

— Tant que ça ?

La discussion avec Michel, son beau-frère, lui revenait à l'esprit, cognant son plexus avec la vigueur d'une branche qui se rabattrait sur lui au détour d'un buisson.

— Ça devient très compliqué, avec ta sœur.

— … Tu sais, entre Sylvie et moi, c'est pas mieux.

La veille, tandis que leurs épouses respectives s'activaient en cuisine, préparant le dîner, complices de leurs confidences toutes féminines, ils s'étaient retrouvés en tête à tête dans le salon, avec un verre de vin blanc et des cacahuètes salées.

— Ça fait un bail qu'il ne se passe plus grand-chose. Depuis la naissance de Serge, en gros. Mais j'en ai tiré mon parti.

— C'est-à-dire ?

Avachi dans le fauteuil, jambes croisées, Michel avait pioché déjà presque toutes les cacahuètes dans la coupelle posée à côté de lui et les croquait sans se soucier du bruit agaçant de sa bouche.

— Je me suis inscrit sur un site de rencontres.

— Tu fais les petites annonces, à ton âge ?

Michel était parti d'un grand éclat de rire.

— Qu'est-ce que tu crois ! Les hommes de soixante ans ont même plutôt la cote, mon vieux…

Puis il avait ajouté un ton plus bas, le regard émoustillé :

— Entre nous, Internet, c'est génial. Tu fais connaissance avec des filles superbes, jeunes, hyper libérées… et qui font des trucs incroyables.

Bernard manqua de tomber dans l'eau en franchissant le ruisseau de Saroil. Il progressait d'un pas véloce et serait en nage avant d'être à mi-parcours. Des quatre heures de randonnée, il reviendrait plus épuisé que jamais. Mais il aurait pris sa décision – la seule qui importait pour l'instant –, du moins l'espérait-il.

— Mais tu n'as pas peur que Sylvie l'apprenne ?

— Quoi donc ?

— Que tu couches avec des prostituées.

— D'abord, je ne couche pas avec des putes mais avec des escort-girls.

— C'est quoi, la différence ?

— Le fun. La plupart des filles sont des étudiantes ou des divorcées en manque d'affection. Elles ne sont pas là pour faire du business.

— Tu veux dire que tu ne les payes pas ?

— Si, mais c'est plutôt du financement participatif. Je les aide à payer leurs loyers ou leurs études.

Bernard repartit en montant à flanc de coteau avec un sourire amer. *Du financement participatif.* Son beau-frère, contrôleur du Trésor à Saint-Flour, savait choisir ses mots lorsqu'il s'agissait de parler pognon. Il lui semblait plutôt que, majoritairement, les femmes inscrites sur ce genre de site faisaient commerce de leurs corps par nécessité économique, et donc, sous la contrainte. Il concevait mal l'idée que l'on puisse *se vendre* à autrui par plaisir ou perversité. Le reste de la conversation avait achevé de le convaincre de la mauvaise foi de Michel.

— Et pour Sylvie ? avait-il demandé.

L'autre avait haussé les épaules et répondu comme une évidence :

— Elle sait qu'elle est la seule femme qui compte dans ma vie.

Le chemin passait par une crête aride avant de redescendre au milieu de merisiers prêts à fleurir. La route éprouvait la fébrilité de ses pas. Tromper ou pas la mère de sa fille… La question était toujours à trancher. Des années qu'il se la posait, hantant les chemins balisés d'Auvergne dans un périmètre de quatre-vingts kilomètres autour de Chaudes-Aigues. Il lui répugnait de marcher dans le sillage d'un père plombier qui n'avait eu de cesse de tromper ouvertement sa mère. Combien de fois avait-il assisté malgré lui, non sans honte, aux conversations qu'elle tenait dans la cuisine avec les voisines, toutes mariées et témoins de sa disgrâce, impatientes de répandre la nouvelle jusqu'à la cour de son école ? *Ton père, y débouche pas que des tuyaux, dans le village !* De ces nuits qu'elle passait à raccommoder ses chaussettes et ses pantalons, cigarette aux lèvres, attendant un mari retenu par d'autres bras, lui resteraient cette odeur infecte de tabac mentholé et le martèlement de l'aiguille d'une machine à coudre.

Au bout d'une heure de marche, à écraser des cailloux et frôler de jeunes pousses, il atteignait un hameau presque à l'abandon. Défiant la montagne, le clocher à peigne de l'église romane de Leyvaux sonnait un angélus tremblotant, et implorait le ciel de faire pleuvoir des paroissiens. Le Dr Bashert savait qu'aucune forme de réponse n'était à attendre de là-haut, sinon une fable placebo à laquelle ses patients les plus désespérés aimaient croire. Longeant un muret perclus de lichen, il sentait la vallée aux effluves boisés tiédir autour de lui. Il était loin de sa ville où pleuraient les toits gris, où l'ennui répandait son humeur dans les ruelles, où tout en lui se ratatinait, sa rage, sa haine des autres, son attirance sexuelle pour un certain type de femme – celles auxquelles son père aimait faire la conversation et dont, enfant, la plastique de géantes pulpeuses le fascinait…

Il s'engagea sur un sentier creux qui surplombait les gorges du ruisseau d'Apcher avant de rejoindre un pont et choisit alors de faire une halte. Il ôta son bonnet, s'accroupit au bord de l'eau et tendit sa gourde. Ses muscles brûlaient de cette marche ininterrompue, et sa main tremblait, frôlant l'onde délicieusement fraîche, parfumée d'humus. Il crut entendre un craquement et leva les yeux. À quelques mètres, dans un écran de verdure où chatoyaient ombres et lumières, la bête le regardait. Un vent perfide agitait des branches autour de lui et des gouttes d'eau ruisselaient encore à son museau. Sa grandeur, sa haute tête, ses bois souverains lui coupèrent le souffle. Son premier face-à-face avec un cerf. Sublime, effrayant. Il avait déjà croisé des renards et des marmottes. Jamais un animal de cette ampleur. Bernard se redressa, blanc de frousse. La bête qui n'était plus toute jeune devait mesurer un mètre cinquante au garrot et peser plus de cent kilos. À la faveur de la saison, son pelage gris-brun muait, révélant une teinte roussâtre sur la tête et le poitrail. Ne discernant rien de belliqueux dans son attitude, au bout d'un temps dont il n'aurait su dire s'il était court ou long et avec d'infinies précautions, l'homme tira d'une poche de son blouson une pomme. Son bras se tendit sans hâte vers le cerf. Mais avant que le fruit ne parvienne à hauteur de sa truffe, l'animal leva d'un coup la tête et souffla dans ses naseaux. Bernard sentit ses poils se hérisser sur toute la surface de son corps ; la pomme glissa de ses doigts. Si l'animal chargeait, il l'embrocherait avant qu'il ait tenté de fuir. Mais rien de tel ne se produisit. Dédaigneux du randonneur à lunettes et de son offrande, la bête poussa son cri guttural, un brame profond, puissant, et s'éloigna d'une démarche chaloupée jusqu'à se confondre avec le sous-bois, le laissant à la contemplation du pelage clair de son derrière.

Bernard demeura les pieds dans l'eau glacée, submergé par toute une palette d'émotions, de la plus merveilleuse à la plus noire.

Il avait été à la merci d'un cerf, et l'animal n'avait pas voulu de lui.

Lequel des deux avait donc tant démérité ?

L'âge les vidait-il l'un et l'autre de leur sève ?

Le temps, désormais, n'avait plus d'importance. La nuit pouvait bien surgir et déchirer le ciel. L'évidente clarté de la vie lui apparaissait soudain, cette vie qu'il se refusait à posséder avec exaltation et véhémence. Il devait aller au-devant du danger et se frotter aux mystères, à l'inconnu, marcher plus loin que ses pas, avec toute cette virilité animale dont il serait capable, quitte à risquer sa peau dans un divorce.

… *Des filles superbes, jeunes, hyper libérées…*

Des femmes grandes et belles étaient à conquérir sur Internet.

Qui font des trucs incroyables.

Des créatures si redoutables et perverses qu'il en frémit d'avance…

Bon Dieu ! Demain, il partirait à la chasse. Il était le chasseur. Il avait le fusil.

_Je pense tout le temps à ce que tu as dans le pantalon
Je veux te déshabiller et te caresser
Je suis sûre t'es pas contre
Si je te plais, alors on peut se rencontrer
Viens voir mes photos ici
Faun L.

_Est-ce que tu fais les visites à domicile ? J'adore tes photos.
FrenchCoyote15

_Moi non, mais je peux t'envoyer une copine. Faut juste payer. T où ?
Faun L.

_Saint-Flour, dans le Cantal.
FrenchCoyote15

Sa mère l'attendait sur un banc, dans la cour paisible d'un parc fleuri, face à une petite chapelle. Des arômes de vanille et de rose flottaient dans l'air.

— Je ne te laisse pas entrer chez moi parce que je ne suis pas certaine que tu sois ma fille.

Le Dr Castel l'avait prévenue : le changement d'établissement pouvait déstabiliser Mme Graissac durant une courte période. Rien de plus normal. Elle allait finir par trouver ses marques et s'adapter à son nouvel environnement. Laurence devait être patiente.

— C'est très joli, ici, tu ne trouves pas, maman ? C'est si calme, si paisible… et toute cette verdure…

— Enfin, c'est surtout plein de vieux.

— Tu n'es plus très jeune, tu sais.

— À soixante-trois ans, on est loin d'être décati.

— Être entourée de vieux, c'est mieux que de vivre avec des fous, non ?

— J'ai été infirmière psy pendant trente ans. Alors, les fous, j'y suis habituée. Mais la vieillesse, non, je ne m'y fais pas.

Ce que la psychiatre n'avait pas prévu, c'était la perte de poids spectaculaire de Laurence, le changement radical de son apparence en moins d'un an. Rien n'était plus singulier, plus ardent que sa métamorphose. Sa peau encore jeune s'était retendue naturellement, les jambes et les fesses galbées par la reprise progressive du sport étaient plus fines qu'elles ne l'avaient jamais été. Sa poitrine ne tombait pas, mais gagnait en arrogance sous le plissé du tissu. Ses cheveux, bien qu'ils aient moins d'épaisseur, déroulaient autour de son visage un voile de velours châtain. Sa peau au grain jadis un peu rêche était douce et ouatée. Plutôt que de la cacher, ses nouveaux habits mettaient en valeur ses courbes. Elle pouvait à présent se permettre le luxe de revêtir des chemisiers cintrés à rayures et envisager de remettre des robes. Son corps redessinait sa vie. Comme on domestique un animal, Laurence découvrait peu à peu le plaisir d'en prendre soin, de le toucher, de le caresser.

— … Parce que je n'ai jamais vu ma fille s'habiller comme *ça*, vous comprenez, mademoiselle ?

Moulée dans un jean, chaussée d'escarpins à petits talons – Laurence n'aimait pas que sa tête dépasse trop celles des autres –, elle portait un débardeur cache-cœur d'un vert printemps choisi par la vendeuse d'une boutique de Saint-Flour – la couleur s'accordait à celle de ses iris, selon ses dires. Se dégageaient d'elle une aisance et une féminité inouïes. Quelque chose d'inconcevable pour celle qui ne l'avait jamais vue autrement que ronde ou carrée, tout en muscles.

— C'est incroyable, vous avez les mêmes yeux émeraude…

— Les yeux de mon père.

— Alors… vous êtes son autre fille ?

Mme Graissac plissa les paupières, cherchant une faille dans le maillage rétréci de sa mémoire.

— Je me rappelle sa petite Inès, une blondinette toute mignonne, mais pas de vous.

Ses souvenirs restaient figés, gravés dans la pierre depuis une lointaine époque. Laurence soupira.

— Maman, c'est moi, Lolotte.

— Quelqu'un, je ne sais plus qui, m'a dit récemment qu'il avait déménagé dans le Sud…

Elle plongea son regard dans le sien.

— *Je* vais déménager dans le Sud si tu continues ton cirque.

Le silence s'emplit du bourdonnement des abeilles se disputant les fleurs des plates-bandes et du frémissement des branches des sapins où venait mourir la brise. Le visage de Mme Graissac s'éclaira d'un sourire mélancolique.

— Tu te maquilles, maintenant ? Remarque, tu es splendide…

Puis, elle ajouta, lui caressant la joue :

— Mais je ne suis toujours pas certaine que tu sois ma fille.

Considérant que la pathologie mentale de Mme Graissac ne présentait pas de dangerosité pour autrui ou pour elle-même et que ses troubles neurologiques avaient été stabilisés par un traitement adapté, le Dr Cécile Castel de l'unité de soins psychiatriques avait estimé qu'une hospitalisation complète n'était plus indispensable tout en soulignant *la nécessité de mettre en place un accompagnement personnalisé tenant compte du handicap engendré par le désordre des fonctions cognitives*. Laurence avait dû trouver rapidement une place dans un établissement capable de l'accueillir dans la région – ce qui relevait de l'impossible. Par chance, le bureau d'accueil de la Maison du Colombier de Saint-Flour lui avait indiqué une structure où l'on recevait des personnes âgées souffrant de pathologies mentales modérées n'impliquant pas de perte d'autonomie ; une place venait de se libérer. L'établissement, situé à plus de deux heures de route, allait coûter une fortune à la croupière : on avait attribué à Mme Graissac un logement dans un bâtiment composé de quatre appartements avec cuisine et salle de bains, pour la modique somme de 1834,80 euros mensuels, soit plus du double du montant de sa retraite.

— Comme tu le vois, je sais parfaitement m'assumer. Je fais tout moi-même, ici : le ménage, la cuisine… Et je dors comme un bébé ! Alors, j'aimerais bien qu'on m'explique pourquoi je ne peux toujours pas rentrer chez moi.

La question inévitable à laquelle Laurence répondait sans rien laisser paraître, se rangeant depuis bientôt six ans à la décision du médecin psychiatre.

— Tu sais que j'ai un travail de nuit et qu'avec Thierry, j'ai déjà beaucoup à m'occuper. Le Dr Castel a dit que…

— Ce Dr Castel est une imbécile qui ne connaît rien à rien ! Elle ne voit pas plus loin que le bout de son nez. J'ai peut-être la mémoire en vrac et perdu la notion du temps, mais je ne suis pas folle au point de voir des morts dans mon salon.

Mme Graissac leva la tête en direction d'une fenêtre de la résidence où une pensionnaire prenait soin d'un petit rosier en pot.

— … Et, sans vouloir être médisante, tout le monde ne peut pas en dire autant.

Puis, changeant radicalement de sujet, elle interrogea sa fille, fronçant les sourcils :

— Mais, dis-moi, ta perte de poids, ça ne va pas poser un problème pour la compétition ? Qu'est-ce qu'ils en pensent, à la fédération ?

Sur le chemin du retour, tandis que s'effaçait derrière elle l'imposante bastide de Villefranche-de-Rouergue, filant vers Rodez par la départementale, Laurence refoulait cette rage désespérée dans laquelle chaque confrontation avec sa mère la plongeait, incapable de savoir ce qui la bouleversait le plus : la certitude que l'esprit de sa mère dérivait plus loin chaque jour, ou la phrase entendue lorsqu'elle était sur le départ. Un employé de la maison de retraite, probablement un agent de maintenance, venait de se retourner sur elle en passant dans l'allée, et sa mère avait alors grommelé entre ses dents comme on jette un sort : *Je préférais quand tu étais grosse. Au moins, tu n'attirais pas les hommes.*

Le pinson heurte brutalement la vitre du salon.

L'oiseau tient dans le creux de mes mains.

Un vent léger soulève le duvet de son ventre.

Il a rétracté ses pattes, et ses griffes accrochent le vide.

Je crois qu'il respire encore.

Je le promène en panique dans toute la maison, dégote une boîte à chaussures, du papier journal, un peu de coton, la chatte sur les talons. Gardant tes distances, tu m'observes, mal à l'aise avec le pinson, tu me demandes si je n'ai pas peur d'attraper une maladie, s'il va mourir, tu me dis que les CD suspendus devant la baie vitrée n'ont aucune utilité, que c'est autre chose qui pousse les piafs à se jeter contre la vitre, pas une histoire de réverbération de la lumière, quelque chose en rapport avec les mauvaises ondes du poste électrique, ou une malédiction, et, clopinant derrière moi, une bière à la main, tu prédis que bientôt des escadrons de bourdons viendront nous attaquer, que du sang dégoulinera des murs et que papa surgira en pleine nuit avec une hache pour me transformer en carpaccio. Je prophétise en retour une paire de baffes, repousse la chatte du pied et claque la porte de la cuisine.

La boîte à chaussures est posée sur le rebord de la fenêtre dont j'ai ôté la moustiquaire. Préparant le repas, j'attends que l'oiseau sautille, léger, puis s'envole.

J'attends.

Me concentre sur l'épluchage des carottes.

Débouche une bouteille de bordeaux – mon métabolisme tolère mieux le vin que le sucre ou le lait, une histoire de dingue.

Penser à la nourriture me donne des angoisses aussi puissantes que peut l'être encore le souvenir de mon agression – ou la dégringolade financière qu'engendrent les prélèvements de l'EHPAD. Je ne m'attarde plus dans les rayons du supermarché, évite certaines allées, deviens économe, par nécessité. Le budget courses tourne autour de 80 euros par semaine. Plus de viennoiseries, de cochonneries grasses ou sucrées, plus de beurre, de crème, de plats préparés trop salés. J'achète des pâtes par lots de quatre paquets, du jambon blanc, des filets du poulet, du poisson, des légumes frais. J'applique à la lettre les consignes de la diététicienne et du chirurgien, je mange lentement comme un bébé pour éviter cette sensation de morceaux coincés dans la gorge et multiplie les collations. La faim, quand elle survient, me donne la nausée. Et chaque nuit, lorsque je tourne la clé dans ma caisse de change à l'ouverture et à la fermeture de la table de black-jack, je pense à mon compte en banque toujours à découvert.

Je reviens vers la boîte à chaussures.

Guette un petit souffle de vie.

L'oiseau n'a pas bougé.

J'attends.

De cette attente qui laisse en moi l'impression d'un vide triste et froid que je ne suis plus en capacité de combler d'un hamburger-frites au risque de vomir.

J'attends que le pinson s'envole.

Et je voudrais le voir, audacieux, s'accrocher à la branche d'un arbre, m'inviter d'un battement d'ailes à quitter cette maison où la menace gronde et où meurent les oiseaux pour toujours.

— Carte.

Calme et poli, il était de ces hommes que l'on finit par remarquer par leur absence, à force de discrétion. Un joueur comme un élément du décor, familier, rassurant, un détail dans l'ordonnancement d'une pièce et qui ne brillait ni par une prestance particulière ni par la valeur des sommes mises en jeu sur le tapis. Rien n'accrochait à la surface de sa personne. D'un gabarit modeste, le teint mat, les oreilles bien ouvertes, le client du mercredi protégeait des courants d'air son cou en portant invariablement des chemises ou polos à col Mao. À force de persévérance, Cybèle avait entraperçu trois grains de beauté lovés à la base de sa nuque si souvent penchée sur les cartes. Ses tenues n'étaient ni strictes ni décontractées, mais savamment indécises.

— On assure ? Toujours pas ?

Ses cheveux vigoureux, dans un dégradé de gris et d'un naturel ébouriffé, dissimulaient une érosion pileuse gagnant le haut des tempes et le milieu du crâne. Son allure rappelait à la croupière ces chanteurs anglais de pop new wave dont les come-back réjouissaient un public nostalgique des eighties. Son visage trouvait son harmonie entre un menton rétréci, une bouche fine, un nez fort et des sourcils noirs broussailleux, masqués par la monture de lunettes rondes en acétate noir. Pantalons ajustés et chaussures de marche à semelles épaisses fendillées par le froid et l'usure, de celles que l'on voyait souvent aux pieds des hommes complexés par leur taille, complétaient sa dégaine.

— Carte.

Chaque milieu de semaine, le Dr Bashert l'attendait. C'était avec lui qu'elle ouvrait sa table. Presque un tête-à-tête d'une durée de trente à quarante minutes, suivant l'affluence, les conditions du jeu et l'humeur du toubib. S'il se sentait en veine, il misait sur trois cases. Si des joueurs s'additionnaient autour de la table, il s'installait le plus à sa gauche, de telle façon qu'elle s'adressât d'abord à lui pour connaître l'option de jeu choisie. C'est à lui qu'elle offrait de placer la carte de coupe dans son sabot. Une tâche dont il s'acquittait d'un mouvement de tête cérémonieux.

— Je double.

— Neuf... Dix-sept. Huit... Dix-huit. Neuf... Dix... Vingt.

Mais il suffisait qu'il ouvre la bouche et laisse entendre ce grain de voix particulier, métallique, suave et râpeux, pour que Cybèle ressente une mélancolie passagère : il reproduisait sans le savoir et à la perfection les intonations vocales de M. Graissac.

— Vous me tuez !... Je change pour cinquante.

— Cinq ou dix ?

Il levait rarement un regard sur elle, concentrant plutôt son attention sur ses mains. Tout en cet homme ne vibrait que pour le black-jack.

— On y va ? Dix... Seize.

— Carte.

— Dix-neuf.

Chaque joueur possédait son propre code ; la croupière devait s'y adapter et le garder en mémoire. Le toubib communiquait ses intentions d'un clignement de paupières, tapotait deux fois le tapis devant sa case en prononçant le mot *carte* d'un ton variable, tantôt résolu tantôt fébrile, relevait à peine la main pour signifier qu'il était servi.

— Dix… Quinze.

— Carte.

Et Cybèle lui obéissait au doigt et à l'œil, docile, attentive, lui donnant l'illusion de conduire le jeu.

— Vingt-cinq. On oublie. Huit… Treize… Dix-huit. Bravo !

En dehors du casino, elle ne croisait ses clients qu'à de rares occasions, les jours de marché ou dans la file d'attente d'une pharmacie. Elle tournait alors la tête afin d'éviter une confrontation qui pouvait se révéler embarrassante pour leurs proches. C'est au cours d'une séance de cure postobésité au centre thermal de Chaudes-Aigues qu'elle s'était trouvée en présence du toubib à lunettes. Alors qu'elle barbotait dans l'eau chaude en maillot une pièce et bonnet, cernée d'un florilège de dames rondelettes, il avait surgi en blouse blanche, légèrement voûté, hélant l'agent thermal d'un geste théâtral à la manière du lieutenant Columbo. Il lui était apparu en cet instant plus sûr de lui mais très en distance, frôlant du regard les gens, hochant mécaniquement la tête aux propos de son collègue, bras croisés, sans empathie pour les curistes. Invisible au milieu des naïades en surpoids, il n'y avait aucune chance que le toubib la reconnaisse ; elle n'avait donc pas détourné de lui son regard. Il fallait qu'elle ait les cartes en main pour qu'il prenne conscience de sa présence.

— Alors ? Qu'est-ce qu'on décide ?

Ce soir-là, étrangement, il s'agitait sur son tabouret, touchait souvent son visage, grimaçant ou souriant tour à tour. Distrait par son téléphone qu'il tira d'une de ses poches pour y lire un SMS, il semblait fébrile, indécis.

— … On s'arrête, déjà ? Ça vient de tourner pour vous, l'encouragea-t-elle.

Lorsqu'il hésitait, il reniflait dans son poing, l'index gauche appuyé contre la base du nez. Son alliance occupait alors toute la place devant sa figure et contribuait au sentiment de suprême puissance de Cybèle : elle dictait le destin de cet homme, de son couple. Par la fascination que les cartes exerçaient sur lui, elle étendait sa domination jusqu'à son épouse avec dommages financiers collatéraux.

— … J'abandonne.

— Vous êtes sûr ?

Pousser le joueur du mercredi à perdre était son jeu favori ; elle aimait éprouver la capacité du brave toubib à se tirer des pièges qu'elle lui tendait, guetter une crispation de sa mâchoire tel un aveu de défaite.

— Allez ! Je vous sens en veine, ce soir.

Mais cette fois, la situation lui échappa. Il rabattit vers lui les deux pauvres piles de cinq fois 5 euros qui lui restaient.

— *Vous* êtes en veine.

— Ce sont les cartes, se défaussa-t-elle.

— Où votre nouvelle coiffure.

— … Ma coiffure ?

Il leva les yeux sur elle. Le reflet des spots sur ses lunettes effaçait son regard.

— Vous avez changé quelque chose, non ?

— Comment ça ?

— Oui, enfin…

Il se laissa glisser du tabouret, troublé.

— … Votre… Vous avez fondu, non ?

Cybèle ne sut que répondre. Maintenant que les effets de l'opération sautaient aux yeux, les habitués la gratifiaient d'un petit mot sympathique en fin de partie, la félicitaient sur sa perte de poids. Les employés du casino trouvaient qu'elle était *plus cool.* Marek avait vu sa déesse fondre de jour en jour tel un lingot d'or dans son creuset, catastrophé. Sa nouvelle ligne faisait aussi des envieuses au restaurant et au bar. On aurait dit qu'elle avait gagné le gros lot, et certains ne supportaient pas l'idée qu'elle puisse avoir droit à une seconde chance à la loterie de la vie. Mais personne ne s'était montré aussi peu concerné par sa transformation spectaculaire que le joueur du mercredi. Était-il possible que ce type ait à ce point si peu prêté attention à la femme-tronc derrière la table depuis quatre ans ? Les paumes à plat sur le tapis, dans la position du sphinx, elle le regarda s'éloigner vers la caisse pour y changer ses jetons, estomaquée. Une main posée sur sa taille la fit sursauter.

— Alors, Cybèle, un petit coup de mou ?

Monsieur Jules collait modérément sa croupière depuis qu'elle s'était délestée de ses bouées.

— Qu'est-ce qu'il a, le toubib ? s'intéressa-t-il. D'habitude il repart à sec.

— J'en sais rien…

Il désigna du menton le chemisier blanc de son employée.

— Défais au moins le deuxième bouton. On se croirait chez les bonnes sœurs.

Cybèle s'exécuta, dévoilant la naissance de ses seins. Le gilet en satin bordeaux soulignait joliment ses courbes.

— Est-ce que je peux prendre ma pause ?

Monsieur Jules regarda sa montre.

— Pas plus de dix minutes. On a du monde, ce soir… La saison commence tôt, cette année, observa-t-il avec satisfaction.

Elle commanda un verre de sirop d'orgeat au bar et sortit sur la terrasse. Une musique d'ambiance de guitare jazz et piano nappait la nuit étoilée. L'été approchant, des couples de tous âges, légèrement vêtus, avaient éclos autour des tables ; un panorama dépaysant pour Cybèle, habituée au défilé de retraités en pulls Phildar et pantalons jersey aux machines à sous. Des rires capricieux s'échouaient près d'elle par vagues. Elle s'accouda à la balustrade et regarda en bas la rivière séparer la ville de son flot fragile. Une jeunesse amoureuse paradait sur la place.

Il fallut bien qu'un visage dans le clair-obscur de la rue attire son regard.

Avec son sirop de grand-mère et son pantalon aux poches cousues, Cybèle se sentit brusquement hors circuit.

Elle avait déjà vu cette fille, dans les WC du casino, un soir ; les minettes qui se promenaient en minijupe et jambières avec un pull rouge à col roulé sans manches n'étaient pas nombreuses dans le Cantal. Pompette, elle rinçait ses longs cheveux noirs et bouclés dans un des lavabos. Sa copine était entrée juste au moment où Cybèle se lavait les mains et toutes deux avaient entamé une discussion que la croupière avait écoutée d'une oreille distraite : il était question d'un type avec lequel la première avait trop bu, de vomi incrusté dans ses cheveux après qu'elle eut rendu trois cocktails sur le parking – mais *c'était cool* – et d'une perte nette de 700 euros à une certaine machine pour l'autre fille, ce qui au contraire de l'affecter l'excitait totalement. L'une et l'autre s'étaient à peine rendu compte de la présence de Cybèle devant le sèche-mains. La croupière n'avait eu aucun doute sur l'origine de leurs ressources financières. D'autres payaient pour elles sacs à main et smartphones. Le souvenir pathétique de cette scène, peu dérangeante en soi – après tout, chacun était libre de faire ou non bon usage de ses atouts –, avait plutôt conforté Cybèle dans l'idée que plaire aux hommes était dangereusement vaniteux. Que des filles s'amusent à ce jeu ne la gênait pas. Mais il ne fallait pas qu'elles se mettent à miser sur les deux tableaux.

Personne ne devait empiéter sur le domaine de Cybèle.

Personne ne devait mettre la main au portefeuille de ses joueurs.

Et voir cette fille de misère en minijupe échanger quelques mots avec le Dr Bashert près de sa voiture, prendre sur lui un pouvoir dont elle ignorait encore l'usage, était violent comme un coup de couteau.

« Paye, paye, paye. »

Une guirlande lumineuse couleur guimauve est entortillée à la tête de lit. Je me suis déshabillée dans la pénombre de la chambre, fenêtres ouvertes. De l'autre côté de la route, sous un lampadaire blafard, le poste électrique ronronne. Un collier de barbelés festonne le muret qui l'encercle, forteresse dont plus rien ne me protège dorénavant, sinon mon épiderme. Des picotements chauds, des flots incandescents électromagnétiques traversent mon corps.

« Fais-moi récupérer. »

Des lignes nacrées soulignent mon ventre, descendent sur les cuisses. Sous ma peau, des veines bleues dessinent un arbre mort dont les branches se déploient au-dessus des seins. Les points de suture ont disparu autour des cicatrices à peine visibles. Mon ventre a l'aspect qu'aurait celui d'une femme six mois après un accouchement – tout à fait acceptable, d'après le chirurgien. J'enfile des bracelets, une nuisette taille M, chausse des escarpins, maquille ma bouche, tiens mes cheveux remontés sur la nuque, coudes relevés, et cambre les reins.

« Donne-moi une bonne carte. »

Ce n'est pas moi dans le miroir.

C'est une femme qui me fait peur.

Ce que je vois n'est pas ce que je devrais voir.

Mais je sais être destinée à cela depuis toujours.

— À quoi tu joues ?

Ta voix rauque me fait sursauter. Dans l'entrebâillement de la porte, tu me regardes, interloqué.

— … Tu te prends pour une de ces pouf' que tu croises dans la salle d'attente de ton chirurgien ?

D'un coup de pied, je referme sur toi la porte, tourne la clé. Plaque les mains sur mes oreilles. Envie d'un verre. Chardonnay ou whisky.

— On joue à la Barbie, frangine ?

Ta voix me parvient encore, étouffée. Tu te moques. Ris sans songer un instant à ta disgrâce.

— … C'est pour faire la pute que tu as perdu ton gras ? Tu comptes te lancer dans la compèt' aux Hots d'or ?

« Paye, paye, paye. »

Ce que j'entends n'est pas ce que je devrais entendre. Je suis destinée à d'autres voix plus douces. Celles de ces inconnus, à la terrasse d'un bistro ou devant l'arrêt d'autobus, qui murmurent sur mes pas Ravissante, *ignorants du torrent d'émotions que ce mot déverse en moi.*

« Allez ! Fais-moi récupérer. »

« Donne-moi une bonne carte. »

« Donne-moi cette putain de carte, Cybèle ! »

Je connais déjà la terreur, la souffrance, l'humiliation. Je veux apprendre d'autres règles, jusqu'au dégoût. Ne résister à aucune envie. Fermer les yeux sur mes souvenirs. Et laisser mon empreinte quelque part, comme une bête nue sur un lit de feuilles mortes. Retourner dormir avec le diable.

Gagner ma vie.

_Salut !
J'adore aller au resto. Sais-tu que les fruits de mer sont très énergisants ?
Si tu m'invites, je te promets un vrai moment d'évasion. Et ensuite, on pourra passer à quelque chose de plus croustillant…
Je suis pleine d'inventions, tu vas beaucoup apprécier !
Mes selfies sont ici, j'attends ton message de réponse
Amarente69

_Tu me plais beaucoup. Tu viendrais chez moi ?
FrenchCoyote15

— *FrenchCoyote* ?

Le dessin en noir et blanc d'un loup hurlant à la mort au clair de lune tenait lieu de photo sur le profil de Thierry.

— … On n'a jamais parlé d'un plan à trois.

La jeune fille observait Laurence avec méfiance, cherchant en vain aux alentours la figure d'un homme avec lequel elle avait cru échanger en ligne.

— Je suis là pour mon frère.

Son smartphone en main, assise du bout des fesses sur une borne face au magasin Gifi où la croupière avait fixé le rendez-vous, elle jeta un chewing-gum dans sa bouche vernie de gloss transparent.

— Pourquoi c'est pas lui qui vient ?

— Je dois d'abord parler avec vous.

Elle portait une robe noire en stretch sous une veste en jean et avait substitué à ses jambières des sandalettes en cuir dont les lanières enserraient ses mollets.

— C'est quoi, ce délire ?

Laurence repoussa une mèche de cheveux que le vent rabattait sur son visage. Bien qu'elle se soit longuement préparée à cette rencontre, elle éprouvait un certain malaise.

— … Mon frère souffre d'un handicap physique.

— Pour un handicapé, je prends plus cher.

L'attitude hostile de la fille traduisait une impatience. Contrairement à son profil qui la disait *timide*, *prête à tout et peu farouche*, elle semblait un poil rigide et n'avait guère plus de charisme qu'une boîte de sardines. Laurence lui tendit une enveloppe.

— Si vous pouviez m'accorder un quart d'heure.

La fille l'ouvrit, palpa les billets à l'intérieur puis l'empocha, rassurée.

— Quand est-ce que je le verrai, votre frère ?

— Tout à l'heure.

D'abord, la mettre en confiance.

Retrouver la fille du lavabo n'avait pas posé de difficulté. Elle s'était inscrite sur plusieurs sites de rencontres, dont Vivastreet. *Amarente69*. La régionale de l'étape à Saint-Flour. Laurence s'était connectée à son profil en utilisant celui de son frère – Thierry sévissait sous un pseudonyme aussi régressif que ceux des autres membres : *FrenchCoyote*. Son jardin aux sombres secrets. Tchater avec une de ces filles devait être pour lui comme ouvrir un robinet à orgasmes et supplantait le reste, sa déchéance physique, sociale et morale. Depuis sa grande métamorphose, Laurence croisait moins souvent Thierry dans le salon. Il redoublait d'activité sur le Net, préférant son univers virtuel, ses petits jeux sombres, cruels, ou ses échanges feutrés sans lendemain à la compagnie de sa frangine, coupé du monde des vivants. À force d'arpenter ces terrains vagues à fantasmes, cette antichambre du tripotage, il causait d'ailleurs à sa boîte mail quelques dommages – Laurence recevait plusieurs fois par jour des propositions de la part de femmes lui promettant monts et merveilles si elle cliquait sur un lien, ou des publicités concernant des gels lui garantissant une meilleure érection. Elle savait que son frère s'opposerait avec violence à l'idée de rencontrer qui que ce soit autrement que par écran interposé, reprochant à sa sœur de se mêler de ce qui ne la regardait pas, mais ça lui était égal. Elle ne ferait pas machine arrière.

— C'est quoi son prénom, à votre frère ?

— Thierry.

— Et toi ?

— Moi ?

— Oui, comment tu t'appelles ?

Le prénom avait franchi ses lèvres sans réfléchir, aussi vite que la fille s'était décidée à la tutoyer.

— Cybèle.

Une famille de trois enfants dont le plus jeune somnolait dans sa poussette passa à leur hauteur avant d'entrer dans le magasin.

— On bouge ? proposa la fille en se relevant, la lanière d'un petit sac à main greffé à l'épaule. Y a trop de gens que je connais, par ici… On sera plus tranquilles au McDo.

Laurence n'était pas retournée dans un fast-food depuis son opération. Jadis grande adoratrice des nuggets de poulet trempés dans des sauces sucrées-salées, elle eut presque un haut-le-cœur en respirant l'odeur de frite froide et de fromage fondu dont était imprégné l'établissement. La fille commanda un menu Best Of ; elle se contenta d'un ice tea light.

Ce qui galvanisait Laurence, au-delà de sa confrontation avec une escort-girl, était l'idée de franchir bientôt la frontière invisible d'un territoire jusque-là inaccessible. Un monde de séduction et de luxure, de fric et de domination, de faux-semblants et d'indigence, un eldorado pour femme seule où elle pourrait avoir elle aussi sa place. Changer de corps revenait à changer tout ce qui se trouvait autour. *Rencontrer de nouvelles personnes fait partie de la thérapie*, lui avait martelé la psy après son opération. Et de cette poupée longue et fine aux sourcils redessinés qui tripotait la bretelle d'un soutien-gorge rose vif en jetant des œillades à droite et à gauche tout en sirotant un Coca, rien ne lui interdisait désormais de copier l'attitude et l'état d'esprit, de devenir l'égale, la rivale. Laurence en profita donc pour lui poser un tas de questions sur la façon dont les choses se passaient en général avec un client, si elle demandait à être payée avant, de quel genre de profil elle se méfiait, si elle tombait parfois sur des barjots.

— Le pire, c'est de se trouver face à face avec la bonne femme d'un client à cause d'un mauvais timing. C'est pour ça que je préfère de loin les plans à l'hôtel... Et puis je déjeune toujours au resto avant pour discuter, ça permet de jauger la personne qu'on a devant soi... T'es pas journaliste, au moins ?

De ses ongles laqués de noir, la fille picorait les frites qu'elle avait versées dans le couvercle de la boîte en carton du hamburger.

— Non, pourquoi ?

Elle fronça les sourcils.

— Tu me fais trop penser à l'éducatrice qui s'occupe de mes frères... Tu bosses dans le social ?

La question fit sourire Laurence malgré la comparaison peu flatteuse pour une femme qui se projetait dans la peau d'une call-girl.

— ... Mon truc, c'est plutôt de mettre les gens dans la mouise, répondit-elle.

La fille se raidit. La paille fichée dans son gobelet quitta ses lèvres.

— T'es flic ?

— Quitte à choisir, s'amusa Laurence, je préférais éducatrice... Je suis croupière au casino de Chaudes-Aigues.

— Alors c'est là que je t'ai vue. Je savais bien que ta tête me disait quelque chose.

— Et toi ? Qu'est-ce que tu fais d'autre dans la vie ?

Étudiante en première année à l'école d'infirmières, à dix-neuf ans, l'escort-girl était sur le point de passer son DEAS[11].

— C'est temporaire, tu comprends ? L'école va me coûter 2 000 euros, sans compter le logement et la bouffe. Alors, autant commencer tout de suite à mettre de l'argent de côté.

La fille ne s'était pas vraiment interrogée sur la façon dont elle allait réunir son pécule.

— L'escorting. Tu mets ton annonce, et dans l'heure t'as cinq types qui te proposent un rencard.

Elle s'était inscrite en même temps qu'une camarade d'études l'année dernière. Ses iris d'un bleu pervenche éclairaient le vide d'une âme à peine éclose.

— Le baby-sitting, c'est pas mon truc… Je gardais mes deux petits frères quand j'étais ado presque tous les week-ends. Ma mère ne me filait jamais une thune… ça m'a dégoûtée ! précisa-t-elle écarquillant les yeux. Bon… Alors, pour ton frangin, on y va ?

Laurence sentit son sang battre plus fort dans ses veines.

— Je suis garée là-bas.

La fille était venue en taxi. Elles marchèrent vite jusqu'à la Twingo.

— Juste une pipe, on est d'accord ?

Laurence hocha la tête, se demandant soudain si elle serait capable de dire les choses avec un tel aplomb, si c'était cela qui excitait les hommes, et si la fille avait formulé la même proposition au Dr Bashert.

— … À quoi il ressemble ton frangin ? T'as une photo ?

Prise au dépourvu, elle farfouilla à l'intérieur de son sac à main.

— J'en ai une dans mon portefeuille…

— C'est pour me faire une idée. Je veux bien me déplacer chez toi pour rendre service, mais faut d'abord qu'on fasse un peu connaissance, lui et moi.

La photo cornée sortit difficilement de la pochette transparente. La fille l'attrapa du bout des doigts et pouffa de rire avant qu'un sourire ne fige son visage.

— C'est une blague ?

Laurence s'empara du cliché sans comprendre.

Sa gorge se serra.

Tout un pan de vie défila en quelques secondes sous ses yeux. Juste le temps de rapprocher le passé du présent.

Sur la vieille photo prise à la plage, Thierry affichait quatorze ans à peine.

Nos parents fêtent la Saint-Valentin au restaurant. Ils nous ont fait dîner tôt et ils t'ont confié la responsabilité de ta petite sœur en leur absence. Mais tu n'as pas l'intention de me laisser dormir.

— Hé, mammouth-qui-fait-des-prouts, tu veux savoir ce qui va t'arriver dans le futur ?

Avec le briquet de la cuisine, tu allumes une bougie blanche et un cône d'encens trouvés sur la table de nuit de maman.

— C'est pour mettre l'ambiance, sinon ça marche pas la divination.

Dans la penderie de papa, tu prends une écharpe de velours bordeaux que tu étends ensuite sur le parquet de notre chambre. Nous nous asseyons en tailleur. Tu brasses les cartes qui glissent facilement sur le tissu, reformes le jeu, me fais couper, et tires cinq cartes de la main gauche que tu alignes devant moi. L'encens me brûle un peu les yeux.

Sept de cœur. Dame de trèfle. Roi de carreau.

Dans mon lit, la chatte somnole, hypnotisée par la flamme de la bougie.

Dix de pique. As de trèfle.

Je tiens Winnie l'ourson serré contre ma chemise de nuit, excitée à la perspective de connaître mon avenir.

— Tires-en trois autres.

Valet de cœur. Quatre de cœur. As de pique.

Prenant ton air savant, tu tapotes du bout des doigts ta bouche en cul-de-poule et t'attardes sur les figures que tu soupèses. Je m'impatiente.

— Alors ? Qu'est-ce qu'elles disent, les cartes ?

— C'est difficile à voir…

Je m'inquiète. J'imagine le pire. Je pense à tante Laurence qui est morte d'une pneumonie et dont j'ai reçu le prénom – sordide héritage.

— Il va m'arriver quelque chose de grave comme à la sœur de maman ?

— Non. Au contraire. Quelque chose de super.

— C'est vrai ?

Alors, d'un seul souffle, arborant un sourire hilare, tu me prédis que je finirai rôtie à la broche dans d'atroces souffrances.

— Thierry, ouvre-moi !

Le bruit étouffé d'un jeu vidéo. Il n'avait pas mis son casque. Laurence toqua plus fort contre la porte.

— Pourquoi tu me fais ça ?

— Laisse-moi tranquille !

— Elle voulait juste parler avec toi… Tu aurais pu au moins lui ouvrir.

— Je n'ai envie de voir personne ! Et surtout pas ta tronche de cake !

La fille avait frappé plusieurs fois elle aussi à la porte de sa chambre, se demandant s'il n'y avait pas un rat crevé à l'intérieur tellement l'odeur de cigarette et de renfermé l'incommodait, et puis elle était repartie furax, passablement vexée que Laurence l'ait amenée ici pour rien. « Je ne sais pas quel genre de plan tordu tu as dans la tête avec ton frangin, mais il est hors de question que je remette les pieds dans cette baraque !… Et qu'il ne se pointe pas sur mon profil parce que je ferai bloquer son compte ! » avait-elle menacé, s'éloignant déjà dans la rue. Laurence soupira.

— Allez… sors de ta grotte.

— Oublie-moi, putain !

— Écoute, je l'ai fait pour toi… Pour te rendre service. Parce que ça me désole de te voir dépérir…

— Tu veux me rendre un service ? Va plutôt m'acheter un paquet de blondes !

Des grésillements d'armes virtuelles envahirent de nouveau l'espace. Laurence s'adossa au mur et se laissa choir. Elle demeura assise devant la porte de son frère quelques instants, un maelström de sons parasitant ses pensées.

Quand la fille était entrée dans le pavillon, elle avait grimacé *Ça pue comme chez les vieux, ici*. Laurence pouvait aussi les sentir, ces effluves aigrelets et âcres d'un reste de parfum tourné au fond d'un flacon – l'after-shave de son père, jadis boisé et épicé, oublié dans l'armoire de la salle de bains – et ceux de tabac froid. Quoi qu'elle y fasse – laver, nettoyer, frotter, aérer –, elle n'ôterait pas de sa mémoire ce qui depuis trop longtemps la hantait.

Elle se releva pour brancher la chaîne stéréo du salon, faire cesser ce bruit de fond assourdissant. France Musique diffusait une œuvre de Vivaldi au violoncelle. Elle marcha jusqu'à la cuisine pour se servir un verre de vin qu'elle boirait face à la fenêtre, regardant par-dessus la haie les turbines du poste électrique embastillé.

S'inscrire à son tour, créer un profil, trouver un pseudonyme.

Elle venait de glisser une nouvelle carte dans son jeu, restait à la mettre sur la table. À elle de succomber à son propre traquenard. De pénétrer ce repaire où la liberté de jeu est sans limites et la mise maximum.

Pour elle s'ouvrirait bientôt la boîte de Pandore.

Le courant m'avale, tire mon corps de fillette vers l'obscur, loin de la plage où maman se repose, loin de toi qui multiplies les cabrioles dans les vagues. Le poids de l'eau m'écrase, le miroitement du soleil au-dessus de moi, des milliers de vaguelettes cassées par le vent assistent à ma détresse. Mes poumons brûlent de ce vide, la tentation irrépressible d'ouvrir la bouche, d'aspirer l'eau, mais je garrotte en moi un dernier grain de souffle, une pierre précieuse, et quelque chose cogne mon dos. Des mollets stoppent ma course vers le néant. La lame de fond s'obstine, m'aspire. Mais la barrière contre laquelle je me suis échouée résiste. Une main saisit mon bras, et d'un élan vigoureux me tire des flots, me soulève tout entière, me déboîte presque l'épaule. L'air pénètre d'un coup par ma bouche.

— Ça va, petite ?

Dans ce fracas brutal de la mer, ce déchaînement, cette furie, un cavalier espagnol ou mexicain, un monsieur au torse velu en maillot noir vient de me sauver de la noyade, me jetant à la figure mon destin.

La mer s'est retirée depuis longtemps comme tous les souvenirs des événements qui se sont enchaînés cet été-là. Mais pas l'homme qui est en moi. Il exhale des plaintes de suppliciés, jusqu'à l'aube.

J'ai gardé les yeux ouverts.

— Tu es douée…

Allongé à mes côtés sur le lit, il soupèse mes seins, le visage rougi par l'effort, le torse glabre, poisseux de sueur.

— Cybèle… C'est grec ?

Il parle sans avoir grand-chose à dire.

Il n'a rien d'un cavalier espagnol.

Plutôt l'inexpérience du père de famille fraîchement inscrit sur Vivastreet.

Un bel oiseau.

Le premier d'une liste que, par ma chute, j'illumine.

PRENDRE L'EAU

(SEPTEMBRE-OCTOBRE 2011)

Cette carte liée aux émotions annonce une déception prochaine, un risque de trahison engendré par quelqu'un de proche, mais aussi des sentiments amoureux violents et destructeurs.

Le Dr Bashert abandonna son dernier jeton sur le tapis, mâchoires serrées. Ses doigts broyaient le néant au creux de ses poches. Perdre au jeu, encore et encore. Il y avait comme un serpent qui rampait dans sa tête, menaçant tous les horizons. La croupière fermait sa table plus tôt ce soir, ne lui laissant aucune opportunité de se refaire. Il était le dernier. De ses ongles grenat, elle tourna la petite clé du couvercle transparent de l'encaisse. Le ton de sa voix se voulait compatissant.

— Vous savez ce qu'on dit ? Heureux au jeu…

— … Si ma femme pouvait s'envoyer en l'air avec le jardinier juste une fois, ça arrangerait peut-être mes affaires, plaisanta-t-il, amer.

Celle qui pillait sans vergogne son portefeuille chaque mercredi lui adressa un sourire discret.

— Perdre au jeu est un malheur sans intérêt, au sens propre comme au figuré… Passez une bonne soirée.

Elle quitta son champ de vision derrière la table. Il resta quelques secondes à contempler le tapis vert où il s'était trouvé en veine jusqu'à ce que la croupière reprenne la main, balayant les points retournés sur la table d'une incroyable série de black-jack.

Il descendit du tabouret, embrassa du regard la salle où pétillaient les reflets colorés des machines à sous et gagna la sortie. Son blouson jeté sur l'épaule, il remonta le long du casino, tourna dans la rue Notre-Dame-d'Août qu'éclairaient quelques lanternes et marcha sur les pavés ternis par le crachin, frémissant dans la fraîcheur de la nuit. Il avait trente minutes pour se remettre en selle et aborder sereinement son rendez-vous avec une femme portant un foulard rouge.

Deux mois qu'il furetait, à l'affût du profil idéal qui le distrairait de son vague à l'âme.

Il avait abordé le problème à bras-le-corps, lancé une vaste campagne, mis en branle toute une organisation afin de satisfaire son goût farouche – et encombrant – pour les choses bien faites. Après avoir répertorié les sites susceptibles de lui convenir, cloîtré dans son bureau, il s'était aventuré sur randocelibat.com, pensant dénicher là une femme dont les désirs et les centres d'intérêt adhéraient aux siens, loin des profils tapageurs affichant strings et porte-jarretelles. Après une première randonnée malheureuse en compagnie d'une pipelette végétarienne à l'haleine de chienne aux gorges du Bès, il avait rectifié le tir et tapé directement au carreau, à la recherche de rapports tarifés.

Avec, chevillé au corps, ce sentiment qu'il s'ôtait lui-même ses dernières libertés et ses privilèges masculins en mettant sa sexualité à la merci de ces créatures, guidé d'abord par le critère physique, il épluchait les profils, se laissant séduire par ce qui se dégageait des propos de telle ou telle demoiselle, s'effrayant des commentaires désobligeants et irrespectueux de certains clients. Il s'attachait à ne sélectionner que des escort-girls indépendantes. Hors de question pour lui d'alimenter des réseaux mafieux qui contribuaient à l'exploitation du sexe faible dans le Cantal et confinaient à l'esclavagisme. Il se tenait donc à l'écart de jeunes femmes dont l'apparence et le français approximatif trahissaient des origines d'Europe de l'Est.

À sa première rencontre avec une escort-girl, il n'en menait pas large. Gauche, anxieux, inquiet sur sa capacité à faire de nouveau l'amour avec une autre femme que la sienne, il avait failli annuler le rendez-vous à la dernière minute, plus tenté de rester au bras de son autre maîtresse – la table de black-jack. La fille était jolie, une grande brune piquante, jeune. Très jeune. Plus jeune que sa fille. Dans ses yeux, à cinquante-cinq ans, il se voyait en patriarche séculaire.

— Tu m'emmènes boire un verre ?

L'escort était montée dans sa voiture sur le parking du casino. Elle connaissait une boîte de nuit, le Mix, à Saint-Flour, et lui avait indiqué la route. Vautrés dans des fauteuils en skaï argentés, ils avaient bu un mauvais champagne, échangé des banalités tout en considérant une piste de danse atrocement vide.

— Tu es médecin ? Alors on est tous les deux dans la même branche.

La gorge sèche, tendu à la perspective de la partie à suivre, Bernard avait enduré le babillage de l'élève de l'école d'infirmières comme une épreuve ; il s'était fait violence pour ne pas *en rester là*.

— De quoi tu as envie ?

Dès leur arrivée dans la chambre d'hôtel aseptisée, la fille s'était déshabillée sans lui laisser le plaisir de le faire à sa place, avant de se jeter cul nu sur le lit, gardant ses jambières de gamine effrontée, ce qui la rendait plus désirable encore.

— ... Tu viens ?

Au lit, son escort s'était révélée expéditive. Lui avait fait bonne figure.

— La prochaine fois, je resterai plus longtemps, si tu veux.

La porte avait claqué, et il s'était retrouvé seul, crucifié sur les draps, secoué par un fou rire, pathétique.

Ce qui l'avait poussé à tromper sa femme n'était pas la privation sexuelle. Mais quelque chose de bien plus puissant :

le manque de tendresse et une cruelle absence de chaleur humaine.

En rentrant chez lui ce soir-là, comme si les femmes possédaient la faculté de détecter l'empreinte invisible d'une rivale, Marie-Anne s'était collée à lui, presque affectueuse. Ils avaient fait l'amour avec une langueur inhabituelle, son épouse se laissant aller à un brin de fantaisie surprenante de la part d'une partenaire désintéressée de la chose. Combien, alors, avait-il savouré son plaisir ! Bernard ne s'était pas pour autant laissé distraire. Le lendemain, il se remettait en chasse d'une troisième fille, plus dans ses goûts. La traque allait durer tout l'été. Depuis la terrasse de leur résidence secondaire à Leucate, un bon livre et un verre de rosé frais à portée de main, tandis que Marie-Anne bronzait au bord de la piscine, le Dr Bashert tchatait en ligne avec sa future préceptrice sexuelle, prenant soin d'effacer toute trace de ces échanges dans l'historique de son téléphone portable.

Vingt-deux heures. Après un dédale de ruelles, il atteignit la fontaine de la source du Par, la plus fameuse des trente sources dont la ville tirait chaleur et fortune. De la vapeur montait d'un trou que gardait une grille rouillée : une eau à 82 °C s'y déversait avec vigueur ; cette eau brûlante dont on se servait jadis pour nettoyer la peau des cochons, les épiler à vif. Drôle d'endroit pour rencontrer une escort-girl. Il en savait peu sur la femme qui lui avait donné rendez-vous là. Dix ans de plus que la première, grande, cheveux châtains, de belles épaules, joueuse – une dame de cœur tenait lieu de photo pour son profil – et généreuse, s'il en croyait les quelques selfies pris dans un miroir, dévoilant son buste tendu sous une nuisette en satin. Elle se disait attirée par les hommes intelligents, mûrs, de préférence mariés, à la recherche d'une relation passionnelle, et se présentait elle-même *en quête de tendresse et de complicité*, *mais aussi capable d'être très vilaine*, dernier point qui l'intriguait beaucoup. Leurs échanges, surréalistes, portaient pêle-mêle sur la quête d'un dépassement de soi en toutes circonstances, le plaisir des méditations solitaires, le sport de compétition et l'addiction aux jeux d'argent. Ces sujets l'avaient bien mieux convaincu de la nécessité d'une rencontre que s'ils avaient débattu de leurs positions sexuelles favorites. Il craignait juste qu'il ne s'agisse d'une de ces joueuses esseulées qu'il croisait parfois au casino, le cœur à sec, accros aux cours de fitness, aussi raides sur leurs tabourets que des papillons morts.

Mais ce ne fut pas le cas.

Clic-clac de talons cognant les pavés. Descendant la ruelle, apparut bientôt dans les vapeurs de la fontaine une silhouette plus haute que le cerf ; une femme vêtue d'une robe noire et d'une veste en cuir, chaussée de bottines vernies. Un foulard rouge noué autour du cou attestait que c'était la bonne personne. La respiration du Dr Bashert s'accéléra. Une chevelure épaisse lâchée sur les épaules, l'escort sortit de la nuit comme une pierre frappée d'un rayon de lune, révélant son visage. Il en fut désarçonné.

— C'est vous ? murmura-t-il.

Elle n'était jusqu'à présent qu'une ombre légère sans parfum, une femme dont les joues et ce qu'il percevait de son corps derrière la table de jeu avaient fondu par il ne savait quel prodige, une croupière tout en retenue, cheveux tirés, une *très vilaine* adversaire au doigté redoutable. Une femme qui, décidément, cachait bien son jeu.

— … Bonsoir, docteur.

Le regard émeraude de Cybèle engloutit le sien.

Autour d'eux, les ruelles filaient doux, veillant leur marche lente. Les façades hétéroclites des maisons se révélaient dans l'opacité de la nuit, formant presque un abri. Le Dr Bashert n'avait de cesse de jeter à Cybèle des regards étonnés, tant la partie qu'elle venait de lui jouer le déconcertait.

— Jamais je n'aurais pu l'imaginer… Et alors ce soir, pendant tout ce temps, derrière votre table, vous saviez qu'on avait rendez-vous ?

En le quittant plus tôt dans la soirée, elle ignorait encore ce vers quoi elle allait, anxieuse à l'idée de donner représentation de sa métamorphose. Elle s'était habillée à la hâte, remaquillée et coiffée dans les toilettes, nerveuse à l'excès. Il n'était pas un client ordinaire. Avec lui, autre chose se tramait dont elle ne saisissait l'ampleur, mais qui n'appelait aucune prudence et la remplissait d'appréhension.

Pour le toubib, elle tombait le masque.

De ces hommes aux corps opaques auxquels elle s'était vendue, Cybèle ne conservait rien sinon un commentaire tantôt familier, tantôt salace sur son profil. L'argent donnait à certains un pouvoir dont ils usaient volontiers, s'octroyant sans gêne la possibilité d'être violents. Ceux-là finissaient la tête à l'envers, dociles toutous que l'escort terrassait d'un coup de poing à la gorge. Elle n'avait peur de rien ni de personne, les mettait à genoux, jouant la victime consentante avant de les mordre au sang, endurante depuis l'enfance sous le joug d'un tyran en culottes courtes, athlète ressuscitée, jongleuse de marteaux revenue disputer la victoire sur un autre terrain. Dans sa peau d'amazone, elle jetait des sortilèges d'attachement pour mieux laisser languir, revenir, s'épuisait à la tâche, mais pouvait gagner en une soirée l'équivalent d'un mois de salaire. Et au fond du placard à chaussures, dans la boîte en fer-blanc où jadis son père rangeait les tubes de cirage, s'accumulerait bientôt davantage de pognon que ses médailles le lui en avaient rapporté. Mais tous ces inconnus lui étaient indifférents. Pas le toubib. Il était l'enjeu. Pour lui, d'un seul élan, elle avait fait de son corps une machine à sous.

— On se connaît depuis combien d'années ? questionna-t-il.

— Quatre ans et cinq mois.

— Ah oui ? Tant que ça ?

Le sourire vertueux accompagnant la coupe du sabot, son froncement de sourcils lorsqu'elle retournait sa carte sur le tapis, la crispation de la lèvre supérieure au moment où la tentation le prenait de tripler sa mise, ses mains enveloppant les stacks d'une arabesque, la brillance de l'œil à l'instant où Cybèle le payait, sa glotte roucoulante de plaisir, la démangeaison dans le cou, signe d'un conflit intérieur, sa peau tout à coup blanche et mate comme une gomme à dessin lorsqu'il tirait de son portefeuille le billet de trop, le soupir long précédant la débâcle, le tourbillon de ses cheveux clairsemés quand il penchait la tête, sa panoplie vestimentaire complète… chaque détail était collecté, étiqueté, ordonné dans sa tête. Ainsi en allait-il des joueurs réguliers passés à sa table. Mais à lui et lui seul, sans y prêter attention, elle s'était liée par une longue, lente et patiente chaleur. De celle que l'on accorde à un discret camarade de classe. Il avait suffi que cette fille parle au toubib sur un parking pour que quelque chose en elle se mette soudain à tinter.

Il hocha la tête avec un demi-sourire.

— … J'aurais dû me douter. *Cybèle*, c'est ce qui est écrit sur votre badge, non ?

— Quel sens de l'observation, s'amusa-t-elle.

Le Dr Bashert était plus pâle sous la lumière des réverbères. Plus petit. Elle le dépassait de dix centimètres, avec ses bottines.

— Alors, vous habitez Saint-Flour ?

Ça l'étonnait de n'avoir jamais croisé la croupière en dehors du casino.

— Vous êtes une femme pleine de mystères…

— On se disait « tu » quand on tchatait en ligne.

— Oui. Pardon… *Tu* avoueras que ce n'est pas facile comme exercice.

Ils marchaient l'un à côté de l'autre, se touchant du regard, aussi peu rassurés que s'ils s'aventuraient sur un pont vermoulu. Le docteur se contentait d'effleurer sa main, presque sur ses gardes. Cybèle frissonna.

— Où veux-tu qu'on aille ? demanda-t-elle.

— Vous… Tu as froid ? Oui… Pardon ! Je t'emmène boire un verre quelque part ?

Il s'excusait déjà de ne pas trop savoir où la conduire hormis dans une boîte minable de Saint-Flour.

— Le seul endroit un peu sympa à Chaudes-Aigues est fermé le mercredi.

Cybèle ressentait son malaise ; la partie qui se jouait là le décontenançait. Rien ne se déroulait de la manière dont il l'avait imaginé. Le toubib n'était pas le genre d'homme à improviser. De celui-là aussi, elle devrait guider les pas.

— Fais ce que tu as prévu, dit-elle.

— Eh bien…

Il avait réservé une chambre au Moulin des Templiers, un hôtel-restaurant Logis de France pour touristes retraités à dix minutes du centre-ville.

— Le genre d'endroit où ma femme ne mettrait jamais les pieds, justifia-t-il.

Cybèle connaissait ; un client l'y avait conduite une fois.

— Parfait.

Sa voiture était confortable. Intérieur en cuir beige, adagio du *Concerto pour clarinette* de Mozart en fond sonore. Le type de véhicule à bord duquel ses clients seniors la faisaient grimper, lui berçant les oreilles d'airs tout aussi classiques. Le Dr Bashert regardait la route, concentré, tel un aigle sur son rocher. Épaules voûtées, il perdait de sa prestance, tombait tout seul du ciel, ressemblait en cela à d'autres – l'angoisse de l'animal avant le coït.

— Bernard, parle-moi de toi, de ta vie.

— Tu sais déjà presque tout… Je veux dire, je t'ai déjà dit l'essentiel.

— Tu es marié, tu as une fille. Vingt-trois ans, c'est ça ?

— Oui… Elle fait ses études en Angleterre.

— Quel genre d'études ?

Il se racla la gorge.

— … Camille veut devenir avocate.

Cybèle posa une main sur sa cuisse.

— Détends-toi.

— Je suis désolé !

— On ne fait que parler, pour l'instant.

— Oui.

— Sens-toi libre de me demander ce que tu veux.

À ces mots, sous sa paume, la cuisse se contracta. Cybèle retira sa main pour ne pas l'embarrasser davantage. Elle ne trouvait pas plus ses marques. Quelque chose la troublait chez cet homme ; ce mélange de distance et de complicité qu'il mettait entre eux brouillait les cartes, le rendait étrangement intrigant. Elle regarda devant elle les arbres que les phares éclairaient de leurs faisceaux sphériques. Des feuilles tachées d'ocre et de roux se soulevaient des bas-côtés de la route, emportées par le vent.

Le parking de l'hôtel était aux trois quarts vide. La clientèle avait déserté la salle de restaurant où les tables étaient dressées pour le petit déjeuner. Flottaient dans le hall d'accueil des relents d'aligot et de café.

— Monsieur et madame Martin, c'est bien ça ?

L'employé chargé du service de nuit fit mine de ne pas remarquer l'absence de bagages et s'excusa de ne pouvoir leur monter une bouteille de champagne, les cuisines étant fermées ainsi que l'accès à la cave.

— Mais je peux vous proposer quelque chose au bar, si vous voulez.

Il leur servit deux whiskies sans glace que le médecin préféra emporter lui-même dans la chambre.

— Désolé, glissa-t-il à Cybèle dans l'escalier, je ne pensais pas que ce serait aussi sinistre, ici.

La porte en bois vernis se referma sur eux comme le couvercle d'un tombeau. Deux couchages aux jetés de lit criards les attendaient. Cybèle se débarrassa de son sac à main, retira son blouson et enveloppa la lampe de chevet festonnée de son foulard rouge, plongeant la pièce dans un climat frémissant. Elle s'approcha des lits.

— Tu viens ?

La question cueillit à froid le Dr Bashert alors qu'il posait les verres sur un guéridon.

— Pardon ?

— Ce serait mieux de rapprocher les lits, non ?

— … Oui, bien sûr.

— Et il faut aussi que tu me payes.

— Ah ! Oui.

Avec un sourire contrit, il s'empressa d'extraire de la poche arrière de son pantalon un portefeuille dont il tira trois billets.

— J'ai vraiment l'impression d'être au casino, dit-il en lui tendant l'argent.

— Tu peux mettre les billets sur la table.

Il accrocha son blouson au dossier d'une chaise, et chacun poussa son lit vers celui de l'autre avant de s'y asseoir. Ils restèrent un moment à contempler murs et plafond. Cybèle se tourna ensuite vers son client, lequel semblait perdu derrière ses lunettes.

— Si tu as un désir spécial ou juste envie de parler… Tu as le choix, le prix est le même.

— Je…

— Je ne te plais pas ?

— Ce n'est pas ça.

— Tu es déçu ?

— Non, non ! C'est que…

— Tu t'attendais à quel genre de femme ?

Il se gratta la nuque.

— À vrai dire, je n'en sais rien, soupira-t-il.

Cybèle sentit son cœur se serrer. De la vingtaine d'hommes avec lesquels elle avait couché ces derniers mois, aucun n'avait comme lui tergiversé. Elle redevenait soudain l'eau rance d'une flaque au bord d'un torrent. Le spectre de la croupière gâchait tout.

— On va s'y prendre autrement, marmonna-t-elle en se levant.

Elle s'empara des verres, but lentement au sien trois gorgées qui lui brûlèrent les lèvres. L'effet fut immédiat. Privée d'estomac, l'alcool passait directement dans le sang. Elle s'empourpra. Un nuage vaporeux enroba son cerveau. Cybèle contourna les lits réunis, tendit son verre au Dr Bashert comme s'il s'agissait d'une arme. Leurs regards s'alignèrent.

— Bois, ordonna-t-elle avec douceur.

Il obéit.

— Encore.

Le single malt couleur d'ambre coula dans sa gorge. L'homme ne la quittait pas des yeux.

— Maintenant, retire tes lunettes.

Il s'exécuta, cligna des paupières par réflexe, cherchant à dissiper ce flou immuable où il plongeait. Elle s'assit sur le lit et lui prit la main.

— Laisse-toi faire.

Elle la guida vers l'échancrure de sa robe, la fit glisser sur sa peau et descendre sur son sein gauche. Le regard du médecin se troubla. Ses doigts étaient froids. Plus encore le contact de son alliance.

— Oublie le casino. Oublie celle qui est assise derrière la table. Que vois-tu, là ?

— … Sans mes lunettes, pas grand-chose.

Elle se pencha vers lui, posa les paumes sur ses yeux, sentit ses paupières palpiter dessous.

— Alors ? Que vois-tu ?

Il hésita, esquissa un sourire et lâcha dans un souffle :

— Une reine de cœur.

Cybèle retira ses mains.

Contempla son visage comme si elle en ôtait le masque. Sa voix. Son parfum épicé et boisé. Sa tête lamentable d'homme marié…

Tu es ma reine. Ma petite reine de cœur.

Fillette perdue dans son propre cauchemar, elle était désormais cette colline dominant le ruisseau, avec le destin d'un père entre ses mains, resplendissante.

En la raccompagnant à sa voiture sur le parking du casino, il l'avait vue tout à coup si grande, émouvante et grave… Discrètement, il avait saisi son poignet gauche, caressé du pouce le petit scorpion.

— À mercredi ?

— Oui.

Depuis, il était comme le singe descendu de l'arbre, découvrant sa capacité à se tenir debout. Il sentait encore sous ses doigts le velouté de sa poitrine. Sa peau était imprégnée de son odeur douce et poivrée, un brin enfantine.

Finalement, ça n'avait pas été si compliqué. Il suffisait de se laisser guider. Cybèle connaissait certainement des tas de positions qu'il n'avait jamais expérimentées. Même s'il avait joui trop vite entre ses mains, cette caresse l'avait transcendé. Il ressentait encore un ébranlement intérieur, une vibration sourde de tout son être – l'épanchement du plaisir dans son cerveau. Puissant comme le commencement de l'aube. Il remontait l'allée menant à son domicile, d'un pas royal, prêt à bondir. Le crachin avait fait place à une brise légère qui lui chatouillait les oreilles. Dans la lumière du perron, le chemin de gravier avait la clarté de la peau nue d'une femme allongée sur l'herbe bleue de la nuit. S'offrirait bientôt à lui une sexualité épanouie. En introduisant la clé dans la serrure, il songea à toutes ces années où rien n'était éclos, tant ce sentiment d'inachèvement le clouait au sol, ternissait sa crinière. Avec Cybèle, il pressentait les choses avec netteté, en passe d'être accomplies. Avec elle, il irait loin. De sa vie, il entreprenait de modifier l'axe, ouvert à de nouvelles éventualités, à l'infini. Avec elle, il sentait qu'il pouvait exister sans retenue ni tabou. De ces deux heures partagées (payées 300 euros, l'équivalent de quatre consultations médicales forfaitaires de cure, soit le double de son tarif horaire, sans compter le prix de la chambre), il tirait davantage bénéfice que d'une mise équivalente jouée à sa table de black-jack.

Il essuya ses pieds sur le paillasson, entra sans faire de bruit. Une lampe diffusait un éclairage discret dans le salon. Marie-Anne ne l'avait pas attendu pour se coucher – il était minuit passé. Bernard marcha jusqu'à la cuisine, se servit un verre d'eau. Il se rendit ensuite à la salle de bains et se doucha de la tête aux pieds, effaça au gant de crin le souvenir de Cybèle, songeant à la souplesse de ses gestes, à la dextérité de ses mains, à sa bouche. Lorsqu'il se glissa sous les draps, pour ne rien changer aux habitudes ni rien laisser paraître, il prit soin de ménager un espace de dix centimètres entre Marie-Anne et lui. Allongée sur le côté, sa femme tournait le visage vers la fenêtre.

— Tu rentres tard… bredouilla-t-elle dans l'oreiller.

— Le dîner n'en finissait pas.

— Quelle heure est-il ?

— Presque une heure… Rendors-toi.

Il déposa un baiser sur sa nuque. Elle pivota alors vers lui avec mollesse.

— Bernard ?

Sa voix était imprégnée de sommeil.

— Quoi ?

Dans la pénombre de la chambre, sans ses lunettes, il devina qu'elle le regardait.

— … Non. Rien.

Il lui caressa tendrement l'épaule et s'endormit.

La première chose qu'elle vit à son réveil fut la figure de Thierry penchée sur elle. Lui, jadis si beau, devenait terne et gris en comparaison de ses couleurs tant elles clamaient son bien-être et son épanouissement. Cette transformation physique et mentale dressait au-dessus de lui une ombre, aspirait sa force vitale, faisait pencher la balance dans l'autre sens. Thierry avait besoin du malheur de sa sœur pour se maintenir à flot, exister.

— Qu'est-ce que tu fous là, frangine ?

En rentrant hier soir, Laurence s'était effondrée sur le canapé avec ses bottines. Le soleil perçait derrière le rideau ajouré de la baie vitrée.

— C'est quoi, ça ?

Son frère désignait la boîte de cirage renversée sur le tapis du salon. Laurence se souvenait d'être allée la chercher dans le placard afin d'y ranger les 300 euros du Dr Bashert. Elle avait ensuite avalé un cachet d'antalgique codéiné, espérant calmer la migraine causée par l'absorption d'alcool avant de s'affaler devant un épisode de *New York, Unité spéciale*. Elle avait dû s'assoupir, la boîte sur les genoux.

— Il est à toi, tout ce fric ?

Les billets s'étaient éparpillés dans la pièce. Laurence se laissa glisser sur le tapis et les ramassa un par un. Des remontées acides lui brûlaient l'œsophage.

— … Alors ?

— Quoi ?

— Comment tu l'as eu, ce pognon ?

— C'est mes pourboires.

— Y a pas de pourboire dans ton casino.

— … De toute façon, ça ne te regarde pas.

La respiration éraflée de son frère se confondait avec le ronronnement strident du poste électrique dehors. Quelque chose lui picotait la nuque – Thierry devait pencher sur elle cette barbe d'ermite qui désormais dévorait ses joues. Il renifla.

— Tu sens bizarre… T'as couché avec un mec ?

— Fous-moi la paix.

— Ne me dis pas que…

Il n'alla pas au bout de sa phrase. Laurence fourrait les billets dans la boîte, retenant l'exaspération qui montait en elle.

— … C'est l'autre fille qui t'a mis ça en tête ? reprit-il. Celle qui est venue ici ?

Ses genoux s'enfonçaient dans le tapis comme dans des sables mouvants. Tout s'embrouillait.

— … C'est pour ça que tu m'évites, ces derniers temps ?… Bah, réponds !

Elle lança à son frère un regard noir.

— Je couche avec qui je veux, ça ne te regarde pas.

— Si, ça me regarde ! répondit-il, furieux. Tu crois vraiment que ça me plaît de savoir que ma sœur fait la pute sur Internet ?

— Et moi ? Tu crois que ça me rend heureuse de te savoir toujours tout seul ici, sans personne à tes côtés ? La dernière fois que je t'ai vu embrasser une fille, c'était au collège !

Des grains de poussière s'agitaient en tout point de la pièce dans les rais de lumière.

— C'est l'hôpital qui se moque de la charité, lâcha Thierry d'un ton sarcastique. Même avec ton physique à la Charlize

Theron, t'es pas foutue de te faire un mec sans passer par les petites annonces.

Derrière la remarque de son frère, Laurence crut entendre une sorte de compliment : la dernière fois qu'il l'avait comparée à une vedette de cinéma, c'était à un homme. La vieille chatte lui apparut subitement, se faufilant entre la table basse et le fauteuil, à la poursuite d'un billet qui voletait au-dessus de son museau.

— ... Vu tout ce qu'on doit débourser tous les mois pour maman, tu crois que tu m'as laissé le choix ?... justifia-t-elle.

Elle perçut un long soupir suivi d'un ricanement.

— Parce que ça va être ma faute, maintenant ? C'est la meilleure ! Personne ici ne t'a jamais rien demandé.

Les billets se froissaient sous ses doigts avec un bruit sec.

— ... Et tu es bien placé pour savoir que, si je suis encore ici, c'est uniquement à cause de toi, boulet !

Laurence sentait la faim et la soif lui chavirer le cœur. Son frère lui mettait la tête à l'envers.

— ... Tu t'accroches à moi comme une sangsue. Parce que, toute seule, tu tiendrais pas cinq minutes : tu deviendrais aussi cinglée que maman !

Son dos voûté. Sa maigreur. Sa déchéance. Sa voix rêche. Son fumet de naufragé. Elle ne le supportait plus.

— Fous le camp, murmura-t-elle entre ses dents.

Laurence se redressa.

— ... DÉGAGE DE MA VIE, ESPÈCE DE MINABLE !

Elle entrevit alors comme un pli entre Thierry et ce qu'elle devinait autour d'elle, un décalage infime entre ses pensées et le réel. Une porte claqua dans le couloir. Prise de vertiges, la chatte sur ses pas, Laurence chancela jusqu'à la cuisine et s'y enferma. Elle ouvrit la fenêtre pour en chasser l'odeur désagréable et constata que la moustiquaire était tapissée de moucherons provenant de l'intérieur. Elle avala doucement quelques gorgées d'eau et attendit cinq minutes avant de manger une tranche de pain de mie pour éviter le trop-plein dans l'estomac. À travers les maillages étroits du grillage, elle observa les oiseaux s'aligner en escadrons sur les câbles électriques, parés pour la grande migration. Laurence reçut le frôlement d'une queue sur ses mollets – la chatte réclamait son repas.

— Attends, minette…

Elle mit la radio, attrapa la boîte de croquettes dans le placard. Une mélodie au piano lui rappela l'époque où elle déchiffrait Bach et Chopin pendant que ses parents s'insultaient dans leur chambre… Thierry racontait n'importe quoi. Elle ne le retenait ici en aucune façon. Elle le protégeait plutôt contre son inexorable déchéance, son exil. Elle prit une assiette creuse et un bol sur l'égouttoir. La chatte lui chatouillait les jambes avec impatience.

— Ça vient, ça vient…

Quand elle s'organisait bien, la solitude ne lui pesait pas du tout. D'autant qu'elle était très occupée, à présent, entre son travail, ses rendez-vous, la salle de sport, les boutiques où elle cherchait des tenues sexy, le coiffeur et l'esthéticienne. Elle versa les croquettes dans l'assiette et du lait coupé d'eau dans le bol. Le petit miaulement rauque de la chatte se confondait avec le couinement d'un battant de fenêtre.

— Oui, ma belle. Tu as faim, je sais.

Son frère, ce lambeau de famille auquel elle se raccrochait par dépit… Ce serait elle qui partirait bientôt d'ici, quitte à lui payer une bonne. Elle s'était assez sacrifiée pour lui, toutes ces années, et ne demeurerait pas captive de son aigreur. Thierry avait droit à une aide à domicile. Il suffisait qu'il se décide à remplir un dossier pour faire une demande d'allocation – encore fallait-il qu'il accepte de reconnaître son handicap… Elle se saisit du bol et de l'assiette et alla vers la feuille de papier journal posée sur le carrelage près de la poubelle, là où la chatte prenait son repas. Quoi qu'il en soit, encore un ou deux ans, et elle aurait assez d'argent pour quitter la France, s'envoler pour Madagascar y retrouver son père. Là-bas, en ce lieu paradisiaque serti de récifs, de forêts tropicales peuplées de baobabs, de palais et de lémuriens, le soleil et la mer effleureraient sa vie, la rendraient plus légère encore… Laurence s'immobilisa soudain.

Un bol et une assiette se trouvaient déjà sur le papier journal.

— Thierry, c'est toi qui as donné à manger à la minette ? demanda-t-elle à voix haute.

En y regardant de plus près, elle s'aperçut que le lait dans le bol était caillé, couvert de moucherons, et les croquettes moisies, malodorantes. La chatte n'avait touché à rien. Et ça ne datait pas d'hier.

— Minette ?

Laurence se tourna légèrement, embrassant la pièce du regard.

Nul animal dans la cuisine. Elle était seule.

Ce qui se passait échappait à toute logique.

Son visage perdit le peu de couleurs qui lui restaient lorsqu'elle sentit quelque chose lui chatouiller le mollet. Elle pivota sur ses talons : accroché à la poignée d'un tiroir, le torchon de vaisselle battait dans le courant d'air.

Au fond du jardin existe un petit tas de pierres où les herbes ont poussé. Là où toi et moi lui avions creusé une tombe, ravalant nos sanglots. Électrocutée après être grimpée trop haut sur le pylône. La chatte avait un an de plus que moi.

Je retourne au pavillon en titubant.

Me sers un verre de vin, en renverse sur la nappe cirée.

Je frappe à ta porte, glisse des mots par-dessous – besoin de parler.

Tu fais le mort.

Bang ! Un oiseau se brise le cou contre la vitre du salon.

Une goutte de sang perle à son bec.

Le grondement des câbles électriques sur ma tête.

Je deviens dingue.

_Il faut que je te revoie. Vite. La journée, ce serait mieux. Entre midi et deux, tu pourrais ?
Rambler18

_Combien es-tu prêt à miser, cette fois ?
Cybèle21

_Le max.
Rambler18

Il redoutait le dimanche et ses interminables repas de famille.

Il exécrait les grandes tablées bruyantes.

Et ça allait de mal en pis avec l'âge.

— Papa, tu me passes l'eau, s'il te plaît ?

Camille ayant débarqué de Londres avec une Anglaise aux cheveux rouges pour passer le week-end à la maison, Marie-Anne avait profité de l'occasion pour convoquer frère et neveux, deux magnifiques garçons aussi arrogants que leur père dont l'un venait d'intégrer l'ENA et l'autre Sciences Po à Lyon. Même les beaux-parents étaient de la partie. Un cauchemar en audiovision.

— Alors, Bernard, et ces travaux d'aménagement ? Les architectes et les entreprises livrent une sacrée bataille judiciaire à la société Caleden[12], à ce qu'en disent les journaux.

Un soleil d'automne s'invitait dans la salle à manger, marquait de sa clarté les lunettes du Dr Bashert et les verres en cristal sur la table. Des rires vaporeux tournoyaient autour des bouquets de fleurs au doux parfum de rose dont s'ornementait une nappe en voile de coton brodée d'arabesques.

— Qui a regardé le match d'ouverture de la Coupe du monde de rugby ?

— Camille, et si tu nous parlais un peu de Maureen ?… Je suis curieuse de savoir comment vous vous êtes rencontrées, toutes les deux.

— C'est où cette année ? En Écosse ?

— Mais non, papi, c'est en Nouvelle-Zélande !

— On a fait connaissance dans un Starbucks, à Tavistock Square. C'est à deux pas de l'université.

— La polémique sur la participation des îles Fidji, tu en penses quoi, Serge ?

— Le sport et les droits de l'homme, ça n'a jamais fait très bon ménage.

— On est super complémentaires, en fait…

Des conversations germaient à droite, à gauche. Le Dr Bashert évitait soigneusement de s'y aventurer, répondant *C'est possible* ou bien *Tout porte à le croire* avec un poli désenchantement. Il reposait à l'intérieur de lui-même, bercé par son propre ennui, peu téméraire face à cette nuée de bavardages fébriles et dépourvus d'intérêt. Il se nourrissait sans appétit, comptant les jours et les heures qui le séparaient de son prochain rendez-vous avec sa reine aux yeux verts. Il pouvait se l'avouer sans honte : depuis leur deuxième cinq-à-sept, il se traînait derrière Cybèle tel un animal domestique dans le sillage de ses pas. Elle si douce lorsque l'instant du jour devenait pour eux une nuit. Il voyait ses paupières à demi closes, son épaule endormie, sa chevelure défaite pour mieux guider ses baisers, ses mains intrépides, ses pommettes vermeilles, ses fesses vertueuses. Il était pris et repris à son gentil piège et n'attendait que d'y retomber, les yeux fermés, pour livrer bataille.

— N'est-ce pas, Bernard ?

— … C'est possible.

Elle l'attendrait elle aussi, plus dure peut-être et moins indulgente, maîtresse impatiente de voir progresser l'élève… En lui se diffusait une chaleur dont il lui devenait douloureux de cacher l'origine. Et il s'interrogeait sans fin sur cet aveuglement dont il avait fait preuve durant cette année écoulée, face à cette femme et son incroyable mutation physique ; une croupière qu'il regardait de si loin au point de l'effacer derrière la table, tellement fasciné par ses mains et ce qu'elles infligeaient à sa bourse.

— Ah bon ?... Toi aussi tu penses que c'est une bonne chose qu'il se présente ?

— Tonton n'a pas entendu la question, je crois...

Il releva le nez de son assiette. Tout le monde l'observait.

— À quel propos ?

— Effectivement, tu ne m'écoutais pas, constata son beau-père.

Bernard reposa ses couverts d'un geste maladroit. Camille le fixait, vaguement inquiète.

— Ça va, papa ?

— Ce qu'on raconte sur l'avenir du Parti socialiste ne le passionne guère, commenta Marie-Anne.

— Pas du tout... J'étais dans mes pensées, se justifia-t-il.

Sa femme haussa les épaules et se leva pour emporter le saladier vide à la cuisine en lançant un *Je suppose que tout le monde veut du fromage ?* qui n'appela pas de contestation.

L'après-midi menaçait de se dérouler à l'identique ; les heures passeraient avec cette même discipline que les plats : café, alcools forts et petits-fours précéderaient une promenade digestive au cours de laquelle sa femme s'accrocherait à son bras sans un mot durant les deux cents premiers mètres, puis sa fille viendrait prendre la relève, se mordillant les lèvres pour ne pas lui dire tout de suite qu'elle aurait bien besoin d'une petite rallonge financière – *Je t'en parlerai ce soir quand maman sera couchée* –, et il se retrouverait seul, loin devant sur le chemin, s'entendant dire en canon *Bernard, va moins vite, c'est pas une rando !* Lui qui admirait l'ordre des choses, il serait servi. Mais la présence de Maureen, l'Anglaise à cheveux rouges et piercings, dont le style indéniablement gothique ne semblait troubler aucun des membres de sa belle-famille catholique et pratiquante, occasionnerait un bouleversement non sans conséquence sur le climat de sa journée.

— Allez, papa, viens t'asseoir avec nous !

Camille avait réuni tout le monde au salon autour de la table ronde, débarrassé tasses et verres à liqueur, posé au centre une bougie et demandé à ses cousins de tirer les rideaux aux fenêtres. Droite dans son fauteuil, la peau blafarde comme un sachet en plastique recyclé, arborant une veste officier au plastron de velours noir assortie à la cape qu'elle portait à son arrivée, trônait Maureen.

— Elle devine des trucs incroyables, assura Camille, électrisée.

La miss se faisait fort de percevoir des informations relatives à leur passé ou à leur avenir chez toutes les personnes particulièrement réceptives.

— Comment fait-elle ça ?

— Par perception extrasensorielle, mamie.

La question avait été de savoir qui serait le premier cobaye. Michel s'était porté volontaire. Maureen avait alors requis le plus grand silence, et demandé au beau-frère de Bernard de lui confier sa main gauche.

— *Look at me*, Michel.

Il s'était exécuté, retenant un fou rire. Puis, après deux longues minutes, Maureen s'était tournée vers Camille pour lui chuchoter quelque chose à l'oreille, et Camille, interloquée, s'était empressée de le répéter d'une voix tranchante.

— Elle a vu des feuilles mortes voler derrière une ambulance sur une route de campagne un jour d'orage.

Michel avait blêmi.

— J'ai eu un accident de la route de Saint-Flour il y a quatre ans. Une voiture qui venait en sens inverse a failli me rentrer dedans. J'ai cru que j'allais y passer… Il pleuvait des cordes.

Après cela, l'ambiance ne fut plus tout à fait la même. Chacun voulut passer au détecteur extrasensoriel. Les visions de Maureen se révélèrent un brin mystérieuses et embarrassantes. Pour le beau-père de Bernard, à cet égard, elle reçut l'image mentale d'une *rencontre des plus heureuses dans un futur proche avec une femme en robe noire tenant un éventail.* Mamie, pour couper court à toute spéculation, se dépêcha d'associer cette vision à leur projet de voyage en Espagne à la Toussaint. Pas dupe – Camille avait sans doute communiqué assez d'informations à sa copine sur toute la famille pour qu'elle donne ce rafraîchissant spectacle –, Bernard attendait qu'on en finisse avec cette mascarade. Cependant, la vision que l'Anglaise associa à Marie-Anne le mit assez mal à l'aise.

— Alors, maman, Maureen te voit ranger des objets dans des cartons qui s'empilent partout autour de toi.

Assis à côté de son épouse, Bernard lui jeta un regard faussement complice.

— Je ne savais pas que tu avais l'intention de déménager.

— Je viens de l'apprendre, répondit-elle sur le même ton.

Enfin, ce fut à lui de tendre à l'Anglaise sa main gauche. Les siennes étaient moites et glacées. Après quelques secondes, il sentit une décharge électrique lui chatouiller la paume et Maureen surprit tout le monde d'un petit sursaut.

— *Gosh !* s'écria-t-elle.

Relâchant la main de Bernard comme si ses doigts brûlaient, elle se tourna vers Camille. Toutes deux échangèrent à voix basse en anglais, puis Maureen hocha la tête avant d'articuler en français avec un fort accent :

— Je vois une eau chaude, partout autour de Bernard. Beaucoup d'eau chaude.

Ce qui fit bien sourire tout le monde, y compris le médecin thermal. Alors Maureen souffla la flamme de la bougie, signifiant la fin de la séance.

On servit une deuxième tournée de digestifs, les jeunes sortirent fumer dans le jardin avec Michel, le grand-père de Camille s'endormit sur le canapé, les femmes se replièrent en cuisine et Bernard s'éclipsa dans son bureau. Mais le cœur tremblant, prenant place sur son fauteuil, il ne put chasser de son esprit cet instant où, de sa main, avait jailli comme une étincelle capable d'allumer aux yeux d'une jeune fille un tel regard d'épouvante.

Elle était pâle de sa dernière nuit d'insomnie. Laurence avait bu plus que de raison et ne gardait aucun souvenir de ce qu'elle avait fait entre trois heures et dix heures du matin à son retour du casino. Elle s'était réveillée dans un état second avec juste assez d'énergie pour s'habiller, avaler un petit déjeuner sur le pouce et grimper dans sa Twingo. Après sa dose d'endorphine quotidienne – une heure de course sur le tapis de la salle de sport –, elle se sentait de nouveau opérationnelle. Un client s'était ajouté à son planning du dimanche. Vers midi, elle le retrouvait dans une chambre d'hôtel, le chevauchait et empochait 150 euros. À treize heures, elle filait sur la route en direction de Villefranche-de-Rouergue. L'absence de communication avec son frère lui tapait sur le système. Depuis sept jours, il ne se manifestait plus en sa présence. Arrêter le sucre, le lait et les boissons gazeuses n'avait pas posé trop de problèmes. Ce sevrage-là était de tous le plus brutal.

— Entre, Laurence… J'attends ma fille d'un instant à l'autre.

Le visage de Mme Graissac avait perdu de sa chair et l'iris de ses yeux, d'un bleu de neige, lui parut étrangement cristallin.

— C'est moi ta fille, maman.

— Vous vous ressemblez beaucoup, mais tout de même : je sais faire la différence entre ma fille et ma sœur !

Laurence ne se sentait pas d'humeur à batailler un quart d'heure sur le palier pour convaincre sa mère de son erreur. Depuis sa précédente visite en juin, elle avait encore perdu du poids, affiné sa silhouette, passant sous la barre des soixante-dix kilos. De quoi semer la confusion dans l'esprit déjà perturbé de la pauvre femme : Laurence collait singulièrement à la photographie sous cadre, accrochée au-dessus de son piano d'étude, sur laquelle Laurence – *la vraie*, dont elle partageait l'anniversaire et le prénom – tenait sur ses genoux un petit chien aux yeux tristes.

— Si tu le dis, lâcha-t-elle.

Elle embrassa tendrement sa mère, puis vint s'asseoir sur la chaise qu'elle lui indiquait, sous la fenêtre du living.

— Tu veux manger quelque chose ? J'ai des sablés, ils sont faits maison…

— Je n'ai pas faim, merci.

Le sachet de thé mis dans la théière dégageait un agréable parfum de menthe. Un peu partout dans la pièce, des boutures juste écloses tendaient leurs tiges vers la lumière avec l'espoir de croître sans limites. Les murs du living d'un gris pastel et la peinture lilas des boiseries s'accordaient aux couleurs de la vieillesse et aux berlingots rayés de l'enfance.

— À présent, l'horticulture est devenue ma vraie passion. Il faut dire que François, notre jardinier du dimanche, vaut à lui seul le détour. Regarde comme il est bel homme…

Mme Graissac se pencha à la fenêtre, repoussa le rideau et indiqua à sa fille un homme dans les quatre-vingts ans ayant la fière allure d'un gentleman écossais, la moustache en fer à cheval et le crâne bordé d'un feston de cheveux blancs, occupé à bêcher un parterre de fleurs dans le parc. Elle lui adressa un petit signe de la main auquel il répondit de la même façon.

— Beau spécimen, n'est-ce pas ? Un peu trop vieux pour moi, mais il est un des rares ici à ne pas mettre des couches antifuite, précisa Mme Graissac, laissant retomber le rideau.

Tout en servant le thé, elle dit à sa visiteuse combien elle était heureuse de la voir : cela faisait si longtemps qu'elles ne s'étaient parlé, elle et *sa sœur*.

— Je n'arrive pas à me souvenir… La dernière fois, c'était quand ?

— Avant ma naissance, maman.

— Pardon ?

— Rien, soupira Laurence.

Mme Graissac plaqua les mains sur ses cheveux pour les lisser et sourit à sa fille ; une fente pathétique figeait son visage. La chute était longue et lente. Elle dépérissait de l'intérieur, enchaînait les anecdotes dans un joyeux foutoir, riant à l'extérieur de cette bonne blague faite à son existence.

— Tu te souviens comme on était complices, toutes les deux ? Et de ce jour où en rentrant d'une promenade tu as voulu lécher l'eau d'une fontaine qui avait gelé tellement tu avais soif… ? Ta langue était restée collée, tu te rappelles ?… Mais je ne t'ai même pas proposé quelque chose à grignoter ! J'ai fait des sablés…

Laurence remarqua le soin que sa mère mettait à s'habiller, à rester jolie, à laquer sa bouche et ses ongles. Sur sa poitrine cascadait un collier de petites perles émeraude. Elle était née de ce sein, fruit d'un amour et d'un lointain déchirement. Une main se posa sur son bras.

— Ça n'a pas toujours été rose, à la maison, n'est-ce pas, Lolotte ?

Le cerveau de sa mère se reconnectait un instant au réel. Il semblait à Laurence qu'une immense roulette y tournait sans cesse, s'arrêtant sur telle ou telle case, où le noir et le rouge se disputaient son humeur et ses souvenirs. Qu'en était-il de sa propre cervelle ? Combien de temps saurait-elle retenir les coups joués sur le tapis de sa vie, pallier les désordres de sa conscience, voir une chatte morte depuis vingt ans promener sa croupe dans le salon ?

— Maman, est-ce que tu crois que les champs électromagnétiques du poste électrique près de la maison pourraient avoir des incidences sur notre santé ?

— Ton père l'a toujours pensé. Mais franchement, ça se saurait si les câbles électriques à haute tension rendaient les gens fous.

— Ils perturbent bien les oiseaux…

Mme Graissac fit glisser vers elle une tasse de thé.

— Les oiseaux n'ont pas le même métabolisme, Lolotte. Ils sont plus sensibles que nous aux champs magnétiques… Du sucre, avec ton thé ?

— Non merci.

— … Tu ressembles beaucoup à ma sœur aînée maintenant que tu as minci, tu sais ? Laurence avait la beauté, l'intelligence, la grâce… C'est *l'autre* qui l'a foutue en l'air.

Laurence manqua se brûler les lèvres au bord de la tasse.

— Il n'est pas assez infusé ? s'inquiéta sa mère.

— Si, si… De… De qui tu parles ?

— De ton grand-père, voyons. Heureusement, ni toi ni ton frère ne l'avez jamais connu.

Le regard de Mme Graissac se fixa dans les yeux de sa fille. Sa bouche se tordit avec tristesse.

— S'il ne lui avait pas fait vivre ces choses horribles, ma sœur n'aurait pas mis fin à ses jours.

— Elle s'est suicidée ? s'étonna Laurence. Tu as toujours dit qu'elle était morte d'une pneumonie…

— Ta grand-mère ne voulait pas que ça se sache.

— Et comment est-ce qu'elle… ?

Mme Graissac battit des cils, fouettant sa mémoire.

— Je crois que c'est maman qui l'a trouvée dans la cuisine un matin. Elle s'est ouvert les veines avec un couteau.

Une image traversa l'esprit de Laurence comme une épée : le souvenir de sa mère debout près de l'évier, au milieu de la nuit, tenant un grand couteau avec un manche en bois... La lumière du jour prenait une teinte métallique au travers des rideaux. Quelque chose harponnait le passé, remontait quelques fragments, des non-dits sur lesquels poussent les petites filles.

— ... Lui, c'était un mauvais homme, poursuivit Mme Graissac en levant le menton pour désigner un spectre invisible devant elle. Un rapace. Il a bousillé ma sœur. Et maman n'a rien vu... ou voulu voir. Quand Laurence est tombée enceinte, elle l'a traitée comme une prostituée. Elle n'a jamais été capable d'entendre la vérité. Elle disait que ma sœur avait le vice dans le sang.

À ces mots, Laurence tiqua.

— Ce n'est pas ce que mamie disait aussi à propos de moi ?

— Oui, acquiesça-t-elle d'un air sombre... *Le vice dans le sang, comme son père...*

Puis elle ajouta, baissant les yeux :

— Ton papa t'a fait tant de mal, Lolotte.

— ... Papa ?

Mme Graissac tourna son visage vers la fenêtre, emplissant ses yeux d'une faible clarté.

— Au fond, ton père et toi avez peut-être raison : ces ondes au-dessus de nos têtes, pendant toutes ces années, ont peut-être déglingué nos cerveaux... Ouais... Ce n'est pas joli-joli tout ça, soupira-t-elle.

— Qu'est-ce qui n'est pas *joli-joli* ?

— Eh bien, tout ce qui s'est passé avec ton père... enfin... L'enfant que tu as eu avec lui.

Laurence sentait une fois de plus ses nerfs mis à rude épreuve. Dans la triste tête de sa mère, l'aiguille d'une machine à coudre prise de folie raccommodait les morceaux de sa vie passée en dépit du bon sens.

— Si tu pouvais ne pas recommencer avec ça, maman…

— Quand on pense que le pauvre bébé était mort-né, s'obstina-t-elle, soufflant sur le liquide brûlant dans sa tasse.

— Arrête avec cette histoire. C'est abominable et absurde !

— Je sais ce que je dis.

— Mais papa ne m'a jamais…

Laurence s'interrompit comme si soudain s'affichait devant elle une flèche indiquant la sortie d'un labyrinthe.

Tout s'éclairait.

Et de la plus macabre façon.

Dans l'esprit de Mme Graissac, Laurence *était* Laurence.

Plus qu'un prénom, en elle était inscrite la souillure de l'autre. Elle retira son bras, dévisagea sa mère, ce mélange de tendresse et d'insensibilité.

— Qu'est-ce qu'il y a, Lolotte ?

Cette femme l'agitait au bout d'un bâton telle une marionnette depuis sa naissance, lui donnait à épouser l'âme d'une défunte. L'ivresse de sa folie en révélait la véritable figure, dédale de sillons et de rancœur.

— À travers moi, ce n'est pas papa que tu as voulu punir, mais ton père, murmura Laurence.

Sans l'entendre, Mme Graissac aspirait son thé par petites gorgées.

— Je ne pardonnerai jamais à David et je m'en veux de ne pas avoir vu plus tôt ce qui se tramait dans la chambre de mes enfants. Je l'ai compris trop tard.

Elle reposa sa tasse.

— … C'est malheureux à dire, mais on ne fait que reproduire l'histoire…

Reproduire l'histoire. Cette vérité depuis trop longtemps fanée.

— Tu as faim, Lolotte ? Tu veux grignoter quelque chose avec ton thé ?

Tout engourdie, le sang pulsant à tout rompre dans ses veines, Laurence se leva. Elle alla à la fenêtre contempler ce ciel privé de nuages, ce jardin renaissant en chaque fleur, en chaque main bêchant sa terre, donnant au vieil homme qui pour lui se courbe tant de bonheur…

— Papa ne m'a jamais fait de mal. Il était tendre avec moi, comme n'importe quel père. Et il t'aimait.

— Ton père aimait surtout le cul d'une autre, lâcha sa mère avec aigreur.

— Tu as tout fait pour le détruire.

— On dirait que tu prends sa défense, maintenant.

— Et tu t'es servie de moi.

— Qu'est-ce que tu racontes ?! Allons, allons ! Assieds-toi. Tu as faim ? J'ai des sablés, sourit Mme Graissac.

Laurence remettait son blouson.

— Qu'est-ce que tu fais ?… Tu t'en vas ? Déjà ? Mais on n'a même pas parlé de Thierry…

Pousser plus loin l'exploration de cette alcôve sordide était au-dessus de ses forces.

— Laurence ?… Laurence !

Ignorant qui, de la sœur ou de la fille, sa mère regrettait le départ anticipé, elle sortit sans refermer la porte.

Cela aurait été inutile.

Le passé de cette femme qui l'avait si patiemment engraissée de ses névroses ne cesserait jamais de la hanter.

À quinze heures, la petite bande au complet descendait le sentier non loin de la maison pour la promenade dominicale. Ce n'est pas Marie-Anne qui s'accrocha d'abord au bras de son mari, mais Camille, le nez rougi par un vent vigoureux.

— Ça va, papa ?

— Oui, très bien. Et toi ?

Elle renifla. Ses lèvres étaient un peu gercées, mais infiniment rondes et enfantines.

— Je crois que j'ai trop mangé...

— La tarte aux pommes et caramel de ta mère est toujours mortelle.

— Oui... J'avais oublié qu'elle mettait du cantal dedans.

Tous deux sourirent. Les chaussures de marche du Dr Bashert accrochaient la terre molle et détrempée par la pluie.

— Vous nous avez donné un sacré numéro, avec ta copine.

— Maureen est incroyable. Elle fait gober n'importe quoi à n'importe qui.

— Tu l'as un peu aidée, non ?

Camille jubilait, assurant à son père qu'elle lui avait seulement raconté deux ou trois bricoles sur sa famille.

— En revanche, je ne sais pas où elle est allée chercher cette histoire de cartons, pour maman. Ça lui vient comme ça… Elle a hérité d'un don. Sa grand-mère avait le même. Et aussi son arrière-arrière-grand-mère. Il paraît que ça saute une génération.

— Ton Anglaise prépare aussi des décoctions pour apprendre plus vite les cours et pratique l'envoûtement sur les profs ?

— C'est pas une sorcière !

Camille émit un gloussement délicat au trait d'humour de son papa, puis, baissant la tête, regarda ses bottes s'enfoncer dans la gadoue.

— Bon, mais toi, tu es sûr que tout va bien à ton travail ?

— Oui. Pourquoi ?

— Et… avec maman, vous ne vous prenez pas trop la tête ?

— Pas du tout.

Camille cachait derrière son sourire une inquiétude dont elle n'était pas coutumière.

— Tu n'as pas… de mauvaises fréquentations, j'espère, lâcha-t-elle du bout des lèvres.

Il se gratta sous le menton.

— … C'est quoi, ces questions ?

Sa fille parut embarrassée.

— Rien.

— Camille…

— Rien, je te dis.

Le Dr Bashert ralentit la cadence de son pas.

— OK, grimaça-t-il. Je vais te dire, moi, la vision que j'ai eue quand ta copine m'a passé au scanner : j'ai vu une fille terrorisée comme si je la menaçais avec un couteau à découper le gigot.

Camille releva les yeux sur lui.

— Ah bon ?

— Alors, qu'est-ce qu'elle t'a dit sur moi ?

Il fronçait les sourcils, placide mais déterminé. Elle s'accrocha plus fort à son bras avant de lui murmurer quelques mots à l'oreille. La réaction de son père ne se fit pas attendre. Il pila net.

— Ne me dis pas que tu crois à ces conneries !

— Mais papa…

— Je ne veux plus entendre parler de ça, compris ? s'énerva-t-il. D'ailleurs, la comédie que vous nous avez jouée avec ton Anglaise était un peu limite !

Le visage de Camille se décomposa.

— D'accord… D'accord.

Elle le laissa reprendre seul sa marche, avant de revenir vers lui en trois enjambées.

— Attends !

— Quoi encore ?

Elle tira d'une de ses poches son iPhone et fit glisser son majeur sur l'écran. Bernard nota que ses ongles étaient vernis d'un bleu nuit pailleté identique à celui de miss gothique.

— … Je voudrais juste que tu regardes ça… C'est Maureen qui l'a dessinée… S'il te plaît.

Elle lui mit sous le nez la photographie d'un croquis : on y reconnaissait le visage de Camille en version manga, avec un cœur juste en dessous.

— Ta copine est douée pour le dessin, et alors ?

— Elle l'a fait quelques minutes avant qu'on se rencontre pour la première fois au Starbucks.

Bernard haussa les épaules.

— Elle t'avait peut-être déjà remarquée ou croisée sur le campus.

Camille réfléchit un instant, moyennement convaincue.

— Peut-être.

Elle remit son appareil dans sa poche.

— … Sois quand même prudent, papa.

Bernard regarda sa fille rejoindre son amie qui marchait à une vingtaine de mètres derrière au milieu du gros de la troupe, puis, discrètement, lui prendre la main. En cet instant, il ne sut dire ce qui le perturbait le plus : l'idée que Camille venait de lui avouer son orientation sexuelle ou qu'une arrière-arrière-petite-fille d'ensorceleuse l'avait vu flotter dans un bassin rempli d'une eau écarlate.

Elle se laissa guider par la route jusqu'à Chaudes-Aigues, emportée par le flot des véhicules. Un sentiment mortifère irriguait ses veines. À ses épaules, son blouson pesait plus lourd que du plomb.

Vers dix-huit heures, elle garait sa voiture dans l'allée devant le pavillon. Le lampadaire au coin de la rue ne fonctionnait pas. Balayé par le vent, l'endroit lui parut plus lugubre que jamais dans le crépuscule. En montant les marches du perron, elle s'aperçut que le rideau extérieur de la baie vitrée du salon était à moitié relevé. La maison semblait plongée dans le noir. La porte d'entrée n'était pas verrouillée. Une odeur de plastique brûlé lui sauta à la gorge lorsqu'elle l'ouvrit. Il y eut un bruit de verre brisé, puis comme un objet qui tombe sur le sol. Cela provenait du salon.

— Thierry ?

Le couloir était trop sombre pour que Laurence y distingue quoi que ce soit. Un bruissement pareil à une multitude de chuchotements assaillait ses oreilles. Ses doigts rencontrèrent l'interrupteur sur le mur, et le plafonnier répandit sa sinistre lueur. Au fond du couloir, poussée par un courant d'air, la porte du placard à chaussures battait dans le vide.

— Thierry, tu es là ?

Laurence fit quelques pas jusqu'au salon sur sa gauche. Ce qu'elle vit alors la glaça. Le sol de la pièce était jonché de bris de verre. Un extincteur avait explosé l'écran de télévision. Un amas de livres, de CD, d'albums photo et d'objets hétéroclites carbonisés en occupait le centre. Un feu avait été allumé avant d'être aspergé de poudre anti-incendie. Le plafond, noirci, gardait la trace de la fureur des flammes. Un battant de la porte-fenêtre tapait contre le lampadaire halogène tombé par terre, lequel, dans sa chute, avait brisé la vitrine où Laurence exposait ses coupes et médailles. Quelqu'un avait saccagé sa maison.

Garder le contrôle.

Elle plongea une main dans son sac pour y saisir la bombe lacrymogène achetée après son agression et retourna dans le couloir.

— Thierry, réponds-moi !

Elle avança prudemment jusqu'à sa chambre et poussa la porte. Il lui sembla qu'une tornade avait arraché les affiches de groupes de hard rock punaisées aux murs et débarrassé le bureau de son frère du foutoir habituel qu'il y entassait, emportant console de jeu et ordinateur. La penderie était vide. Tiroirs et cintres en avaient été retirés et jetés sur le parquet, où un cendrier déversait son lot de mégots. Seul le lit impeccablement fait semblait avoir échappé au saccage. Laurence s'y laissa choir un instant pour reprendre ses esprits, calmer sa peur.

Thierry était parti.

Avec rage et colère.

Il avait choisi son jour pour s'évaporer à grand fracas, embarquant son barda, détruisant tout ce qui le liait à sa sœur.

Ses mains tremblaient tant que Laurence eut grand-peine à déboucher une bouteille de vin. Elle se savait seule responsable. Thierry n'avait fait qu'obéir à son désir. Son départ était un choc d'une brutalité inouïe. Plus que la perte de sa présence, l'angoisse de ne pas savoir où il se trouvait la terrifiait. Avait-il noué des connaissances sur le Net et rencontré une âme charitable pour l'héberger ? Avec son handicap, il ne pouvait aller très loin sans l'aide de quelqu'un... Elle consulta le journal des appels passés sur le téléphone fixe : son frère n'avait donné aucun coup de fil au cours des sept derniers jours et l'historique de l'appareil n'allait pas au-delà. Thierry n'ayant pas eu le temps ou le courage de vandaliser aussi la chambre de sa sœur, elle décida de se connecter à son profil sur Vivastreet depuis son ordinateur. *FrenchCoyote15* avait été retiré du site. Son frère avait travaillé à son propre effacement. L'idée qu'il ait volontairement coupé les ponts d'une aussi radicale manière lui nouait les entrailles. Père et frère, ces déserteurs, chacun leur tour, s'étaient détachés d'elle comme des rochers de la falaise pour lui tomber ensuite sur la tête.

Laurence débarrassa grossièrement le salon. Parmi le fatras d'objets partiellement carbonisés, elle trouva la boîte de cirage en fer-blanc et, à l'intérieur, 4 000 euros en billets de banque calcinés. Elle fourra tout ce qu'elle put dans des sacs en plastique qu'elle entassa sur la terrasse, puis s'enferma dans la salle de bains pour se laver, ôter l'odeur de brûlé dont sa peau et ses cheveux étaient imprégnés.

Elle ne vit l'inscription sur le miroir qu'en sortant de la douche.

Deux mots, écrits en lettres majuscules à l'aide d'un bâton de rouge à lèvres.

VA SUCER

La disparition de Thierry était le juste retour de flamme d'un incendie qu'elle avait elle-même allumé.

_C'était bon ce midi. Tu sais y faire. On remet ça pareil ? Mardi ?
JeanMicheldu15

_Cybèle. C'est fou. Je pense à toi tout le temps. À chaque minute qui passe. C'est beau et triste à la fois. Comme un paysage d'ici.
Rambler18

_Je kiffe ton profil. Tu fais des fellations sans préservatif ?
kirikirikiri

_Tu me manques. Trop impatient de te revoir. De caresser ta peau. De faire un strip black-jack avec toi.
Rambler18

_150 euros l'heure, c cher payé pour une non-pro. Tu fais quoi de spécial ?
Karl XRD

_Je voudrais qu'on se voie plus souvent. Dis-moi si c'est jouable pour toi.
Rambler18

Marie-Anne entra dans son bureau à l'instant où le Dr Bashert rédigeait un nouveau message sur Vivastreet.com. Il s'empressa de fermer l'onglet du site, laissant celui de Decathlon se refléter sur les verres de ses lunettes.

— Qu'est-ce que tu fiches dans le noir ?

Distrait par ses pensées, la nuit était tombée sans qu'il y prête attention.

— Je regardais des tentes.

— Des tentes ?

— Oui. Pour un bivouac… Tu sais, ça ne se choisit pas au hasard, une tente, mais en fonction de la saison, de la pratique, de la taille du sac…

— Je sais ce qu'est une tente, Bernard, coupa-t-elle. Au cas où ça t'intéresserait, on va dîner avec les filles.

Il regarda sa montre. Il était presque vingt heures.

— Déjà ?… Où sont les autres ?

— Tu veux dire *les membres de ma famille* ? Ça fait une heure qu'ils sont partis.

Bernard ôta ses lunettes et se frotta les yeux.

— Désolé… soupira-t-il. Je n'ai pas vu le temps passer.

Marie-Anne se rapprocha du bureau, y appuya une fesse et entama un examen systématique de chaque objet récupéré par son époux au cours de ses randonnées et dont il aimait à s'entourer.

— Je leur ai dit que tu avais un travail important à finir. Tous t'embrassent, bien sûr.

Glanés au fil de ses promenades, pierres plates, minéraux, morceaux de bois et racines aux formes bizarrement géométriques, plumes et œufs d'oiseau, dents et os fossilisés constituaient pour lui des trésors d'évasion.

— Tiens, je ne l'avais jamais vu, celui-ci...

Sa femme tenait entre ses doigts un galet en granit dont la forme évoquait celle d'un cœur.

— Mignon. Où l'as-tu ramassé ?

— En bas de chez nous, à la lisière du chemin.

— Ah.

Marie-Anne sembla déçue.

— ... Je t'ai trouvé particulièrement distant, aujourd'hui, enchaîna-t-elle.

Bernard chercha quelque chose à ranger pour se donner une contenance, mais il n'y avait qu'un stylo à remettre dans le pot à crayons.

— ... Non pas que d'habitude tu brilles par ta présence, mais là, comme dirait ta fille, tu concourais pour l'oscar du meilleur figurant.

Il éteignit l'ordinateur et s'étira dans son fauteuil.

— Vraiment ? Elle a dit ça, Camille ?

Marie-Anne croisa les bras sous sa poitrine. Elle portait un petit pull en cashmere blanc cassé dont le col arrondi mettait en valeur cette partie de son anatomie qu'il trouvait extrêmement séduisante – ses clavicules. Un collier de perles assorti aux boucles d'oreilles complétait l'uniforme qu'elle endossait aux grandes occasions : celui de la bourgeoise de province, pleine de bonté, lumineuse et rétive.

— Je crois qu'elle se fait du souci pour toi.

— Elle se fait du souci pour *nous*, Marie-Anne. Il ne faut pas être très perspicace pour comprendre qu'il ne se passe plus grand-chose entre toi et moi.

Leurs regards se croisèrent un bref instant.

— Elle m'a parlé de la vision de Maureen…

— Tu ne crois pas à ces bêtises, rassure-moi.

— Non. Mais je trouve ça troublant.

— C'est ridicule ! trancha-t-il d'une voix crispée.

Elle reposa délicatement le galet en forme de cœur sur le bureau parmi les autres pierres.

— … J'espère que tu ne fais rien qui pourrait compromettre ta famille d'une façon ou d'une autre.

Bernard éteignit la lampe de son bureau.

— *Compromettre ma famille* ? Allons bon.

— Ta dépendance au jeu agit sur toi comme une drogue. Même si tu arrives à canaliser les choses et à cadrer plus ou moins tes dépenses, tu restes sous influence. Et ça m'effraie.

— Tu ne vas pas remettre ça sur le tapis !

— Tant que tu n'auras pas totalement décroché, tu ne feras qu'aller d'une dépendance à une autre.

— Qu'est-ce que tu racontes ?

— Rien de plus que ce que l'on peut lire ici et là concernant l'addiction aux jeux d'argent : un jour ou l'autre, un joueur compulsif qui se voit contraint de limiter ses dépenses au jeu va chercher d'autres formes de dépendance comme l'alcool… ou les femmes.

— Ou la randonnée.

Sa femme inclina légèrement sa nuque.

— … Ou la randonnée.

— Ou la drogue. Ou les quatre à la fois, railla-t-il. Marie-Anne, sérieusement, tu me vois prendre de la coke et m'envoyer un magnum de champagne avec une bimbo au bord du ravin de l'Épie après quinze kilomètres de marche ?

Sa femme le dévisagea étrangement.

— Non, admit-elle.

— Mais je pourrais bien être tenté de le faire, lâcha-t-il avec rancœur.

Il appuya les mains sur le rebord du bureau, recula son siège et se leva.

— Bon ! Et maintenant, si on parlait plutôt des orientations sexuelles de ta fille : tu savais que Maureen et elle… ?

Marie-Anne haussa les épaules, lui évitant de finir sa phrase.

— Oui. Pourquoi ?

— C'est passager ou… Je veux dire, est-ce que Camille… se cherche ?

— Tu n'as qu'à lui poser la question.

— … Toi, qu'est-ce que tu en penses ?

Elle se redressa, rejeta ses cheveux derrière les épaules d'un mouvement de tête.

— Camille est libre de ses choix, tout comme sa mère, déclara-t-elle. Allez. À table.

Bernard opina du menton, satisfait de sa diversion. Mais au moment où sa femme s'apprêtait à quitter la pièce, elle pivota d'un quart de tour.

— Bernard, si jamais tu faisais la bêtise de me tromper, je serais sans pitié.

Il eut un rire nerveux.

— Marie-Anne…

— Je traite des dossiers d'adultère toutes les semaines au tribunal.

Il ravala sa salive, contourna son bureau et s'approcha de son épouse.

— Eh bien, si c'était le cas, j'espère au moins que j'aurais droit à un procès en règle de ta part, rétorqua-t-il en souriant.

Elle le toisa avec froideur.

— … Tu peux compter là-dessus.

Monsieur Jules l'attendait à l'entrée du casino, tapotant du doigt le cadran de sa montre.

— T'as cinq minutes pour te changer. Allez !

Cybèle enfila sa tenue de croupière dans les toilettes, déposa ses affaires au vestiaire et se dirigea vers la salle de jeu. Elle compta les jetons de l'encaisse sous les yeux du patron avant de rejoindre sa table, saluer les personnes présentes et introduire sa clé dans la serrure de l'encaisse. Indisposée par des notes trop fortes de rose et de vétiver – le parfum d'une cliente en robe rouge, assise à sa droite, laquelle croulait sous ses bijoux comme un oiseau sous ses plumes –, elle tira du sabot les cinq premières cartes qu'elle fit glisser sur le tapis pour les écarter du jeu.

— Cinq cartes brûlées.

Retrouver ses marques.

Face à elle, le Portugais et le Sicilien : Adolfo, râblé, la quarantaine, l'homme qui misait debout et sur deux cases, dont elle détestait les manières tant il pouvait se montrer agressif, et à sa gauche, Salvator, le doyen de ses joueurs. Taciturne, économe de ses mouvements et de sa retraite, il misait une fois sur six, voyeur compulsif plutôt que joueur.

— C'est à vous, messieurs.

Chaque soir, rebattre les cartes de l'humiliation, captive de leur rapacité, souveraine d'un peuple damné. Tirer trois cartes du sabot d'un geste mécanique.

— Sept. Dix. Onze.

Peau grise, cheveux cireux, souffrant de fréquentes crises de goutte, boutonné jusqu'au nombril d'une veste croisée à fines rayures, Salvator évoquait ces mafiosi de Palerme dont l'autorité n'était pas à remettre en cause. Jamais il ne misait en dessous de 100 euros et manifestait peu sa présence, sinon par des raclements de gorge semblables au crissement d'une porte sur du gravier.

— Douze.

— Passe.

— Dix-sept. Dix-huit.

Patron d'une entreprise de travaux, Adolfo venait chaque dimanche dépenser la paye de ses ouvriers. Aimanté à sa table par la frénésie du jeu, il ne la quittait que pour aller fumer une cigarette sur la terrasse.

— On assure ou pas ?

— Non. Mais sois généreuse, cette fois.

Cybèle le servait sans plaisir. Le bruit de la trieuse à billets provenant de la caisse derrière elle perturbait plus que jamais sa concentration. Dans sa tête tournait une toupie folle dont on tirait sans cesse la ficelle.

Retrouver ses marques.

— On laisse ?… Treize. Quatorze. Dix-sept. Assurance ?

Avec sa paire de lunettes à la Lino Ventura qui lui tombait du nez, Salvator ne bougeait pas une oreille, mains croisées sur le ventre.

— Non.

— Black-jack.

Cybèle rabattait les jetons vers elle d'un geste moins véloce que d'habitude, évitant le regard abrupt du joueur détroussé. En jean et baskets, un sweat-shirt roulé sur les coudes, Adolfo négligeait de se changer pour se rendre au casino. La semaine, il venait directement d'un chantier avec l'empressement d'un amant, les ongles noirs.

— On split ?

— Vas-y.

L'insupportable tutoiement… 4 000 euros de jetons sous ses doigts ternis. 4 000 euros partis en fumée. Il lui faudrait doubler le nombre de ses cinq à sept pour récupérer cette somme, au risque d'accrocher des types qui refusent le préservatif… Cybèle porta son regard au-delà des cheveux crépus d'Adolfo : derrière lui se jouait une autre pièce. Rechargeant en jetons d'un bras mécanique leur machine, la rétine fixée aux rouleaux ou aux écrans, les clients du casino semblaient anesthésiés, dépourvus de jus. Ici, le temps n'avait plus prise. Une musique d'ambiance aux propriétés narcotiques berçait les esprits échauffés par le jeu. Tels de gros vers translucides, les joueurs travaillaient à leur petite ruine, un pot de jetons contre la hanche. Et Cybèle percevait chaque pensée, entendait le chuintement de leurs voix, comme des dizaines d'aiguilles qui se planteraient dans sa tête…

— Paye, paye, paye !

Galvanisé par une succession de cartes tournant en sa faveur, Adolfo devenait nerveux, les traits du visage tendus, les phalanges en grappin sur ses stacks, vaillants soldats alignés contre le rebord de la table.

— Change-moi ça.

Tout ce fric, claqué en quelques minutes. Il en voulait encore. Deux stacks de jetons à 50 euros. Cybèle serra les dents. Réprimer l'envie de le remettre à sa place. De lui dire toute la répugnance qu'il lui inspirait. Lui. Et les autres. Eux tous, dans cette salle. Ses mains tremblaient, signe d'une nausée à venir, causée par la faim. Rien mangé depuis six heures. Elle évitait de grignoter avant son service pour ne pas se rendre aux cabinets – son transit s'était accéléré depuis l'opération. Sous ses doigts devenus moites, les jetons s'accumulaient. 300… 3 000… 6 000 euros… Les machines déversaient leur flot inépuisable de stridulations électroniques et de pièces tombant dans les réceptacles.

— Tu me sers mal.

Le parfum entêtant de la cliente en robe rouge. La nausée, incontrôlable. D'éphémères points blancs devant les yeux. Un scorpion furtif à son poignet.

Personne ici ne t'a jamais rien demandé.

Qu'est-ce qui la retenait dans cet enfer ?

Si je suis encore ici, c'est uniquement à cause de toi, boulet !

S'attachaient encore à elle les oripeaux d'une vie dont il lui fallait se défaire, ne plus être cette amante docile à la ruine.

C'est l'autre qui l'a foutue en l'air.

Seule.

Impitoyablement seule, depuis l'instant premier. Lorsque, bébé, son père la baignait dans une eau chaude, la pensée soutenue par la peur de se noyer.

Ton papa t'a fait tant de mal…

Payer. Se faire payer. Sentir sous sa paume la carte tirée du sabot, le velours froid du tapis. Supporter le contact d'un corps étranger, les attouchements d'un homme adultère.

Ton père aimait surtout le cul d'une autre.

— Qu'est-ce que t'attends ? Donne-moi cette putain de carte, merde !

Défigurée par la fatigue, tomber de fureur et d'un coup le foudroyer.

— VA SUCER, CONNARD !

Chercher encore longtemps dans la lumière du plafond le secours d'un dieu quelconque avant de comprendre que le grand basculement vient de commencer.

L'acmé d'une spirale infernale.

Prendre ses marques.

Se mettre en sécurité.

Vivante, je suis vivante, le souffle coupé, je titube, étourdie encore, pataude, automate dont les bras s'agitent, et je me hâte d'échapper aux soubresauts d'une vague, à ses crocs empoisonnés d'écume. Deux fois je retombe, écorche mes genoux contre des coquillages brisés, avance avec l'élan d'une vie sauvée, maillot de travers, cheveux emmêlés. De l'eau salée pique mes paupières. Je cherche maman sur la plage où le vent par caprice emporte un parasol et trois bouées, invente des tourbillons de sable et gifle mes mollets. Le drapeau orange hissé au poteau du poste de sécurité clame la menace, alors, enfin, je la trouve, allongée dans un désert de sable brûlant. Les lèvres violettes, je claque des dents et m'échoue près d'elle, petite chienne fourbue trempée qui s'ébroue, le cœur cognant dans ma poitrine.

— Lolotte, tu m'éclabousses !

Étendue sur le dos, jambes fuselées et bikini, elle rajuste ses lunettes de soleil avec indolence, me questionne sur la température de l'eau. Je me couche sur ma serviette, cherche sous le soleil quelque chose pour me rassurer, et brusquement je comprends combien elle a été imprudente de ne pas m'avoir gardée près d'elle, de m'avoir laissée m'aventurer dans une mer si dangereuse pour y suivre mon grand frère, bien meilleur nageur.

— Où est Thierry ?

Je ne le sais pas encore, ce n'est que le début d'une vie, mais ce souvenir jamais plus ne me quittera car depuis ce jour, toute réalité s'est altérée comme la surface d'un ruisseau troublée par le vent, et la petite fille que je suis, soudain, va cesser d'exister.

SE LAISSER PRENDRE

(21 OCTOBRE 2011)

Redoutée, la carte de l'as de pique est la plus négative, annonciatrice d'une rupture. Dans sa dimension la plus sombre, la carte peut renvoyer à la mort.

— Merci, docteur.

Le dernier curiste sortait de son cabinet avec un programme de soins adapté à ses besoins. Tout était en ordre. Son sac à dos fait. Ses cheveux coiffés. Déjà dévoré par son désir soumis à sa belle, le Dr Bashert ôta sa blouse, la suspendit à la patère derrière son bureau, salua sa secrétaire et quitta le centre thermal à onze heures trente. Une petite ondée mouilla son front et sa parka alors qu'il rejoignait sa voiture sur le parking. Curieux jour de pluie que la perspective de son rendez-vous parait de transparences et de mystères.

Il roula jusqu'à Saint-Flour, l'empreinte d'un mensonge crispant sa mâchoire. Une nuit de plus s'était éteinte avec au milieu du lit conjugal comme un rempart de pierres ; sa femme, calfeutrée sous une couette, reculant loin de lui. Ce matin, il avait embrassé ses lèvres parfumées de confiture d'orange et de thé à la bergamote, prononcé la phrase rituelle *Bonne journée, ma chérie, à ce soir*, Marie-Anne s'était fendue d'un *Toi aussi*, et il avait franchi le seuil de leur maison d'un pas ardent, tel un taureau libéré de son enclos.

À midi cinq, il s'installait à la table réservée au restaurant de l'hôtel où ils avaient rendez-vous, guettant l'arrivée de Cybèle derrière les pages de *La Montagne*. Hier, elle ne s'était pas montrée à sa table de black-jack. Il avait patienté debout au bar, contrarié, ne pouvant envisager de rentrer chez lui sans avoir eu de ses nouvelles, jusqu'à ce qu'elle réponde enfin à ses SMS. Son apparition dans le hall d'accueil de l'hôtel, à midi quinze, le dégagea de toute inquiétude. Elle confia son parapluie au serveur venu l'accueillir et se dirigea vers sa table avec nonchalance, les cheveux lissés et plaqués derrière les oreilles. Le col de son ciré noir miroitait sous l'éclairage. Bernard replia son journal et se leva pour la débarrasser de son pardessus.

— Bonjour, Cybèle. Tu vas mieux ?

— Oui. Merci.

Elle accrocha la lanière de son sac à main au dossier de sa chaise.

— Je me faisais du souci pour toi.

— Il ne faut pas.

Cybèle portait un chemisier de soie blanc à martingale presque trop sage, une jupe en similicuir beige fendue derrière et des talons hauts qui la rendaient vertigineuse. Un rouge à lèvres vermillon redessinait sa bouche. Plus poudrée que d'habitude, sa peau mate floutait les traits de son visage. Rehaussées d'un souffle de fard à joues, les pommettes flattaient la brillance de son regard. Sous l'effet d'une augmentation de sa pression artérielle, Bernard resta un moment à la contempler en silence avant de saisir la carte, invitant Cybèle à faire de même. Sans détacher d'elle ses yeux, il fit l'éloge du chef cuisinier qui perpétuait depuis trois générations des plats de tradition familiale comme le pied de cochon farci ou les tripoux sanflorains. Cybèle lui sourit, calme et détachée, ouvrant plus largement le cœur du médecin.

— J'ai soif.

Il fit apporter du vin, réservant le champagne pour plus tard dans la chambre. L'un et l'autre n'ayant guère faim, ils se contentèrent d'un plat. Cybèle avalait le contenu de son assiette par minuscules bouchées. Plus volubile que jamais, peu soucieux du jugement que pouvaient porter à leur singulier tête-à-tête les habitués du restaurant, le Dr Bashert pressait de questions son escort. Il était chaque fois plus curieux d'en apprendre sur elle, qu'elle soit à la besogne derrière sa table de black-jack ou agenouillée sur le lit. Créature métissée de deux corps, l'un passé, l'autre addictif, elle avait triomphé de cette chair engraissée qu'il palpait, jaugeait au quotidien sur sa table d'auscultation jusqu'à l'écœurement. Son by-pass ; un sujet qu'il n'avait encore osé aborder avec elle.

— Il faut un sacré courage pour se faire opérer quand on connaît les risques et les conséquences que cela peut avoir sur la santé. La décision n'a pas été facile à prendre, j'imagine.

— Non.

— Qu'est-ce qui t'a poussée à le faire ?

— J'ai pensé que j'avais peut-être droit à une autre forme de bonheur.

Le médecin mâchait un gros morceau d'entrecôte.

— Et tes proches, qu'est-ce qu'ils en disent ?

Cybèle hésita avant de répondre, tenant la fourchette à distance de ses lèvres.

— Je crois que mon frère et ma mère me préféraient *avant*.

— Vraiment ? Pourquoi ?

— Parce que pour les autres, l'important, c'est ce qu'ils font de nous, pas ce que nous sommes. *Ce que tu fais de moi* n'est pas ce que je suis, ajouta-t-elle d'une voix étrangement tiède.

Les lèvres rouges s'entrouvrirent pour laisser passer un quart de noix de Saint-Jacques. La façon dont Cybèle le percevait, le réduisant à sa fonction de consommateur libertin, le troubla. Ne voyait-elle pas en lui une promesse ? Les vertiges et les béatitudes qu'il brûlait de partager avec elle ailleurs que dans un lit ? Bernard lui prit la main, caressant l'intérieur de son poignet.

— Qu'est-ce que je fais de toi, Cybèle, sinon l'objet de toutes mes pensées ?

Il perçut comme un frémissement de sa peau là où il appuyait son pouce, contre le petit scorpion.

— Je ne suis pas un objet.

— Bien sûr. C'est juste une façon de parler.

Prisonnier de sa maladresse, il s'empressa de vider son verre. Il avait hâte de la dépouiller de sa réserve, de cette étrange distance qu'il percevait dans son regard, de caresser ses seins dont il devinait la chaleur à travers le chemisier en soie.

— Cybèle, je veux partir quelque part avec toi… T'emmener dans un endroit sublime. Tu connais la Corse ?

— Non.

— Un bivouac *mare a mare* en passant par des sentiers… Qu'est-ce que tu en dis ?

— Le bivouac, c'est du camping sauvage ?

— Pas tout à fait. Un bivouac, c'est plutôt un petit campement, quelque chose de rudimentaire… Tu arrives le soir assez tard, tu ne fais que dormir et tu repars le lendemain à l'aube en emportant tout ton matériel.

Cybèle buvait son vin par petites gorgées. Ornant le mur derrière lui, un vitrail de style Art déco distrayait son regard.

— Et le camping sauvage ?

— Tu es plus tranquille, tu t'installes, tu fais peut-être même un feu si c'est pas trop sec autour, et tu prends l'apéro en regardant le soleil se coucher… Le truc, c'est que le camping sauvage est strictement interdit en Corse. Mais le bivouac, c'est toléré.

— Il n'y a pas de danger la nuit, en Corse, dans la montagne ? Des cochons sauvages, des sangliers ou des vaches ?

Il se gratta la nuque.

— Si tu préfères, il y a la solution du camping à la ferme… J'ai repéré quelque chose entre Bastia et…

— Bernard, le coupa-t-elle, je peux te poser une question ?

— Je t'en prie.

— Pourquoi tu trompes ta femme ?

La question ouvrit dans son esprit comme un chemin de fer. Quel crétin. Bien sûr, à ses yeux, il n'était pas encore l'homme libre qui saillait en lui, l'arpenteur enfiévré de nature et de beauté minérale prêt à partager sa couche au milieu des rochers. L'amertume qui le rongeait gâchait sa surface. Il relâcha le poignet de Cybèle et se pencha vers elle.

— ... Je trompe ma femme parce que je voudrais partager des choses avec elle dont elle se contrefout. Parce qu'elle n'a plus de désir pour moi. Parce qu'elle m'aime sans passion. Parce que je dépense mon fric au jeu pour oublier qu'on existe... Parce que je suis malheureux.

Cybèle cligna des paupières, intriguée par sa réponse.

— Mais, tu l'aimes ?

— ... Je ne sais pas... Je pense que oui, bredouilla-t-il, reculant sur sa chaise. C'est difficile de te répondre.

— Et ta fille ? reprit-elle. Qu'est-ce qu'elle penserait de toi si elle savait que tu couches avec moi ?

Sa façon de l'interroger, entre désinvolture et candeur, le déstabilisa. Il n'était pas d'humeur à explorer cet aspect de lui-même.

— Je préférerais qu'on ne parle plus de ma famille, si tu veux bien.

Il jeta un œil à l'assiette de Cybèle : elle avait tracé des lignes dans sa purée avec sa fourchette et trié avec soin les petits légumes de saison pour en écarter les poivrons.

— Tu as terminé ?

— Oui.

— Tu veux un café ?

— Non.

— Alors... on monte dans la chambre ?

Elle reposa sa serviette sur la table et, d'un mouvement de tête, le délivra.

Dans l'ascenseur, elle lui caressa la nuque, effleurant trois grains de beauté à la base du cou.

— Je t'ai apporté quelque chose.

— Un cadeau ?

Même derrière ses lunettes, l'embarras du toubib était perceptible.

— Ce serait plutôt à moi de t'en faire un… s'excusa-t-il. Une bouteille de champagne nous attend au frais dans le minibar.

L'ascenseur s'immobilisa, et les portes s'ouvrirent. Il la laissa passer devant lui. Cybèle marchait avec nonchalance, comme aimantée par l'éclairage ouaté. Sous ses talons, un tapis rouge la conduisait vers une chambre avec vue sur la montagne.

Il n'y avait pas de hasard.

Seulement ce qui devait arriver ou pas, à un instant précis.

Juste une fraction de seconde pour que tout bascule.

Mais qu'est-ce qui t'a pris… Parler comme ça à un client…

Entendre Monsieur Jules sans vraiment saisir ses propos. Dégringoler de sa table de black-jack, accrocher dans sa chute l'encaisse, propulsant à la volée son contenu, et voir au ralenti une pluie de jetons tomber sur des figures médusées.

Cybèle, merde !

Être poussée hors de la salle jusqu'au vestiaire.

Qu'est-ce que tu nous fais, là ?

Cette impression singulière de flotter.

T'as un problème ?...

Tanguer jusqu'aux lavabos, rendre de la bile.

... Tu es malade ?... Qu'est-ce que tu as ?

Retirer l'élastique des cheveux et plonger entièrement la tête sous l'eau glacée. Voir ses cheveux aspirés en spirale vers la bonde du lavabo.

Marek, appelle-lui un taxi... Non, elle n'est pas en état de conduire...

Trois jours.

Trois jours, cloîtrée chez elle, à faire tourbillonner le vide d'une pièce à l'autre, les grésillements du poste électrique claironnant dans son cerveau jusqu'à former une couronne d'aiguilles sur sa tête. Se pétrifier sous la douche. Convoquer Debussy, Massive Attack, Queen et les autres. Chasser les restes, les dépouilles. Draps. Vêtements. Chaussures. Pots de crème périmée. Ouvrir un trou dans la terre au fond du jardin, à la lisière de la forêt. Tout brûler. Contempler les volutes de fumée s'enrouler autour des câbles du pylône, se diluer à la cime des arbres. Revenir à la cuisine, décongeler une terrine de lapin avec une purée de pois cassés, se préparer une poire au petit-suisse, attendre trente minutes après la fin du repas et boire. Boire. Jusqu'au signal. Une succession de vibrations discrètes du téléphone portable près de l'évier.

20 H 12 – Je ne te vois pas au casino ☹

20 H 17 – Il paraît que tu es malade ?

20 H 21 – Rassure-moi, tu vas bien ?

20 H 26 – Dis-moi si c'est toujours bon pour demain. Table réservée à 12 h grand hôtel de l'Étape ♥

Les yeux fixés sur son cadeau, répondre *Oui, tout est OK.*

Et se retrouver là, devant la porte de la chambre.

— J'ai très envie de toi, souffla le toubib, insérant la carte magnétique dans la serrure.

Il referma derrière elle, suspendit sa parka à un cintre, tira trois billets de son portefeuille et déposa l'argent sur la table.

— Je veux te déshabiller.

Elle accepta d'un sourire. Pondérant ses élans, il déboutonna son chemisier, dégrafa le soutien-gorge, descendit le curseur de la fermeture retenant la jupe, caressa les bas jarretières et fit glisser sa culotte jusqu'aux talons de ses escarpins noirs. Il devait la trouver belle, tellement à son goût, au point de vouloir la serrer à lui faire mal.

— À toi, maintenant, décida-t-elle.

Cybèle vint tout près de lui, ôta un à un les boutons de sa chemise, embrassa son torse étroit, imprégnant ses lèvres du parfum que portait son père.

— On ne prend pas une douche avant ?

— Pas cette fois.

En lui se devinait une cavalcade d'émotions. Elle ouvrit sa braguette, fit descendre son pantalon et son caleçon, puis assit le toubib sur le lit pour lui retirer chaussures et chaussettes. Enfin, elle le déposséda de ses lunettes et le guida un peu, jusqu'à ce qu'il fût à son affaire, usant tout ce qu'il tirait en lui d'imagination. Il mordillait, pressait, semait le désordre dans ses cheveux, aveugle à ce qui brillait au fond de ses yeux d'enfant, à son impassible silence, gorgé d'un désir plus lourd que le plomb, cognant en elle jusqu'à la capitulation.

— Dis-moi, tu as joui ?

Allongés peau contre peau.

Il respirait fort, se remettait de sa dernière montée d'ivresse, dans l'attente d'une gratification.

— … Un peu ?

Lui prendre la main.

Se mettre en sécurité.

— Tu es si belle…

L'homme comprimait légèrement son sein gauche dans sa paume. Il demeura ainsi, humant son épiderme, collé à elle comme un ruban poisseux.

L'absolue nécessité de découdre son corps.

Il attrapa ses lunettes et se leva.

— Tu as soif ?

Elle cligna des paupières, promena sur lui ses yeux de jade plus clairs qu'un ciel de larmes, cherchant à retenir encore en elle la pulsion. Il sortit la bouteille de champagne du réfrigérateur, dressa deux coupes et alla dans la salle de bains faire un brin de toilette. Cybèle s'assit au bord du lit, posa les paumes sur ses bas, apprécia un court instant la douceur de cette immobilité, puis, lentement, se pencha. Son sac à main était à ses pieds. Elle n'eut qu'à tendre le bras pour saisir le couteau au manche en bois enroulé dans un torchon.

— Bernard ?

Cybèle attendit que l'homme sorte de la salle de bains pour se lever et venir vers lui, vibrante et glacée, sa peau de porcelaine tranchant sur la moquette émeraude.

— … Voilà ton cadeau.

Son front de nacre.

Ce bras qui se lève sans un bruit et, d'un geste précis, s'abat sur lui.

Il fut incapable de parer l'attaque. La lame de vingt centimètres s'enfonça dans sa chair au niveau du torse. Une fois. Deux fois. Trois fois. Quatre fois. Cinq fois. Des perforations brèves et répétées, distribuées à une folle cadence. Un-deux-trois-quatre-cinq. Le Dr Bashert se cambrait sous l'attaque, poussant des cris stridents. Un-deux-trois-quatre-cinq. Quinze coups de lame. Peut-être plus. Carré dans l'embrasure de la porte, il tâtonna derrière lui, trouva la clenche, l'empoigna d'une main moite et parvint à s'enfermer dans la salle de bains.

En lui la douleur explosait.

De son corps s'épandaient de longs filets de sang.

Autour, le carrelage opalin vibrait, chamarré d'éclaboussures.

Elle avait frappé au thorax. La lame avait ripé sur les côtes, touché plusieurs zones vitales et perforé son abdomen. Des blessures graves. Il était médecin. Il le savait. En panique, il attrapa une serviette éponge qu'il enroula autour de son ventre pour comprimer la blessure la plus profonde. Ce qui se passait était parfaitement inconcevable.

— Cybèle ?! sanglota-t-il d'une voix chancelante. Mais qu'est-ce qui t'arrive ?

Pas de réponse. La douleur battait ses tempes et déchirait son estomac jusqu'à la nausée. Il entrouvrit la porte, fouilla prudemment la chambre du regard. Sa perception visuelle altérée lui communiquait un rapport d'ombre et de lumière sans contours précis.

— Cybèle ?... haleta-t-il.

Aucun bruit hormis un battement sourd dans sa tête. Ne devinant nulle part son assaillante, il fit un pas pour sortir.

— Cybèle ?... Tu es là ?

Surgissant de derrière la porte, elle se jeta sur lui, tentant cette fois de l'égorger. Elle frappa. Frappa. Frappa. Cinq fois. Dix fois. Encore et encore.

— Mais arrête ! ARRÊTE !

Il lui sembla qu'on lançait sur lui des aiguilles de feu. Un rouge écarlate teintait maintenant ses verres de lunettes. Le visage de Cybèle se couvrait de gouttelettes. Sa terrible reine rouge. Au prix d'un effort brutal, il réussit à la repousser une seconde fois et tourna le verrou, tressaillant de tous ses membres.

Bloqué dans la salle de bains avec la mort à venir.

Plusieurs entailles au cou déversaient leur flot dont rien, pas même la serviette gorgée d'hémoglobine, ne pouvait contenir la fureur. Il contemplait la pièce, la respiration sifflante, transi de sueur. Il chercha quelque chose pour se défendre, une barre de douche, une tige en métal arrachée à la chasse d'eau...

Des fourmillements au bout des doigts. L'odeur prégnante du fer. Il se vidait, inexorablement. Les choses se faisaient moins nettes dans son esprit. Peu à peu, il désertait le champ de bataille, glissait contre le mur, s'enfonçait dans une matière cotonneuse.

Il allait bientôt perdre connaissance.

Et mourir ici.

À poil dans une chambre d'hôtel, abject et misérable. Infligeant la plus ignoble des punitions à celles dont il lacérait déjà le cœur. Celles dont il comprenait si tard combien l'idée de les abandonner, ainsi et maintenant, lui était insupportable. Il allait jeter à leurs figures l'image pitoyable d'un père et d'un mari adultère, barbotant dans son sang, égorgé, perforé, supplicié, après avoir joui tout son soûl, chasseur ignorant qu'il était chassé. Il ferait la une de *La Montagne*, la honte de sa famille… Camille… Marie-Anne… Même si rien désormais ne pouvait le sauver… Il fallait trouver la force… Se relever… La désarmer… La raisonner…

Vacillant, il s'agrippa au chambranle de la porte, bandant ses muscles comme si ce dernier effort le ramenait au sommet d'un précipice, et la vue embrumée par les verres souillés de ses lunettes, il déverrouilla la serrure. Face à lui, Cybèle levait déjà le bras pour frapper. Il se jeta sur elle, main tendue vers le couteau. La lame pénétra sa paume, trancha le tendon reliant le pouce à l'index. Il hurla. Son autre main alors se referma sur le manche, et il tenta de s'emparer de l'arme, sacrifiant ses dernières forces, griffant les bras et la figure de son escort.

— MAIS TU VAS ME TUER, ARRÊTE ! TU VAS ME TUER ! glapit-il d'une voix suraiguë.

Son œil vide, soudain.

Cybèle se figea.

Dévastée par les projections de sang de sa victime, elle le contemplait. Il ruisselait, fontaine vivante. Sous lui, des auréoles sombres fleurissaient le beau vert pomme de la moquette.

— Non, je ne vais pas te tuer.

Et de sa main tomba le danger.

Le Dr Bashert chancela, ramassa le couteau. Dans un ultime élan, il le projeta sous le lit avant de s'affaler sur le sol.

Il n'avait plus de perception physique de son corps, sinon les battements syncopés de son cœur et cette impression étrange que l'air pesait si lourd sur sa poitrine qu'il allait l'écraser.

Mais son cerveau luttait encore, concentrait un reliquat d'énergie vitale, et de Cybèle lui communiquait l'image, surexposée, d'une carte de jeu retournée. Dressée devant lui, essoufflée à peine, elle demeurait muette, absente, poupée mécanique dont on aurait retiré les piles, captée par d'insondables pensées.

— Cybèle…

Il baignait dans son sang, la nuque renversée. Sa voix n'était qu'un râle.

— Je vais mourir… Il faut appeler les secours…

Elle mit un certain temps avant de répondre *Oui* d'un ton neutre, comme soulagée de ce qui venait de se passer.

— … Appelle… Vite…

Elle alla décrocher le téléphone, composa le numéro de la réception, mais changea d'avis et reposa le combiné sur la table sans prononcer un mot. Puis, de ce calme silence, elle quitta la chambre, seulement vêtue de ses bas zébrés de coulées vermeilles.

Une bûche, une pierre, un rocher brûlant sous le soleil griffé par la pluie.

Je suis une vague libre qui l'emporte, le dévaste.

Je suis la mauvaise onde.

Je pourrais tous les noyer, les submerger.

Assise au bord du vide, ma peau blanche rayonne de son fluide.

L'homme qui se couchait à mes côtés est désormais le père de l'oubli.

Ce qui brille dans mon âme n'est que la cruauté d'un vieux reflet, si loin, si loin de mon cœur qui pour nous deux bat l'éternité…

PRENDRE À REBOURS

Le joker représente ce qui est caché. Souvent porteur d'un message important.

Longeant une voie ferrée en pleine campagne, la départementale filait sous un ciel de cristal. Des bosquets asséchés par l'hiver montait une brume dont le voile s'étiolait sur l'asphalte. Anton Görev ralentit l'allure de son break Volvo et jeta un coup d'œil à la carte routière dépliée sur le siège passager. L'éclat du jour agaçait ses yeux. Il gratta sa peau sous la barbe et baissa la vitre pour laisser entrer l'air, chasser cette langueur qui enrayait son cerveau. Quatre heures de trajet depuis Saint-Flour. Il avait bien roulé, vu le soleil se lever après Orange. En lui battaient la fatigue de la route et l'impatience.

Fouiller, travailler son enquête. Éclairer ce profil complexe, obscur, si différent de ceux qu'il avait abordés jusqu'à présent. À moins d'un changement dans son planning opéré par le SCJE[13], ce serait sa dernière mission. Cette mission, il l'avait choisie, fait valoir son expérience auprès de la direction du service, dissuadé sa hiérarchie de la confier à cette jeune titulaire d'un master en sciences criminelles ainsi qu'il en avait été décidé en premier lieu. Il avait joué son va-tout : ce physique de barbu rassurant.

— Je crois qu'elle se livrera plus facilement à moi.

De taille moyenne, bien portant, des cheveux blancs veloutés aux épaules, Anton Görev s'habillait d'un pull de laine rouge l'hiver et d'une marinière les autres saisons – tenue qui lui valait le surnom de *Captain Iglo* de la part de ses collègues. Une garde-robe qui tenait plus à la paresse qu'à une volonté de se distinguer des autres. Ressembler au Père Noël ou à un vieux loup de mer chassant le poisson pané en Alaska présentait cependant un avantage dans sa profession : les gens s'ouvraient à lui avec une facilité déconcertante.

Il ralentit, mit le clignotant et engagea le break sur un chemin agricole défoncé. L'enquêteur allait finir sa carrière *aux assises*. Comment imaginer qu'il en fût autrement ? L'affaire secouait encore le département, ébranlait jusqu'aux colonnes des journaux de la presse régionale. Un acte sanglant, cruel et glaçant. D'ici un an, il serait la voix qui éclairerait la cour sur le parcours de l'accusée. À lui de récolter ces éléments de vie sans lesquels il se plaisait à dire que *tout individu n'est qu'un creux rempli de mystères.*

L'audition à la maison d'arrêt s'était révélée plutôt décousue, la prévenue avare de confidences. Depuis six mois, la jeune femme n'avait pas quitté sa cellule. Elle refusait tout contact avec l'extérieur et ne donnait aucune raison à ses agissements. Courtois, Anton Görev s'était présenté au parloir dans son pull rouge.

— Enquêteur depuis dix-sept ans au SCJE, diplômé de l'école de criminologie.

Il lui avait expliqué en quoi consistait son travail d'enquêteur.

— Résumer l'histoire d'une personne, sa trajectoire de vie.

Insistant sur son devoir de neutralité et sur le fait qu'il n'aborderait pas avec elle l'affaire l'incriminant.

— Vous avez soif ?

Il lui avait demandé si elle voulait boire quelque chose – Görev n'entamait pas un entretien sans prendre d'abord un café. Dans le compte rendu de la psychologue figurant au dossier, rien de palpable ne remontait de son passé qui puisse anticiper ce coup de folie ou justifier ces trois mots, surlignés dans le dossier de l'expert psychiatre qui l'avait examinée avant sa garde à vue : « Souiller, détruire, anéantir ». Ce que l'enquêteur retenait de la prévenue : un physique de brindille, un regard opaque, piqué comme un vieux miroir, une attitude de sage petite fille dont les cheveux descendaient sur la figure, un besoin perpétuel de caresser la table, et un rapport singulier, fusionnel, avec son frère dont elle souffrait la rupture. Après cinquante minutes d'une maigre moisson, la prévenue figée dans la même position, il avait mis fin à l'entretien, replié ses lunettes, rangé dictaphone et carnet de notes dans sa sacoche. Alors qu'il adressait un signe au surveillant de l'autre côté de la porte, la prévenue avait formulé à mi-voix :

— S'il vous plaît, dites à mon frère de venir me voir.

Son frère. L'enquêteur allait bientôt en savoir plus sur celui dont il n'avait jusqu'alors pas retrouvé la trace et qui semblait s'être évaporé depuis l'arrestation de sa sœur. La nature même de leurs liens et l'influence que l'un exerçait sur l'autre étaient ce qu'il devait s'attacher à éclaircir. Peut-être son rapport d'enquête permettrait-il ensuite de comprendre comment le destin d'un homme avait pu basculer ainsi dans l'épouvante ?

De part et d'autre du chemin, des arbres fruitiers aux branches grises retenaient encore leur sève. Du gravier craquait sous les pneus et de nombreux nids-de-poule obligèrent le conducteur à rouler au pas. Enfin, au détour d'un bosquet bardé de ronces, Anton Görev atteignit la propriété. Il engagea le break dans une allée bordée d'ifs qui menait à un portail, coupa le contact, attrapa sa sacoche et sortit du véhicule. Sa carcasse de futur retraité se déplia non sans réveiller un point douloureux au bas du coccyx. L'air était aussi humide ici qu'à Saint-Flour. Porté par le vent, le hennissement d'un cheval se fit entendre au loin. Anton Görev gonfla ses poumons comme lorsqu'il s'apprêtait, une fois par semaine, à piquer une tête dans le bassin de la piscine municipale, puis, ignorant encore des conséquences de ce qui lui serait bientôt révélé, il appuya sur le bouton du visiophone.

POIGNARDÉ DANS UNE CHAMBRE D'HÔTEL

Que s'est-il exactement passé hier vers 14 h dans cette chambre au quatrième étage d'un hôtel situé en centre-ville, à Saint-Flour ? L'enquête confiée par le parquet à la brigade criminelle de la sûreté départementale devrait pouvoir s'accélérer avec l'audition d'un des deux protagonistes de ce drame, en l'occurrence une femme d'une trentaine d'années.

Poignardé à plusieurs reprises au niveau du cou et de l'abdomen, un homme de cinquante-cinq ans, exerçant les fonctions de médecin thermal, était découvert hier dans une chambre d'hôtel, au milieu d'une mare de sang, en présence de la suspecte, ensanglantée elle aussi. Médicalisé sur place par les pompiers et le SAMU, il a été transporté aux urgences du centre hospitalier de Saint-Flour avec un pronostic vital engagé. « Son corps était tellement rouge de sang qu'on ne distinguait pas ses blessures », a indiqué le médecin réanimateur l'ayant pris en charge. Touchée aux mains, aux bras et au visage, la Sanfloraine a été elle aussi hospitalisée. Son placement en garde à vue au sortir de l'hôpital devrait éclairer davantage des faits toujours qualifiés, hier soir, de « tentative d'homicide ».

Suspectée d'être l'auteur des coups de couteau, reste à comprendre ce qui a pu conduire cette femme, croupière au casino de Chaudes-Aigues, à commettre un tel acte. D'après les premiers éléments de l'enquête, la victime avait loué une chambre dans la perspective d'un rapport tarifé avant que la relation ne vire au drame. Ce n'est pas la première fois qu'ils se rencontraient. Après avoir porté les coups, la suspecte est sortie pour chercher du secours auprès d'une femme de chambre, et le directeur de l'établissement a aussitôt contacté la gendarmerie. Elle doit être déférée demain au parquet puis présentée à un juge d'instruction. Les motivations de cette personne venue au rendez-vous en possession d'un couteau et que le médecin urgentiste du SAMU décrit « d'un calme et d'un naturel glaçants » restent, pour l'heure, inconnues.

M. Bertrand – lamontagne.fr – *22 octobre 2011*

Un léger parfum de violette flottait encore dans la cuisine. Anton Görev l'associa à la silhouette entraperçue au volant de la voiture qui sortait de la propriété à l'instant où il y pénétrait ; celle d'une femme assez mince à laquelle il ne donnait guère plus de cinquante ans. Des arômes de pain grillé et de café s'ancraient à ses narines. On avait dégagé les poutres au plafond pour gagner de la hauteur et rendre la cuisine de ce vieux mas provençal plus lumineuse. Elle donnait sur un double living avec cheminée, lequel ouvrait sur un patio, agrémenté d'une piscine bordée d'une orangeraie. La soixantaine, accoudé à une imposante table en bois brut, un homme examinait différents documents réunis dans une chemise par l'enquêteur du SCJE. Aussi large que le cou, son visage s'auréolait de cheveux gris, secs et bouclés. Il releva les yeux de l'article de presse photocopié dont il venait de prendre connaissance et hocha la tête.

— Combien ?...

Perché sur un tabouret, dissimulant mal son inconfort, Anton Görev l'invita à préciser sa question.

— ... Combien de coups de couteau a-t-il reçus ? demanda l'homme sans desserrer les lèvres.

— Comme je vous l'ai dit au téléphone, monsieur Graissac, je vous communique ces pièces car elles ont fait l'objet d'une publication dans la presse. Mais je ne suis pas mandaté pour évoquer avec vous les éléments du dossier concernant l'affaire.

L'homme plongea ses yeux verts dans les siens. L'enquêteur du SCJE toussa contre son poing.

— ... Quarante-quatre, abandonna-t-il.

Une miette de pain s'était fichée dans les mailles de son pull jacquard. Il la retira discrètement.

— ... Dont une vingtaine occasionnée dans des tentatives désespérées de désarmer votre fille aînée.

La surenchère médiatique locale et régionale de l'affaire n'avait d'égale que l'absence de retombée dans la presse nationale : M. Graissac n'avait pas eu vent de l'histoire. Il accusait le coup, éprouvant cette étreinte absolue de l'horreur. Frottant le bas de sa figure d'une main engourdie, il porta son regard vers la piscine. La surface de l'eau se couvrait de rameaux que le vent arrachait à une haie de cyprès.

— Un miracle que ce pauvre homme s'en soit sorti, murmura-t-il.

— Oui. Il a eu une chance incroyable.

Anton Görev termina son café. Sous son épaisse veste en velours dépassait une écharpe gris foncé, laquelle l'accompagnait à chacun de ses rendez-vous, quelles que soient ses tenues et en toute saison. Il aimait croire qu'elle le protégeait des frôlements infinis du malheur, ceux-là mêmes qu'il côtoyait avec la conviction de pouvoir les adoucir par son travail d'enquête et de synthèse et de garantir tout individu de ce jugement brutal que l'on pourrait porter sur une affaire comme celle de la croupière de Chaudes-Aigues. Tout acte d'extrême violence ne devait être réduit à cette partie visible qui sautait aux yeux, mais plutôt à ce qui se situait dessous, dans les fondations de l'âme.

— … Votre fille aussi a eu de la chance, ajouta-t-il.

— Si vous le dites.

Depuis son arrivée, l'enquêteur percevait chez M. Graissac cette part d'hostilité dont les familiers, n'ayant plus été en contact depuis longtemps avec la personne en attente d'être jugée, faisaient preuve à son égard. Cette branche coupée, jadis reliée à eux, semblait parfois porter une ombre insupportable sur leur existence et ne devait en aucun cas les atteindre. Mais l'attitude de cet homme n'était pas celle d'un père reniant les mauvaises actions d'un de ses enfants avec colère, rage ou détresse. Autre chose pesait sur lui dont Görev ignorait encore l'origine.

— Monsieur Graissac, j'ai bien compris que vous aviez des réticences à me recevoir en raison d'un conflit ancien qui vous oppose à votre fille. Mais une enquête de personnalité ne peut se mener sans la collaboration des proches… Vous comprenez que nous sommes dans un cas très particulier. Votre ex-femme souffrant de troubles graves de la mémoire, je ne peux prendre pour certaines les informations qu'elle m'a communiquées au sujet de Laurence au cours de l'entretien qu'elle a bien voulu m'accorder voilà quelques jours. Je ne pouvais vous écarter de la liste des personnes à contacter afin d'élaborer la synthèse la plus complète et impartiale possible.

M. Graissac soupira et s'empara du paquet de cigarettes qui trônait au milieu de la table, à côté d'une cafetière à piston.

— Ça vous dérange si on fait quelques pas dehors ?

— J'allais vous le proposer.

Deux hauts palmiers plantés devant la façade donnaient à la bâtisse principale des allures d'hacienda. La propriété d'un hectare était clôturée et plutôt bien entretenue. En y pénétrant, Anton Görev avait été surpris de découvrir au fond du terrain un paddock.

— … Vous faites du cheval ?

— Pas moi, non, mais ma fille, Inès. Et nous avons aussi un âne dans l'enclos, là-bas. Il est aussi têtu que mon fils, ajouta-t-il.

À l'évocation du frère de Laurence, l'enquêteur haussa les sourcils.

— Il y a un centre équestre à deux cents mètres, juste derrière le champ de pommiers, indiqua M. Graissac du menton. Si vous tendez l'oreille, vous pourrez entendre hennir le cheval d'Inès depuis les écuries.

— Vraiment ? C'est pratique !… Votre fils vit ici ?

Le père leva la tête en direction d'une fenêtre de la maison au premier étage.

— Oui. À ce qu'il paraît…

Sur sa chemise gris-bleu, M. Graissac avait enfilé un pardessus blanc cassé où s'amarrait la clarté d'une matinée radieuse. Sa peau tannée par le soleil et le temps dessinait une ride profonde sous les pommettes, preuve qu'il avait puisé de sa vie des sources de joie. Il alluma une cigarette, s'accouda à la barrière métallique de l'enclos et racla le sol de ses bottes.

— Quand vous m'avez appelé pour me questionner au sujet de Laurence, avoua-t-il, j'ai cru que ça recommençait…

Sans préciser à quoi il faisait allusion, il se pencha pour arracher une mauvaise herbe qu'il projeta plus loin.

— … Qu'a-t-elle dit à mon sujet ? s'enquit-il avec prudence.

À son tour, Görev s'accouda à la barrière rongée par la rouille et leva les yeux vers un ciel sans nuages.

— Peu de choses. Que vous n'étiez plus en contact depuis une dizaine d'années, sans s'étendre sur les raisons de cette rupture. Elle a aussi mentionné le fait qu'elle ne savait pas où vous viviez exactement, peut-être à Madagascar.

— Je suis parti là-bas à l'époque où Laurence a intégré l'INSEP, oui. Il semblait que l'environnement du milieu sportif et la compétition la rendaient plus équilibrée et… heureuse.

— Elle avait même débuté une incroyable carrière, renchérit l'enquêteur. Il suffit d'aller sur Internet pour trouver sa page Wikipédia… Vous avez vu toutes ses médailles ? C'est impressionnant !… J'avoue avoir eu du mal à faire le rapprochement entre la jeune femme amaigrie que j'ai rencontrée à la maison d'arrêt et l'athlète si… si robuste en photo sur ladite page.

M. Graissac plissait les yeux comme si un vent froid l'incommodait. Görev eut alors la nette impression que ce qui concernait sa fille au mieux l'indifférait, au pire le remplissait d'acrimonie.

— Pourquoi avez-vous quitté la France ? demanda-t-il sans malice.

La réponse donnée fut, pour le moins, insolite.

— Nous avions besoin de changer d'air, ma femme et moi. Mais, après deux ans, j'ai voulu revenir… Voir la mer chaque matin à ma fenêtre m'était devenu insupportable.

Anton Görev sourit.

— Ah ! Quand on est habitué aux montagnes d'Auvergne et à nos belles terres volcaniques…

Son interlocuteur ne releva pas sa remarque, tirant sur sa cigarette, les yeux mi-clos.

— Madagascar… répéta l'enquêteur, un poil rêveur. Ça n'a pas été facile de vous retrouver, vous savez. Mais on arrive à tout quand on sait où chercher… Toujours dans le milieu médical, donc ?

— Oui. Nous avons ouvert un cabinet et donnons des soins à domicile, ici, à L'Isle-sur-la-Sorgue. Ma femme Nathalie est kiné, indiqua M. Graissac.

— Quand vous êtes revenus, vous n'avez pas cherché à renouer un lien avec votre fille ?

Le père de Laurence paraissait s'enfoncer dans un invisible brouillard. Il contemplait deux lignes parallèles de cyprès plantés les uns face aux autres et qui divisaient le paddock en parties égales. De toute leur hauteur, les arbres hachuraient l'horizon.

— ... De l'époque où sa mère et moi avons divorcé, elle ne vous a rien dit ? marmonna-t-il.

— Votre fille parle très peu de son enfance. Mais j'ai cru comprendre qu'il s'était passé des choses assez douloureuses dans votre famille. Elle en a gardé, à ce qu'il m'a semblé, un profond sentiment de culpabilité.

Les lèvres de M. Graissac tressaillirent lorsqu'il chassa la fumée de ses poumons.

— ... Laurence était une jolie petite fille, se confia-t-il enfin. Le genre d'enfant qu'on voit poser pour des catalogues de jouets ou des boîtes de raviolis. Potelée, rondelette... Avec de bonnes joues qu'on ne se lasse pas d'embrasser. Elle avait une approche très sensuelle de la vie et de tout ce qui l'entourait... De son corps, aussi. Elle trottait souvent les fesses à l'air dans la maison et le jardin...

Il tira une bouffée, rougissant les cendres du bout de sa cigarette.

— Mon ex-femme n'approuvait pas trop. Ce n'était pas une mère très démonstrative sur le plan affectif. Quant à Thierry, il passait son temps à faire damner sa sœur... Alors, avec moi, Laurence était très câline, ajouta-t-il un ton plus bas.

— Et comme toutes les petites filles, amoureuse de son père, sourit l'enquêteur.

Le regard de M. Graissac se durcit.

— Non. Pas comme toutes les petites filles. Laurence était loin d'être une enfant *normale*. Avec elle, tout était poussé à l'extrême. Elle imaginait des choses… auxquelles elle finissait elle-même par croire.

— De quel genre ?

Il aspira une autre bouffée et retint son souffle.

— Eh bien, elle racontait à toutes ses copines qu'elle allait m'épouser, que sa mère et moi n'étions pas ses vrais parents et que nous les avions volés, elle et son frère, parce que nous ne pouvions pas avoir d'enfants.

Des volutes de fumée cascadèrent de ses narines et de sa bouche.

— … Au début, on en souriait. On voyait là surtout la manifestation d'un esprit créatif et plein de fantaisie. Mais elle a commencé à donner des détails sur… sur des choses que j'étais censé lui faire.

Il aspira une dernière bouffée et jeta son mégot par terre avant de l'éteindre, l'écrasant sous le talon de sa botte.

— … Des caresses qu'on ne fait qu'entre adultes ? supputa l'enquêteur.

— Oui.

M. Graissac s'accroupit et ramassa le filtre de cigarette qu'il débarrassa de la terre avant de replier dessus ses doigts.

— Les enfants faisaient de mauvais rêves quand ils étaient petits. Surtout Laurence. J'ai toujours pensé que la présence de câbles à haute tension et d'un poste électrique près de la maison n'était pas sans rapport… Ma fille devait être particulièrement sensible aux ondes électromagnétiques. Elle se levait souvent la nuit et venait se glisser dans notre lit… Et un soir, elle nous a surpris en train de…

Görev hocha le menton, indiquant par là qu'il devinait à quel genre d'activité nocturne M. Graissac faisait allusion.

— Odile lui a longuement parlé… Elle lui a expliqué que, ce que Laurence avait vu ou cru voir sa maman faire à son papa, était une caresse que partageaient un homme et une femme quand ils s'aimaient… Le lendemain, notre fille racontait tout à ses copines. Mais c'était elle dans le lit avec moi, pas sa mère... La directrice de son école a eu vent de tout ça, et c'est parti en vrille.

M. Graissac fit quelques pas, longeant la barrière rouillée, tâtant le métal comme s'il flattait l'encolure d'un cheval.

— Les gamines en ont parlé à leurs parents. On en a pris plein la gueule. Un couple d'infirmiers psy, vous imaginez !... Les enfants aussi. Thierry en a beaucoup voulu à sa sœur... Il aurait fallu voir une psychologue, mais Odile a pensé qu'on avait la capacité de faire face à la situation, car nous étions formés à cela... Elle a été totalement dévastée par cette histoire. Ça a rebondi sur notre couple... Là-dessus j'ai rencontré Nathalie et... et on s'est séparés.

— Tout est parti d'une fantasmagorie de Laurence, observa Görev.

— Oui. Tout.

Les deux hommes marchaient l'un à côté de l'autre, arpentant à grands pas la propriété tels deux géomètres effectuant un relevé de mesures.

— ... Ce que je n'avais pas anticipé, alors, c'est qu'Odile allait se servir de cette histoire au moment du divorce.

Lorsque Anton Görev reprendrait ses notes le soir même en rentrant chez lui, il frissonnerait encore des propos entendus dans la bouche de celui dont il connaîtrait bientôt le calvaire. Mais, en cet instant, il était surtout contrarié par le fait que son dictaphone était resté dans sa sacoche, là-bas, sur la table de la cuisine, et n'en saisissait que l'aspect factuel. M. Graissac ralentit sa marche, déplia les doigts et laissa tomber le mégot dans un pot de fleurs faisant usage de cendrier.

— Je l'ai compris quand j'ai été convoqué devant le juge pour être confronté à ma fille... Et le cauchemar a commencé.

Görev ralentit le pas dans l'herbe humide, comme s'il pénétrait des eaux sombres où il risquait de ne plus avoir pied.

— Pardonnez-moi, monsieur Graissac, si je me trompe dans l'analyse que je pourrais faire de vos propos, mais, à vous écouter, on a surtout l'impression que vous en voulez à votre ex-femme… Laurence, dans toute cette histoire, semble avoir été plutôt victime d'une manipulation mentale de la part de sa mère.

Le père de Laurence fourra les mains dans les poches de son jean, baissant les yeux sur la terre bosselée.

— Vous ne comprenez rien.

— Pardon ?

— Pas un moment dans son existence, sauf peut-être quand elle était à Paris, à l'INSEP, ma fille n'a cessé de croire à ses propres histoires et de jouer avec mes nerfs, lâcha-t-il. Elle adaptait son discours suivant ses interlocuteurs, déversait des mensonges sur nous devant le juge tout en le regrettant sincèrement quand on se parlait au téléphone. C'était sa façon à elle d'exercer son pouvoir sur moi. L'idée que j'aie refait ma vie lui était insupportable… Elle haïssait sa demi-sœur Inès. Elle s'en est prise à elle dès qu'elle en a eu l'occasion. Et, par-dessus tout, je ne pouvais plus l'approcher, la toucher, sans qu'elle se comporte comme… comme si elle était ma… ma femme.

L'homme se troubla, éprouvant le tourment d'un souvenir rejailli d'une époque lointaine.

— Nous avions un petit jeu… Des chatouilles que je lui faisais dans le dos et le cou quand elle était petite…

Il ferma les yeux un instant.

— … Dont elle est allée raconter au juge une tout autre version, devant sa mère, et devant moi… Est-ce que vous pouvez imaginer ce que ça peut être pour un père, d'entendre sa fille dire qu'il la forçait à… à le caresser ?

L'enquêteur plongea son regard dans celui de M. Graissac.

— Je peux l'imaginer, dit-il sans amertume, même si je n'ai pas eu d'enfants.

Le père de Laurence secoua la tête. Dans sa voix vibraient toutes les réminiscences des épreuves passées.

— Personne ne le peut. J'ai trouvé ça tellement… C'est tellement abominable, des mots pareils dans la bouche de son enfant. Je ne comprenais pas… Personne ne peut imaginer le regard des parents à la sortie de l'école, celui de sa propre famille… Le jugement des autres, les collègues de travail, les amis… L'humiliation, la violence d'une garde à vue dans les locaux d'une brigade de gendarmerie, les sous-entendus dégradants, les insultes…

— C'est pour cela que vous avez quitté le pays, fit Görev à mi-voix.

— Personne ne peut éprouver pareil sentiment d'injustice… Et cette ignominie qu'on rejette sur vous sans cesse… Elle m'a poursuivi, dans ma carrière, ma vie, partout où j'allais avec ma famille… Même après ma mise hors de cause, au bout de seize mois d'investigations, par un courrier du procureur de la République et le classement sans suites du dossier par le parquet général de la cour d'appel.

À cet instant, le bruit sourd de volets que l'on frappe contre un mur fit tourner la tête aux deux hommes. Anton Görev était trop loin pour voir qui se tenait à la fenêtre située au premier étage du mas. Cependant, il devinait qu'il s'agissait du fils de M. Graissac, auquel ce dernier adressait un signe.

— Ah ! Je crois que Thierry est réveillé.

À ces mots, M. Graissac pâlit, comme si un voile de nuages assombrissait le ciel.

— Thierry ? répéta-t-il en frissonnant. Non… c'est Jean-Marc, mon deuxième fils.

— Pardonnez-moi, j'ai cru que votre fils aîné avait repris contact avec vous… Avez-vous eu de ses nouvelles récemment ?

— Ça me semble difficile, répondit M. Graissac.

— Vous n'êtes plus en relation ?

Une brise agita la colonne d'ifs aux troncs écaillés derrière eux. M. Graissac baissa les yeux et, de la pointe de sa botte, tapa dans une motte de terre.

— … Thierry est mort.

Bien visible de la route, un panneau À VENDRE avait été fixé au grillage. Le pavillon était tel qu'il se l'imaginait : terne et tassé au bout de la rue du Château-d'Alleuze, un terrain en pente dégringolant derrière, séparé du reste du monde par une haie d'arbustes desséchés et un muret en pierre. Et ce pylône dressé au pied de la colline, terrifiant. Une maison, réduite à un bloc d'abandon.

Anton Görev croyait à l'empreinte de l'homme sur son habitat et, inversement, à ce que l'environnement commandait à ses actes. Il n'exerçait son métier que pour en dépasser les limites, tenter d'aller au-delà de sa fonction de rapporteur ; communiquer avec autrui, par-delà les frontières physiques ou sociétales, était ce qui donnait sens à sa vie. À cette réalité quotidienne du crime, à son aspect sociologique, il aimait opposer une forme de poésie et ne voyait dans les circonvolutions de ses enquêtes qu'un immense jeu de piste dont le lieu d'habitation de la personne mise en cause serait l'équivalent du puits au jeu de l'oie : le gouffre de l'éternel recommencement. S'imprégner de l'atmosphère dans laquelle la croupière de Chaudes-Aigues avait grandi, embrasser les paysages que, chaque jour, elle contemplait de chez elle – la route qui serpente vers la vallée, le poste électrique et ses turbines aux allures de camp retranché –, lui apportait la certitude qu'il était impossible de vivre dans un endroit pareil sans en porter ombrage.

L'enquêteur sortit de sa voiture et traversa la départementale pour s'engager dans l'allée qui menait jusqu'au perron. Partout, les mauvaises herbes débordaient sur le gravier, ébouriffaient le talus. Des géraniums crevés tendaient leurs tiges noircies aux balconnières bordant la terrasse. Un rosier emprisonnait de ses griffes un mur, espérant l'arrivée du printemps pour renaître. Le contraste était fort entre cette maison lugubre et le mas de Provence. L'image d'un cheval trottant en liberté dans son paddock se heurtait à celle de cette femme donnant des ruades désespérées à l'existence…

Le rapport de l'enquêteur s'étoffait à présent de plusieurs documents : les témoignages des personnes ayant connu la prévenue, recueillis auprès de son père et de sa mère, du comité départemental d'athlétisme, des employés et de la direction du casino de Chaudes-Aigues, et les comptes rendus d'entretiens qu'il avait eus avec plusieurs professionnels de la médecine exerçant au centre hospitalier Henri-Mondor à Aurillac où la croupière avait été prise en charge pour son problème d'obésité – point sur lequel Laurence Graissac avait gardé silence lors de leur entrevue. Grâce aux éléments fournis par l'équipe chargée de son suivi, il avait été en mesure de faire le lien avec l'agression rapportée au dossier dont elle avait été victime en 2009. Il possédait maintenant assez d'éléments lui permettant de rédiger son compte rendu. Pour ce travail, chaque mot serait important et devrait être utilisé de la manière la plus judicieuse possible afin de décrire au mieux l'histoire et la personnalité de la mise en cause… Mais ça, il savait faire.

Il monta les marches qui menaient à la porte d'entrée et s'arrêta. Le verre dépoli jaune foncé, protégé par une grille en fer forgé, ne permettait pas de voir à l'intérieur. Seulement d'en deviner la sinistre lumière, identique à celle qui baignait cette enquête et dont il ne tirerait aucune gloire. « Thierry ? Thierry est mort ? » s'entendait-il encore répéter à M. Graissac, aussi surpris que lui de sa propre ignorance. Le plus sidérant viendrait après, lorsque le père évoquerait les circonstances du drame : un couple en plein divorce, une mère dépressive et perturbée qui conduit ses enfants à la plage un jour où le courant est fort et la baignade dangereuse, personne pour surveiller Laurence et son frère… Et puis le corps de Thierry, quatorze ans, que l'on arrache à la furie d'un rouleau d'écume. Anton Görev revoyait glisser sur le visage de ce père tous les regrets et les remords de ne pas avoir été là pour le sauver, ce que la mer, ce tombeau, symbolisait désormais, et cet effritement du temps qui passait dans son regard.

Un terrible enchaînement de circonstances.

Tout n'était qu'un terrible enchaînement de circonstances. D'un mensonge de petite fille, Laurence dévastait sa famille. Et, de ce déchirement, elle noyait son frère.

Une vérité insupportable dont elle s'affranchirait sans fin, réinventant chaque jour Thierry à ses côtés, à chaque instant de sa vie, depuis le petit déjeuner, lui beurrant des tartines, jusqu'à la cour du collège où elle imaginait pour lui des baisers furtifs avec d'autres filles, allant jusqu'à lui faire subir la torture d'un handicap physique – dont elle avait décrit avec précision la nature à l'enquêteur – et à le cloîtrer dans une chambre qu'elle peuplait sans doute d'objets et de chimères…

La réécoute de l'enregistrement fait au cours de son entretien avec Mme Graissac, la mère de la prévenue, lui avait apporté confirmation de la mystification élaborée par Laurence autour de son frère. Un passage évoquait clairement la mort du fils : « La personne qui me visite régulièrement et qui se fait tantôt passer pour ma fille, tantôt pour ma sœur décédée, veut absolument me faire croire que mon fils est encore de ce monde. Elle a tellement l'air d'y tenir que je n'ose plus la contredire. » De ce fatras de propos délirants, Görev n'avait pas été en capacité d'extraire l'élément de vérité.

Le médecin psychiatre ayant examiné la prévenue avant sa mise en garde à vue, les psychologues dont elle avait croisé le chemin à diverses reprises étaient royalement passés à côté. Quant à lui, son inévitable fierté à bien faire son travail l'avait aveuglé sur la véritable personnalité de Laurence Graissac, cette femme qui depuis l'enfance errait à la lisière de la psychose, proche du basculement. Cet élément avait renversé son rapport, annihilé ses velléités d'orateur. L'intégrité mentale de la prévenue étant remise en cause, cette affaire n'irait pas en correctionnelle. L'audience se tiendrait à huis clos. Pas de cour d'assises. Pas de public enfiévré pour écouter Anton Görev donnant lecture de ce qui serait le dernier rapport de sa carrière.

Il redescendit une à une les marches de l'escalier, percevant avec netteté les nuisances sonores produites par les ventilations et les enroulements du transformateur du poste électrique, aussi désagréables que des insectes lui frôlant les oreilles de leurs ailes cristallines. « Ma fille a toujours eu cette capacité à se créer son propre monde. Un monde où elle se plaît, où elle se protège, tout en se détruisant et en détruisant les autres… » avait lâché M. Graissac tandis que leur entretien prenait fin. Une phrase prononcée par un père qui n'aurait pu imaginer sa fille capable d'un passage à l'acte aussi monstrueux, mais qui, pressentant comme le frémissement d'un danger, s'était éloigné d'elle pour protéger sa famille. D'elle, Anton Görev savait qu'il n'affranchirait jamais son existence. Le dos parcouru de frissons, il avait regardé le portail se refermer sur cet homme et son jeune fils descendu le rejoindre, un ado filiforme d'une quinzaine d'années au visage séraphique. Sur la route qui l'avait ramené à Saint-Flour, l'enquêteur s'était senti curieusement abattu. Devant un tel désastre, que faire ?

Un petit vent souleva l'écharpe grise à son cou. Le jour s'émiettait dans la fraîcheur du crépuscule. Des bois montait l'obscurité. La nuit gagnerait bientôt le pavillon d'où lui parvenait le faible miaulement d'un chat, à moins qu'il ne s'agisse du grincement lancinant d'une porte.

Il rejoignit le break Volvo garé dans la rue et, le cœur serré, releva les yeux sur la maison et son pylône ; un endroit où nul homme ne devrait jamais déployer la vie.

Une femme avait vécu là vingt ans avec un mort dans sa tête.

Laurence Graissac était, depuis le premier jour de sa naissance, une bombe à retardement.

Il avait d'abord pensé à l'Alaska. Une île au sud – Raspberry, Afognak ou Kodiak Island. Vivre reclus dans une cabane de trappeur aux odeurs de cèdre et de cendres, couverte d'un millefeuille de neige glacée. Sous le porche, chaussé de bottes fourrées, un bonnet enfoncé sur le crâne, une carabine avec une balle logée dans la chambre à portée de main, attendre que le ciel rougisse chaque soir la pointe de la baie et déroule sa cape bleue à la surface de l'eau gelée. Attendre que surgisse devant un wapiti de trois cent trente kilos aux bois de velours.

Mais, physiquement, il n'était pas en capacité d'envisager un tel voyage ; ce qui avait survécu de lui et tenait, rafistolé, recousu, meurtri d'impacts, n'irait pas plus loin que Saint-Saturnin dans le Puy-de-Dôme, à deux heures de route. Là où une vieille femme l'attendait debout devant sa porte, place de l'Église, vêtue d'une blouse de ménage, les jambes gainées de bas de contention, chaussée de charentaises. Le nirvana pour un survivant.

— Entre, mon chéri.

Une planque. Une gare désaffectée de sa vie où plus aucun train ne passait. La couturière aux yeux fatigués avait depuis longtemps remisé sa machine à coudre au grenier et choisi de consacrer son temps à la paroisse, se dédiant à diverses œuvres caritatives. Elle adaptait sa cuisine au régime de son fils, pénitent aux chairs cisaillées, amputé d'une partie de l'intestin et dont l'ablation de la rate l'obligerait à prendre une médication à vie. Marcher lui était encore pénible et l'abondance de neige rendait toute sortie périlleuse. Le Dr Bashert passait la plupart de ses journées à lire dans un fauteuil près d'un poêle à bois. Telle la roche craquelée sous la glace par le soleil d'hiver, il savait que, dorénavant, sa propre existence se résumait à ployer de honte et de culpabilité. L'essentiel de sa vie était joué. Et il doutait encore que vienne un jour le temps du dégel. Puis arriva cette lettre, transmise par son avocat. Sa mère la lui tendit telle une boîte de dragées au petit matin, avec cet air cajoleur d'autrefois et l'esquisse d'un sourire.

— Tiens, c'était au courrier.

Il dut s'y reprendre à deux fois pour déchirer l'enveloppe en papier kraft, l'attelle à sa main droite l'empêchant de tenir fermement tout objet. Une autre lettre se trouvait à l'intérieur, à l'en-tête de la maison d'arrêt d'Aurillac. Lentement, il se leva, et, sans un mot, se dirigea vers la porte qui donnait sur l'arrière-cour et son jardin pentu.

Le gel avait posé sur le perron un baiser glacé. Il s'aventura avec précaution dans l'herbe perlée de givre et marcha vers la cabane où, enfant, il aimait s'isoler pour se raconter mille aventures qu'il croyait pouvoir vivre un jour. Une cabane ouverte à tous les vents, pleine de ce temps perdu à se nourrir du pain de ses propres songes, où le soleil se levait sans se soucier des désastres de la nuit à venir. Il trouva une petite chaise en bois, repoussa de la paume le résidu collant de toiles d'araignées avant de s'asseoir, dégagea son menton râpeux de l'écharpe nouée autour du cou et ouvrit l'enveloppe.

D'elle, il n'avait eu aucune nouvelle. Son avocat s'était opposé à toute confrontation pour éviter à son client d'endurer plus de peine encore. À part son véritable nom, il n'avait rien appris d'elle qu'il ne savait déjà. Mais personne ne fut en mesure de lui expliquer pourquoi cette cinglée à laquelle il avait ouvert son cœur aussi facilement qu'une brebis s'offrirait au loup s'était soudain mis en tête de lui infliger pareil supplice.

En lisant ses mots, il ressentit l'absolue désespérance de son attente.

Tout était là, sous ses doigts, comme les flammes tièdes d'un feu.

Dans sa lettre, celle qu'il nommait encore Cybèle lui expliquait qu'elle n'avait rien contre lui, qu'au contraire elle le trouvait *sympa*, mais que c'était tombé sur lui, c'était son jour, elle devait détruire quelqu'un. « Je ne sais pas si c'est une explication, mais j'étais alors dans un état de grande fragilité. J'avais conscience que je posais l'acte ultime. Détruire l'autre, c'était me détruire en me réservant une porte de sortie. Cela pourrait s'apparenter à un suicide social qui s'est imposé à moi dans une sorte d'urgence. » Elle s'excusait de lui avoir fait du mal et disait refuser tout contact en prison, comme pour se punir, ce temps d'isolement étant nécessaire à sa *reconstruction*.

Il froissa la lettre dans son poing.

Un pantin.

Un jeton balancé sur le tapis.

Voilà ce qu'il avait été pour cette personne.

Un pauvre clown dont elle avait siphonné l'existence. Il se releva, fourra la lettre dans sa poche. Des larmes mouillaient la monture de ses lunettes. Il renifla, essuya son nez contre la manche de son pull. « Je pense que le châtiment est à la hauteur de tes ambitions, Bernard. »

Marie-Anne. Il la voyait encore dans leur chambre, au milieu des cartons où s'amoncelaient ses affaires, ne s'adressant plus à lui qu'en regardant le mur. D'une reine noire il recouvrait sa reine rouge. Le Dr Bashert abandonnerait tout à son ex-épouse, jusqu'à son déshonneur. Restait Camille, dont il avait blessé l'âme et le cœur, mais qui, depuis quelque temps, envoyait à son père de timides textos, doux comme l'aurore. Il se leva, un peu chancelant, et s'appuya contre une étagère métallique qui branlait sous un fourbi d'outils rouillés et de vieux papiers soudés par la moisissure. Un livre en tomba. Il se pencha pour le ramasser et reconnut la couverture : *Bambi*, de Felix Salten. Une édition originale de 1949. Le livre que lui avait offert sa maîtresse en primaire à la fin d'une brillante année scolaire et dont il avait tant de fois tourné les pages, fasciné par le récit de ce jeune faon confronté seul à la nature sauvage, à la trahison et à l'homme. Ses doigts effleurèrent le papier jauni jusqu'à ce qu'il trouve cette gravure montrant une jolie biche, pattes repliées sous elle, à la merci d'un chasseur dont le fusil pendait à son bras. Il la contempla longuement, clignant des paupières, frappé par l'incandescente beauté de l'animal au seuil du trépas et l'opaque et froide figure de l'homme à la mâchoire rugueuse que, petit garçon, il investissait d'une toute-puissance. Et, enfin, il comprit lequel des deux, au bout du compte, chassait l'autre du paradis.

Dehors, la voix de sa mère l'invitant à rentrer avant *d'attraper la mort* le fit presque sourire.

— C'est déjà fait, maman, murmura-t-il.

Il empocha le livre et sortit de la cabane. Derrière la maison, des ombres engloutissaient sur la colline jusqu'aux élans d'un premier rayon de soleil.

Sous le poids de griefs accumulés envers lui-même, par l'usure des jours vécus sans bonheur et par la folie de ses errances, la main tendue comme on cueille un fruit, il s'était livré à la plus sauvage, la plus inouïe et la plus féroce des bêtes.

Elle l'avait taillé en pièces, jusqu'à lui déchirer l'âme.

Et cette blessure-là serait longue à refermer.

Comme un coup de vent traverserait la pièce de part en part, tu souffles les bougies de ton gâteau d'anniversaire, plongeant le salon dans le clair-obscur d'une nuit de pleine lune. Entre l'instant où tes joues se gonflent et le retour de la lumière, soudain, j'entrevois une autre réalité, je suis seule et sans secours, sans personne à qui parler, maigre et pâle, les mains vides, papillon gris oublié dans un placard ou une cellule. Puis de ta voix rauque tu demandes quel cadeau débile j'ai bien pu t'offrir. Le moment est venu de te dire « Prends ta canne ». J'emporte le gâteau dans une boîte hermétique, nous descendons jusqu'au garage. Dans le lecteur CD de la Twingo, je glisse ton album préféré – Led Zepplin III. Nous quittons Saint-Flour sur les premières notes de Stairway To Heaven.

La voiture nous conduit bientôt vers la mer où nous arrivons juste avant l'aube. Je t'aide à marcher jusqu'à la plage. Le sable est froid sous nos pieds. Tu ne dis rien, le regard fixé sur l'horizon, une boule au ventre.

— Tu as soif ?

On s'assied sur une couverture et pour se réchauffer on boit le café que j'ai versé dans une Thermos, on mange le gâteau marbré percé de trente-quatre petits trous sur sa croûte dorée, et je sors un jeu de cartes de son emballage cartonné en vue d'une bataille.

— C'est là que c'est arrivé, Lolotte ?

— Oui. C'est là.

Sur tes joues, je vois des larmes couler doucement. Je cherche ta main sur la couverture. Ce qui nous lie est plus fort que la beauté de ce ciel couleur de miel. Indestructible. Nous triompherons des autres avant les premiers assauts du soleil. Il suffisait d'un seul jour pour qu'ensemble nous redessinions la vie à ma façon. C'était ma seule promesse.

And a new day will dawn
For those who stand long
And the forests will echo with laughter[14]

Et ce jour est venu.

REMERCIEMENTS

Merci à mes parents de m'avoir éblouie par le talent, l'intelligence et la beauté qui faisaient de leur couple un trésor unique. Merci à mon mari de nous perdre toujours dans les coins les plus improbables de France et de Navarre pour me procurer le décor fabuleux d'un nouveau livre. Merci à ma famille d'avoir su apaiser et supporter, une fois encore, les tourments de l'écriture dans lesquels chaque roman me plonge.

Merci à Denis Bourgeois, Thomas H. Cook, Stella Delmas, Bernard Gabay, François Laurent, Olivier Norek, Bernard Minier, Hélène Lotito et Laurent Scalèse pour leur généreux et affectueux soutien. Merci aux fidèles et indéfectibles amies Magali Bertrand, Nathalie Mauret et Marjorie Risacher pour leur force et leur franchise. Merci à Jean-Pierre Breuil (et Martine), Caroline Vallat et Karine Fitoussi pour leur enthousiasme émouvant et leurs précieux conseils techniques.

Merci aux compositeurs qui ont offert la meilleure playlist à ce livre, soit la juste couleur des émotions (à écouter sur mon compte Spotify).

Plus que jamais, merci aux femmes et aux hommes de ma maison d'édition qui accomplissent leur tâche – et bien souvent des miracles – avec dévouement, fierté et énergie, et merci à Florian Lafani d'avoir relevé le défi de ce roman avec panache.

Ce livre a été écrit au cours de ma résidence d'auteur à la médiathèque Marguerite Yourcenar de Rosny-sous-Bois, soutenue par le département de la Seine-Saint-Denis. Je dois beaucoup à toutes celles et tous ceux qui ont permis cette année de R.E.V.E. (Raconter, Écrire, Voyager, Écouter), en particulier à Arab Boudine, un homme aux qualités exceptionnelles, capable de distribuer du bonheur comme par magie.

Merci à Manuela Montebrun d'avoir donné à la France de si prestigieuses médailles et d'inspirer cet incroyable parcours à mon personnage.

Merci à toi, Laure, d'avoir fait naître Laurence dans mon esprit alors que nous barbotions dans une piscine à Punta-Cana.

Merci au Roi Stanislas.

Natalie Beunat, ma reine, je t'ai enfin trouvée.

Et merci à toi, lectrice, lecteur, d'être à mes côtés pour vivre une aventure qui me terrifie plus encore chaque fois.

Un fait divers dans un journal. Une femme dans une piscine. Un hôtel perdu au bout de la route. Un petit casino au cœur de l'été et du Cantal. L'eau brûlante d'une fontaine… Comment le hasard fabrique-t-il le destin d'un livre ?

À découvrir sur le blog de l'auteur consacré au roman.

https://5cartesbrulees.blogspot.com/

NOTES

1. Héros du dessin animé éponyme, diffusé à la télévision (Antenne 2) au début des années 1980.

2. Roman écrit par la comtesse de Ségur (1863).

3. Personnage interprété par l'acteur Michael Landon dans la série télévisée *La Petite Maison dans la prairie.*

4. Chanson écrite par Elton John et reprise par George Michael durant sa tournée *Cover to Cover*, en 1991.

5. Les orgues basaltiques sont issus d'une coulée de lave, situés entre la ville haute et la ville basse et formant une muraille naturelle.

6. L'Institut national du sport, de l'expertise et de la performance.

7. Athlète française née en 1979, plusieurs fois médaillée, ancienne détentrice du record de France du lancer du marteau.

8. Maniement des jetons.

9. Terme qui désigne une pile de vingt jetons.

10. Opération chirurgicale réversible qui consiste à réduire la taille de l'estomac à une poche gastrique, permettant ainsi de diminuer la quantité d'aliments ingérés.

11. Diplôme d'État d'aide-soignant.

12. Nom du centre thermal de Chaudes-Aigues.

13. Service de contrôle judiciaire et d'enquêtes.

14. *Et un jour nouveau se lèvera*
Pour ceux qui tiennent debout
Et de rires les forêts résonneront

TABLE DES MATIÈRES

Pour suivre l'actualité
de vos auteurs préférés
et découvrir de nouvelles lectures,
retrouvez-nous
sur les réseaux sociaux :

@fleuve.editions

@Fleuve_Editions

fleuve_editions

Retrouvez les extraits des parutions 2019
chez tous les libraires numériques sous le titre
« Fleuve Éditions – Extraits offerts 2019 »

Composition et mise en pages
Nord Compo à Villeneuve-d'Ascq

Achevé d'imprimer en novembre 2019
par Normandie Roto Impression s.a.s.
61250 Lonrai
N° d'impression : 1905726

Imprimé en France